HEYNE <

© privat

Martin Zöller, geboren 1979, arbeitet als Fernseh- und Zeitungsjournalist in Rom und München. Nach dem Studium der Geschichte und der Journalistenausbildung ging er im Jahr 2006 als Korrespondent der *Badischen Zeitung* nach Rom, um schließlich auch für *Die Welt* sowie als Vatikan-Reporter der ARD für die *Tagesschau* zu berichten. Rückblickend ist es recht logisch, dass er irgendwann einmal in Rom leben würde, seine Eltern fuhren mit ihm schließlich häufiger zum malerischen Lago di Vico nördlich von Rom als zum nahen Starnberger See bei München. Das Schönste für ihn ist es, in Rom mit dem Moped zu fahren: Unter dem Helm sind seine blonden Haare verborgen und nur so hält man ihn für einen echten Römer.

Martin Zöller

Madonna, ein Blonder!

Ganz und gar nicht alltägliche Geschichten aus Rom

WILHELM HEYNE VERLAG
MÜNCHEN

MIX
Papier aus verantwortungsvollen Quellen
FSC® C014496

Verlagsgruppe Random House FSC-DEU-0100
Das für dieses Buch verwendete
FSC®-zertifizierte Papier *Holmen Book Cream*
liefert Holmen Paper, Hallstavik, Schweden.

2. Auflage
Originalausgabe 02/2012

www.heyne.de
Printed in Germany 2012
Redaktion: Ulrike Nikel
Umschlaggestaltung: Eisele Grafik-Design
Umschlagillustration: atelier-sanna.com, München
Satz: Buch-Werkstatt GmbH, Bad Aibling
Druck und Bindung: GGP Media GmbH, Pößneck

ISBN 978-3-453-64530-1

Forza, biondo!
Lauf! Lauf! Lauf!

»Wie bin ich da nur hineingeraten?«

Das ist der einzige klare Gedanke, den ich im Moment noch fassen kann. Im Rhythmus meiner Schritte hüpft der Satz in meinem Gehirn auf und ab.

»Wie – bin – ich – da – nur – hi – nein – ge – ra – ten?«

Es ist ein Samstagmorgen, irgendwo in den Bergen zwei Stunden von Rom entfernt und ich frage mich, was ich eigentlich hier tue: Ich bin völlig verschwitzt, blute an den Händen, trage eine teuflisch schwere Madonnenstatue und renne mit ihr wie von einem Hund gebissen über den zentralen Platz eines Dorfes mit dem seltsamen Namen Angolorotondo. Runde Ecke. Mein Kopf ist durch eine Art Teppich gesteckt, der furchtbar kratzt und mir beim Rennen zuweilen ins Gesicht schlägt. Ich hasse diesen Teppich, schon seitdem ich losgerannt bin, heute Morgen um 6 Uhr! Aber den Teppich hat Elisas Großmutter gewebt. Und für Elisa mache ich ja das alles hier.

Dino, mein Barista und Freund aus der Bar »Il Papagallo« in Rom, hat mir dringend dazu geraten mitzumachen: »Martin, das ist die einzige Möglichkeit. Du musst es tun. Elisa wird da sein, alle werden da sein. Deine Chance! *La tua occasione!*«

Ich habe versucht, abzuwehren: »Ach komm, Dino …, das ist total verrückt …«

Aber Dino hat mich über den Tresen seiner Bar hinweg

angeschaut und »Eeeh« gemacht. Und das heißt bei Dino: »Du könntest recht haben – aber ich bleibe dabei.«

Also habe ich mitgemacht. Für Elisa! Ich will sie zurückerobern, nach allem was war. Unbedingt! Schließlich habe ich mich in Elisa schon am Tag meiner Ankunft in Rom verliebt. Und als größtmöglichen Liebesbeweis mache ich jetzt in ihrem Heimatdorf bei dieser sagenhaften Veranstaltung namens »Madonnenlauf« mit. Gleich wird der Lauf zu Ende sein, gleich, wenn ich oben auf dem Podium stehe. Und dann wird Elisa nach vorne stürmen und mich anhimmeln – bevor ich auf den Schultern durchs Dorf getragen werde. Das würde mich mit dieser ganzen Veranstaltung vielleicht versöhnen.

»Wie – bin – ich – da – nur – hi – nein – ge – ra – ten?«

Nur noch wenige Meter, dann bin ich am Ziel. Ich renne durch die Menge, bei jedem Schritt schmerzen meine Hände von den Eisengriffen der Madonnenstatue noch mehr. Die Leute sind begeistert. Sie rufen mir *»Forza!«* zu oder *»Veloce, biondo!«*, – schnell Blonder! Manche klopfen mir anfeuernd auf die Schulter, andere staunen einfach nur. Ich kann es ihnen nicht verübeln. Es muss irrwitzig aussehen: Ein komischer blonder Deutscher rennt blutend und verschwitzt über den Platz und hat womöglich Chancen, erstmals wieder für ihr Dorf, für ihr Angolorotondo, den Madonnenlauf zu gewinnen! Andererseits: Die Leute würden auch staunen, wenn ich schick angezogen wäre. Denn als Blonder in Italien wird man immer angestarrt, da kann man machen, was man will. Die Römer schauen einen an, als wäre man eine Attraktion, ein Feuerschlucker oder ein Einradfahrer. Ganz normaler Alltag in Italien.

Im Laufen schaue ich auf meine Hände. Sie bluten und sind angeschwollen. Nur gut, dass ich Korrespondent bin und täglich Geschichten aus Italien in den Computer tippen soll. Das kann ich dann erst mal vergessen. Was soll ich der Redaktion denn am Montag sagen? »Entschuldigung, ich kann jetzt eine Woche nicht arbeiten, weil ich mit einer Madonnenstatue drei Stunden lang durch die Berge Italiens rennen musste«? In der Redaktion wird man sich denken: Nicht so toll, dass wir den nach Rom geschickt haben.

War es vielleicht wirklich ein Fehler? Ich denke an meine Heimatstadt München. Während ich hier meine Gesundheit ruiniere, füllen sich dort gerade die Frühstückscafés. Vielleicht wäre es einfach besser gewesen, in München zu bleiben und dort ein harmloses Leben zu führen.

Das Spalier der Menschen wird immer enger, es geht auf das Podium zu. Noch 100 Schritte, noch 90, noch 80. Gleich wird der ganze Wahnsinn vorbei sein. Der Beifall schwillt an. Jetzt stehe ich vor dem Podium. Noch sechs Stufen trennen mich von dem Ende der größten Tortur meines Lebens. Bevor ich die erste Stufe nehme, halte ich kurz inne.

Wie bin ich da nur hineingeraten? Und das nach gerade mal fünf Monaten in Rom?

Attenzione!
Amadeos düstere Warnung

»Mensch toll!«

»Ist ja super!«

»Freut mich total für dich!«

Es ist der Abend, an dem alles beginnt, und ich bekomme eine Nettigkeit nach der anderen zu hören. Eigentlich schön, doch in den Gesichtern der anderen liegt ein angestrengtes Höflichkeitslächeln, hinter dem sich eines verbirgt: Neid.

Man kann es ihnen nicht übel nehmen, der Neid hat einen Grund: Ich fahre nach Rom. Heute Abend noch, mit dem Nachtzug. Und ich fahre ohne Rückfahrkarte. Denn ab morgen werde ich in Rom leben. Nicht Urlaub machen. Nein, leben!

Draußen regnet es. Nicht erst heute, seit Wochen. Kalter Regen, als hätten sich alle Regenwolken der Welt verbündet, um den Münchnern schon an diesem Tag Ende Mai klarzumachen, dass es dieses Jahr wieder nichts wird mit einem sonnigen Sommer. Je mehr Regen auf die ohnehin schon nass glänzende Straße fällt, desto bemühter wird das Lächeln. Viele, denen ich an diesem Abend meinen Umzug nach Rom ankündige, sagen: »Ist ja super«, und schauen dabei so fröhlich wie jemand, der im Flugzeug eine Stewardess nach der Kotztüte fragt.

Ich sitze im »Mezzogiorno«, einer seit ein paar Jahren sehr angesagten italienischen Kneipe in der Münchner Innenstadt, unweit des berühmten Hofbräuhauses.

Doch stopp: »Kneipe« ist natürlich eine unangemessene Bezeichnung – Amadeo, der stolze Betreiber des Lokals, besteht nämlich eisern darauf, dass es sich beim »Mezzogiorno« um eine »Bar« handelt.

»Ke-neipäää«, hat Amadeo einmal gesagt und dabei die Nase gerümpft, »Ke-neipää, das-e ist Bier und Essen-e fettes. Eine italienische Bar eißst-e Stil-e!« Dazu hat er diese italienische Geste gemacht, bei der sie die Fingerspitzen der rechten Hand zueinanderführen und die Hand kräftig schütteln. »*Hai capito?*« – Hast du verstanden?«

»Ja klar«, habe ich schnell gesagt. Denn eins muss man ihm ja wirklich lassen: Amadeo hat es geschafft, das »Mezzogiorno« auf dem vollbesetzten Markt italienischer oder sich italienisch gebärdender Kneipen, Bars und Restaurants in München clever zu positionieren: Das »Mezzogiorno« ist nämlich sowohl bei der Bussi-Bussi-Fraktion als auch bei der Bionade-Klientel beliebt. Eigentlich also bei allen Menschen, die es in München gibt. Wie er das geschafft hat?

Ganz einfach: Der soziale Kitt heißt »Spritz«.

Ganz München nämlich schüttet diesen orangefarbenen Aperitif seit ein paar Jahren wie verrückt in sich hinein. Er besteht aus Weißwein oder Prosecco (da gibt es einen erbittert geführten Glaubenskrieg), Aperol, Mineralwasser, Eiswürfeln, Glas und Strohhalm.

Mehr nicht. Trotzdem trinkt man Spritz in München, als sei es ein magischer Zaubertrank, und ist bereit, fast jeden Preis dafür zu zahlen. Längst gehört dieser Italoimport zu der Bayernmetropole wie Weißwürste und Brezn – wahrscheinlich sogar schon mehr. Täglich kommen neue Münchner hinzu, die ihren Tag wie selbstverständlich mit einer Latte macchiato beginnen und mit einem Spritz beenden. Geht das so weiter, muss man davon ausgehen, dass es an der Isar in zehn Jahren keine Biergärten, sondern nur noch »Spritzgärten« geben wird und der Genuss von Filterkaffee unter Strafe stehen dürfte.

Meine alte Freundin Uli, mit der ich diesen Abend meiner Abfahrt im »Mezzogiorno« verbringe, findet Spritz auch super. Sie meint, er sei so erfrischend, und hat schon den zweiten vor sich stehen. »Ich freue mich so für dich«, presst sie mühsam hervor, als wir über meinen Aufbruch nach Rom sprechen. Ich rechne ihr diese Worte hoch an, denn indem ich in die Ewige Stadt gehe, lebe ich eigentlich *ihren* Traum.

Uli ist etwa einen Kopf kleiner als ich, hat halblange braune Haare und trägt eine gewaltige grüne Hornbrille. Sie hat in München Kunstgeschichte und Archäologie studiert und kennt jedes Stück Marmor und jeden Quadratmeter bemalte Leinwand zwischen dem Brenner und Palermo.

So gesehen ist es ein bisschen unfair, dass ich es jetzt bin, der nach Italien geht. Verglichen mit ihr habe ich nämlich dort bisher nur Sandburgen gebaut und, na gut, zwei Sprachkurse besucht. Gäbe es eine Skala für den perfekten zugereisten Italiener, dann würde Uli von 100 möglichen Punkten 70 bekommen und ich bestenfalls 10, wobei sie mich wohl eher auf Stufe 5 sehen würde. Trotzdem ziehe nun *ich* ins Land ihrer Träume und nicht *sie*.

»Bleiben Sie mal ein Jahr«, so der Chefredakteur einer südwestdeutschen Zeitung, der einen neuen Korrespondenten für Rom suchte, »dann sehen wir weiter.« Ich hatte mich beworben und bekam den Job zu meiner Überraschung tatsächlich. Hatte ich zu vollmundig angekündigt, »mal so richtig« recherchieren zu wollen, was es eigentlich mit der Mafia auf sich hat?

»Dann alles Gute! *Arrivederci*«, verabschiedete sich mein neuer Chef, gab mir einen freundlichen Klaps auf die Schulter, und ich war entlassen.

Zugegebenermaßen sank meine Selbstsicherheit in den folgenden Wochen etwas. Vor allem immer dann, wenn mein Blick auf das Zugticket an der Pinnwand fiel. Sollte ich das wirklich machen? Nach Italien gehen?

Jetzt ist es zu spät. »Prost, *carissimi,* ihr Lieben«, sagt Amadeo und stellt Uli und mir je einen neuen Spritz hin. »Dein letzter von Amadeo«, fügt er hinzu, und ich nicke. Der Wirt lächelt, er mag uns beide. Wir sind noch vom alten Schlag: kinderlos, Singles und folglich gute Kunden.

»Fur mein-e besondere Gast-e.« Mit diesen Worten stellt Amadeo uns Tellerchen mit Tramezzini hin. Wir lächeln, obwohl wir wissen, dass er das zu allen sagt, und stürzen uns auf die Weißbrotdreiecke. Diese kleinen Happen, die man bei Amadeo zum Spritz bekommt, sind – neben dem Aperitif – der zweite Grund, warum sein Laden so brummt. Woanders kriegt man, wenn man Glück hat, eine Schale speckiger Erdnüsse.

Uli und ich kennen uns vom deutsch-italienischen Stammtisch, der früher einmal im Monat im »Mezzogiorno« stattfand – mittlerweile ist er Geschichte. Bei meinem ersten Mal dort war ich der einzige Mann zwischen blonden Italianistikstudentinnen, die vor sich Halblitergläser mit Apfelsaftschorle stehen hatten und untereinander ernsthaft italienisch redeten. Zunächst dachte ich, sie machen Witze – bis man mich gänzlich ignorierte, als ich auf Deutsch nach dem Salzstreuer fragte. So kamen Sätze zusammen wie: »*Scusi,* äh, *scusa,* kann ich mir eine Dings, äh, Zigarette, äh, *sigaretta* ausleihen?« Nur eine der Studentinnen fand das genauso bescheuert wie ich: Uli. Wir redeten den Rest des Abends deutsch und überlebten schließlich den Stammtisch, dem nach und nach die Mitglieder wegbrachen.

Seither treffen wir uns weiterhin an jedem ersten Donnerstag im Monat im »Mezzogiorno«. So auch heute, darauf hat Uli bestanden, weil sie mich noch zum Zug bringen will. Ich habe nichts dagegen, denn meine Eltern und Geschwister sind verreist.

»Ich habe noch was für dich.« Uli nestelt unterm Tisch herum und wuchtet einen gewaltigen Weidenkorb nach oben. Er ist eingehüllt in eine knisternde, durchsichtige Folie, die einen Höllenlärm macht. »Damit dir München nicht so fehlt«, sagt sie.

Oha, ein Fresskorb!

Diese Präsente sind in den letzten Jahren zur regelrechten Manie geworden. Wenn man nicht weiß, was man verschenken soll, wählt man einen Fresskorb – am besten einen mit ganz typischen Sachen, die man normalerweise aus gutem Grund nicht kaufen würde und die deshalb auch mit an Sicherheit grenzender Wahrscheinlichkeit in einer Ecke verschimmeln werden. Exakt so ein Ding steht nun vor mir. Bestimmt war er sauteuer.

Ich ziehe an der gewaltigen Schleife aus weiß-blauem Geschenkband, die Folie fällt nach allen Seiten auseinander, und da liegt die Bescherung vor mir: Weißwürste in der Dose, Schinkenwurst im Glas, eine Dose Schnupftabak, ein Maßkrug, zwei Radi und noch verschiedene weitere »Spezialitäten«. Ich bin überwältigt – vor allem jedoch von dem Gedanken, das alles morgen verschlafen in Rom zu meiner Wohnung schleppen zu müssen.

»Mensch, Uli, danke«, sage ich nicht ganz aufrichtig. »Genau, damit mir München nicht so fehlt …« Ich ahne schon jetzt, dass das Glas mit weißem Presssack mich die nächsten fünf Umzüge begleiten wird, mindestens bis zum aufgedruckten Haltbarkeitsdatum im Jahr 2019.

Amadeo stellt sich dazu und begutachtet die fränkische Leberwurst in der Dose. »Original-e italienisch Kuch-e, ha?«

»Haha«, macht Uli, während Amadeo seine schwere

Hand auf meine Schulter legt. Was hat er jetzt schon wieder? Seitdem ich ihm vor ein paar Wochen erzählt habe, ich würde nach Rom gehen, schaut er mich immer so nachdenklich an.

Er presst die Lippen zusammen und dreht die Leberwurstdose in seiner rechten Hand. »Martino, Martino, isch sage dir-e, Roma ist-e eine super-e Stadt-e, aber-e für disch ...«

Was will er damit andeuten?

Er fasst mir mit der linken Hand unvermittelt in die Haare. »Aber-e für disch ... mit diesem blonden Gemus-e auf dem Kopf ...«

Auf meinen starren Blick hin nimmt er endlich die Hand aus meinen Haaren, macht unschuldig »Eeeh!« und schaut mir ernst ins Gesicht. »Ist-e Frage der-e Integration-e.«

Wie bitte?

Was dann kommt, ist eine Folge aus der Reihe »Lebensweisheiten mit Amadeo«. Er schaut mich auffordernd an und wartet darauf, dass ich ihn bitte, endlich weiterzureden. Ich tue ihm den Gefallen. »Schieß los, Amadeo.«

Und er legt los: Als er vor 40 Jahren aus Bisceglie an der Adriaküste bei Bari nach München gekommen sei, habe er schwarze Haare gehabt. »Aare«, sagt er, »dunkelschwarze Aare.« Aber weil ja viele Deutsche ebenfalls schwarze Haare hätten, sei er immer für einen Münchner gehalten worden – zumindest solange er nicht den Mund aufmachte. Alles klar?

»Verstehst du, isch-e war-e keine fremd-e Körper-e, also optisch ..., isch-e sah aus wie die anderen ..., aber-e du ... In Roma ...?« Amadeo schaut erneut besorgt auf meine Haare.

Dann gibt er eine schicksalhafte Prophezeiung ab: »Mit dein-e blond-e Gemus-e bist-e fremd-e Körper-e in Roma.«

Uli schüttelt übertrieben energisch den Kopf, sagt: »Ach,

Schmarrn!«, aber ihr Blick spricht eine andere Sprache: Amadeo könnte recht haben.

Könnte er?

Ich denke an das, was ich dem Chefredakteur meiner Zeitung so großspurig versprochen habe: mal gescheit über die Mafia zu recherchieren. Falls Amadeo richtigliegt mit seinen Warnungen, braucht ein Mafioso nicht einmal seinen Lötkolben auszupacken, um mich zu enttarnen. Er kann mich gleich als Spion in Säure auflösen, denn in Anbetracht meiner blonden Locken ist es schließlich völlig ausgeschlossen, dass ich einer aus der »Familie« bin.

Als Uli und ich ein paar Minuten später zahlen und aufbrechen, schaut mich Amadeo an wie ein besorgter Vater seinen 16-jährigen Sohn, der ankündigt, alleine durch Nordkorea trampen zu wollen.

»Viel-e Gluck-e!«

Dann winkt er zum Abschied.

Wir gehen. Glücklicherweise befindet sich vor dem »Mezzogiorno« ein Taxistand – Uli und ich wuchten den Fresskorb und mein Gepäck in den Kofferraum und fahren durch das erleuchtete München zum Bahnhof. Bis auf die Tatsache, dass wir Ende Mai, aber nur 13 Grad und Regen haben, ist es wunderschön. Angenehm harmlos. Ein Ort, wo sich blonde, rot- oder schwarzhaarige Menschen allein schon durch das Tragen von Lederhosen von einer Sekunde auf die andere integrieren können. So hatte ich das zuvor noch nie betrachtet.

Am Gleis 11 hieve ich Fresskorb, Koffer und Rucksack in den Zug.

»Pass auf dich auf!« Uli steht winkend draußen, und ich kann es kaum noch erwarten, nach Rom zu kommen.

Amadeos Warnungen sind schon fast vergessen.

Sind ja ohnehin völlig absurd.

Che cazzo!
Erste Katastrophen

Ich wache auf, weil es warm geworden ist im Abteil. Es muss schon Morgen sein, denn durch den Vorhang dringt helles Sonnenlicht. Ich schiebe ihn ein Stück zur Seite und stoße einen erleichterten Seufzer aus. Genauso habe ich mir das vorgestellt: Kein Regen mehr! Vor meinen Augen breiten sich lichtdurchflutete Felder aus, dahinter kühler Wald auf sanften Hügeln, ab und zu eine Schlucht mit rauschendem Wasser und in der Ferne, auf den Spitzen der Hügel, immer ockerfarben leuchtende Dörfer. Und über allem eine frühe Morgensonne und ein blauer Himmel.

»Die Toskana«, seufze ich beseelt.

Ich schaue auf die Uhr: halb neun. Nein, durch die Toskana sind wir längst durch. Wir müssen schon im Latium sein. Rom ist nicht mehr fern. Mein Herz schlägt schneller.

Quietschend fährt der Zug eine Stunde später im Bahnhof Roma Termini ein und kommt ächzend zum Stehen. Ich verfrachte mein sperriges Gepäck – doofer Fresskorb! – zur Zugtür. Auf der letzten Stufe vor dem Bahnsteig bleibe ich stehen und versuche, der besonderen Situation entsprechend, irgendeinen bedeutenden Gedanken zu fassen.

Da werde ich abgelenkt.

Eine äußerst attraktive junge Frau mit halblangen schwarzen Haaren steht mit einem Schild »Reisegruppe Huber-Reisen« nur wenige Meter entfernt von mir auf dem Bahnsteig und sucht aufmerksam die Türen des Zuges ab, offenbar nach Teilnehmern ihrer Gruppe Ausschau haltend. Sehr hübsch sieht das aus – zumal ich stets dunkelhaarigen Frauen verfallen bin, seit ich mich als 13-Jähriger im Familienurlaub 1992 in die schwarzhaarige Tochter des Strandliegenvermieters verliebte. Wie hieß sie noch gleich? Ach ja, Giovanna! Was die jetzt wohl macht? Das wäre …

Autsch! Der Trolley einer nachrückenden amerikanischen Touristin trifft mich voll in die Kniekehle, und mit Koffer und Rucksack stolpere ich die letzte Stufe auf den Bahnsteig hinunter. Der Fresskorb fällt mir aus der Hand und kracht auf den Boden, der Maßkrug fliegt aus der raschelnden Umhüllung und landet zwei Meter weiter auf dem Bahnsteig. Es scheppert. Das war's dann wohl mit Ulis Abschiedsgeschenk.

Ein Heer von Beinen steigt über mich und meine im weiteren Umkreis verstreuten Sachen hinweg. Das fängt ja gut an.

Von oben höre ich eine Stimme.

»Elpe?«

Es ist ein Mann, etwa 60 Jahre alt, schwarzer Schnurrbart, schwarzer Scheitel, ein kanarienvogelgelbes Hemd. In der Hand hält er einen gewaltigen Schlüsselbund, den er durch die Finger gleiten lässt.

»Elpe?«

Er bückt sich zu mir herunter und zieht mich an der Schulter hoch.

»*Grazie*«, sage ich.

Der Mann sagt erst nichts, dann stößt er »Taxi?« hervor. Er sagt das leise zischend und schiebt einen neuen Schlüssel zwischen Daumen und Zeigefinger. Er kann das wirklich beeindruckend schnell.

»Taxi?«, frage ich nach.

Er, wieder zischend und bereits einen Schlüssel weiter: »Yess-e!«

Ich überlege. Sympathisch sieht er nicht gerade aus. Eher wie ein Statist aus der Sendung *Nepper, Schlepper, Bauernfänger.*

Von der Seite spricht mich jetzt eine weitere Stimme an. »Alles in Ordnung-e?« »Giovanna plus 20 Jahre«, die junge Frau von »Huber-Reisen«. Sie reicht mir den in zwei Stücke zerbrochenen Maßkrug und lächelt mich ziemlich nett an, obwohl ich ungewaschen und unrasiert bin. Sie spricht deutsch mit charmantem italienischem Singsang. Nur leider sagt sie jetzt viel zu schnell »Mach's gut-e!« und dreht sich zu einem Ehepaar um, das aus meiner Waggontür steigt und ganz offensichtlich zu den »Huber-Reisen«-Touristen gehört.

Ganz schön aufregend hier. Zu aufregend für meinen Geschmack. Nach der langen Nachtzugfahrt sind meine Synapsen noch nicht wirklich fit.

Jetzt setzt der Mann mit dem kanariengelben Hemd wieder an. »Taxi?« Der zischende Ton wird fordernder, immer schneller dreht er die Schlüssel seines Bundes in der Hand. Wenn es in dieser Disziplin einen Wettkampf gäbe, wäre er auf alle Fälle Weltmeister.

Ich nicke ihm zu. »Okay, na gut, Taxi.«

Mein Taxifahrer in dem knallgelben Hemd nickt befriedigt und geht zügig voraus: »Kam-e iere!« Wie bitte? Ach so: Komm hier lang, meint er.

Wir treten auf den Bahnhofsplatz: Der Himmel über Rom ist bis auf die weißen Möwen, die ihn durchqueren, stahlblau, auf den Busparkplatz fällt der Schatten hoher Pinien und auf der Straße sehe ich ein gutes Dutzend Motorini, die brummend die Autos überholen.

Es sieht aus wie ein gewaltiger Abenteuerspielplatz für Erwachsene – und wird in Zukunft meiner sein!

Ich denke an Amadeos Warnung: »Martino, Martino, isch sage dir-e, Roma ist-e eine super-e Stadt-e, aber-e für disch – mit dein-e blond-e Gemus-e auf dem Kopf …«

So ein Quatsch. Super hier.

Die Stimme des Taxifahrers reißt mich aus meinen Gedanken. »Kam-e iere«, ruft er erneut und winkt in eine Richtung, wo überhaupt keine Taxen stehen.

»Aber …«

»Kam-e iere!«

In einer Seitenstraße bleiben wir vor einem silbernen Mercedes-Kombi, Baujahr ungefähr 1993, stehen. Es gibt kaum eine Stelle, an der sich keine Beulen und keine Kratzer befinden.

»Taxi«, sagt er und deutet zufrieden mit dem Kinn auf das Auto. Was soll daran denn bitte schön ein Taxi sein? Es ist weder ockerfarben wie in München, gelb wie in New York noch schwarz wie in London, sondern einfach nur silbergrau verdreckt.

Ich kann mir nicht vorstellen, dass dies die römische Taxifarbe sein soll. Und vor allem fehlt das Schild auf dem Dach.

»*Scusi*«, radebreche ich, »sind Sie sich sicher, dass das ein Taxi ist?«

Er klopft mir beruhigend auf die Schulter: »Taxi? Yes-s-e!«, und öffnet einladend die Beifahrertür: »*Special price*, privat-e Taxi!«

Ein privates Taxi mit Spezialpreis.

Das kann ja was werden. Einerseits bringe ich weder die geistige noch die körperliche Frische auf, mich jetzt nach Alternativen umzusehen, doch andererseits versinke ich allein bei dem Gedanken an Amadeo und Uli im Boden. Seit kaum 15 Minuten in Rom angekommen, werde ich schon von einem Pseudotaxifahrer abgeschleppt.

Müde seufze ich »Okay!« und lasse mich gottergeben auf den Beifahrersitz fallen. Wenn jetzt ein Unfall passiert, werden bei meiner Beerdigung alle nur den Kopf schütteln. »Wie konnte der Idiot bloß zu irgendeinem Typen ins Auto steigen?«

Ich reiche dem angeblichen Taxifahrer den Zettel mit der Adresse einer Kaffeebar, die »I Soliti Ignoti« heißt. Sie muss irgendwo in der Gegend des Petersdoms sein. Dort, so hat mir mein Vermieter Luca geschrieben, habe er den Haustürschlüssel hinterlegt.

»Yess-e«, bestätigt mein Taxifahrer zuversichtlich.

Auf den Rat eines Bekannten meiner Eltern habe ich bereits von München aus per Internet und Telefon eine Wohnung gemietet. »Einfach so nach Rom kommen und hier was suchen? Vergiss es«, hatte der Bekannte gewarnt, »das kann Wochen dauern, und am Ende gibst du eine Jahresmiete für ein paar Wochen Hotel aus. Du zahlst schon 1000 Euro dafür, mit einer Luftmatratze in einem Vierbettzimmer zu schlafen.« Mit derlei guten Ratschlägen versehen, suchte ich also panisch nach einer Bleibe. Meine Idealvorstellung: zentrumsnah, nicht touristisch, nah an einem Park, wenn möglich mit Blick auf eine der Sehenswürdigkeiten Roms. Und tatsächlich: Ich wurde schneller fündig als gedacht. Hoffentlich hält die Wohnung, was sie verspricht.

Mein Taxifahrer fährt los, ich greife nach dem Gurt, will mich anschnallen, doch ich kann ihn nicht einstecken, denn da ist schon was drin. Das Einsteckteil, ohne Gurt natürlich. Ich drücke auf den roten Knopf, ziehe das Teil heraus, woraufhin das Auto sofort protestiert und piepsende Warngeräusche von sich gibt.

»*Nooo!*« Der Kanariengelbe schüttelt den Kopf, nimmt mir das Einsteckteil aus der Hand und schiebt es zurück an seinen Platz. Das Piepsen hört sofort auf, weil das Auto jetzt denkt, ich sei angeschnallt, und der Wagenbesitzer strahlt ob seiner klugen Erfindung: »No Biepbiepbiep.«

Der Typ ist ja wahnsinng!

Laut Stadtplan fahren wir in Richtung Kolosseum. Äh, müssten wir nicht eigentlich ganz woandershin? Ich dachte, die Wohnung läge eher in der Nähe des Petersdoms. »Sind Sie sicher, dass das der richtige Weg ist?«

Der »Taxifahrer« antwortet nicht direkt. Er lacht und macht eine ausladende Geste: »*Look*, Colosseo!«

Mag ja sein … »Aber …«

»*Look*, Circus Maximus!«

Jetzt reicht's. »Ich will zu der Adresse da«, sage ich und wedle mit dem Zettel vor seiner Nase herum. »Und zwar sofort! *Subito*«, fahre ich ihn an.

Er schimpft leise vor sich hin und nuschelt mehrfach: »*Che cazzo!*«

Sogar ich weiß, was das bedeutet. Mittels eines Begriffs, der sich auf die männlichen Geschlechtsteile bezieht, wird damit alles bezeichnet, was nervt. Mein »Taxifahrer« wendet ihn in den nächsten 20 Minuten sehr großzügig auf alles an, was ihm, nun ja, auf den Sack geht, und sei es ein Fußgänger, der auf die Idee kommt, am Zebrastreifen unvermittelt die Straße zu betreten.

»*Cazzo!*«

Oberhalb des Petersdoms, auf einem weiten Platz, fährt er rechts ran und bleibt zum Ärger der hinter uns Fahrenden beziehungsweise nun Stehenden ungerührt in zweiter Reihe stehen. Auf meiner Seite geht das Fenster hinunter, mein Fahrer beugt sich herüber und ruft nach draußen einem Mann auf dem Bürgersteig »Oohu!« zu.

Keine Reaktion.

Er ruft noch einmal: »Oohu!«

Jetzt endlich schaut der weißhaarige Mann, der offenbar mit diesem Zuruf ans Auto gelockt werden sollte, zu uns her.

Der Kanariengelbe beugt sich noch weiter herüber: »*Scusi,* die Bar ›I Soliti Ignoti‹?« Klar, er sucht den Weg. Offensichtlich hat er erst mal nur so getan, als wisse er, wohin!

Der Passant antwortet nicht, sondern späht aufmerksam ins Taxi und zu mir. Ich schaue ihn treudoof an. Er nickt mit dem Kopf in meine Richtung und fragt den Kanariengelben: »Wo bringen Sie den denn hin?«

»Den«, damit meint er wohl mich.

Als der »Taxifahrer« Unverständliches nuschelt, höre ich den Mann irgendetwas sagen, bei dem ich das Wort »Lizenz« heraushöre.

Dem Fahrer gefällt diese Fragerei überhaupt nicht: »*Cazzo!*«

Er fährt das Seitenfenster hoch und legt den Gang ein.

Der Passant klopft an die Scheibe und schaut mir in die Augen, reibt die Fingerspitzen der rechten Hand aneinander, hält dann den rechten Zeigefinger unter das rechte Augenlid und zeigt auf den Fahrer. Drei Gesten in fünf Sekunden. Ich reime sie mir zusammen zu »Geld« (die Fingerspitzen), »Aufpassen!« (Auge), »Der da«.

Soll ich nun auf den Taxifahrer aufpassen? Oder auf mich?

Will er mich warnen? Das wird ja immer besser.

»*Cazzo!*«, flucht mein Fahrer erneut, doch immerhin bringt er nur einen Steinwurf entfernt sein Taxi vor einer Bar mit dem merkwürdigen Namen »I Soliti Ignoti« (Die üblichen Verdächtigen) zum Stehen. Ächzend wuchtet er jetzt Rucksack, Koffer und den Fresskorb aus dem Kofferraum, fährt sich dann durch die Haare, schaut mich an und hält die Hand auf. Jetzt wird sich erweisen, wie speziell der Preis tatsächlich ist.

»Fiffti Juro, *grazie*, tänk ju.« Er klingt sehr bestimmt, als sei es so ausgemacht gewesen. Und das »tänk ju« fühlt sich ähnlich freundlich an wie ein Messer am Hals.

Hallo? 50 Euro?

Ich bin deutlich irritiert, während er so entspannt dreinschaut, als hätte er lediglich »Zwei mal zwei ist vier!« gesagt.

Ich starre ihn an, er starrt zurück. Ich komme mir vor wie in der Schule, als wir spielten »Wer als Erster blinzelt, hat verloren!«. Aber ich verspüre jetzt keine Lust auf irgendwelche Spielchen. Ich war die ganze Nacht unterwegs, habe schlecht geschlafen, finde es furchtbar heiß und werde zu allem Überfluss schon nach einer halben Stunde in Rom nach Strich und Faden betrogen.

Ich denke an Amadeos Warnung. Ja verdammt, vielleicht hat er recht. Meine Haare prädestinieren mich anscheinend dazu, dass Taxifahrer sich auf mich stürzen wie gierige Löwen auf eine Antilope.

Dann passiert etwas Unerwartetes: Der Taxifahrer nuschelt wieder irgendwas von *cazzo*, geht zum Kofferraum und öffnet ihn. Dann hebt er Ulis Fresskorb, der schon ausgeladen auf dem Bürgersteig stand, wieder hoch und stellt ihn in seinen Wagen zurück. Er schlägt die Klappe zu: »Twentifaiffe Juro, tänk ju!«

Verstehe ich das richtig? Er lässt sich auf 25 Euro herunterhandeln, wenn er meinen Fresskorb behalten darf?

Ein schlechtes Gewissen gegenüber Uli plagt mich nur kurz. Dann krame ich meinen Geldbeutel heraus und halte meinem Fahrer 25 Euro hin. Soll er sich doch die fränkische Leberwurst aus der Dose schmecken lassen!

Zwar scheint das jetzt nicht ganz seinen Erwartungen zu entsprechen, aber wer hat denn bitte den Handel vorgeschlagen?

Eben.

»*Che cazzo!*« Der Pseudotaxler nimmt die 25 Euro, schwingt sich hinters Steuer und braust davon.

Einen Moment stehe ich unschlüssig auf der Straße. Rom ist anscheinend wirklich ein Abenteuerspielplatz für Erwachsene. Zumal für blonde.

»Und, was hast du gezahlt?« Da ist er wieder, der weißhaarige Passant, der mich eben gestenreich durch das Autofenster warnen wollte.

Ich gebe ihm eine Kurzzusammenfassung des gerade Erlebten. Um nicht als völlig naiv dazustehen, greife ich zu einer Notlüge, behaupte, ich hätte nur 15 Euro gezahlt und die Fahrt klasse gefunden.

Der Passant hält wieder den Zeigefinger unters Augenlid: »*Occhio!* Augen auf! An jeder Ecke wollen sie dich reinlegen.«

»Hier auch?« Ich schaue mich besorgt um. »Ich wohne nämlich in Zukunft hier!« Soweit ich mein Stadtviertel bisher beurteilen kann, wird es zwar nicht in Kunstführern erwähnt, macht aber einen ganz ordentlichen Eindruck.

Der Passant beruhigt mich. Das hier sei ein »*quartiere buono*«, sagt er, ein gutes Viertel.

Er legt seine Hand auf meine Schulter und schaut mir freundlich in die Augen: »Das Beste im Viertel befindet sich dort vorne. Da arbeite ich. Ich bin Barista, Barmann im ›Papagallo‹.«

Ich nicke ahnungsvoll. So fit sind meine Synapsen mittlerweile wieder, dass mir klar ist, dass es sich bei diesem »Papagallo« kaum um ein Fachgeschäft für Papageien, sondern um eine von Zehntausenden Kaffeebars in Rom handeln dürfte.

Er gibt mir die Hand: »Ich heiße Dino.« Dann nickt er mit dem Kinn abfällig in Richtung »I Soliti Ignoti«: »Was willst du denn in dieser Bar?«

Ich erzähle ihm von meinem Vermieter und dem hinterlegten Schlüssel.

»Hm, das ›I Soliti Ignoti‹ ist keine gute Bar. Massimo, der Barista, ist ein *stronzo*«, womit er eine Charakterisierung meint, die im Deutschen mit dem Buchstaben A beginnt und nicht gerade als feine Ausdrucksweise gilt.

Wir verabschieden uns, ich verspreche, ihn bald in diesem »Papagallo« besuchen zu kommen. Nach ein paar Schritten dreht sich Dino noch einmal um und hält wieder den Zeigefinger unters Augenlid. »*Stai attento, biondo*« – pass auf, Blonder!

Erst Amadeo, jetzt Dino. Warum nur machen sich alle völlig unbegründete Sorgen um mich?

Casa mia!
Mein neues Zuhause

Ein paar Minuten später weiß ich, warum das »I Soliti Ignoti« keine gute Bar ist. Der Cappuccino, mein erster in Rom, kann diesem historischen Moment nicht gerecht werden, viel zu viel Kakao und schnell zerplatzender Milchschaum und insgesamt kaum besser als in vielen ostfriesischen Tankstellen.

Aber was erheblich schlimmer ist: Massimo, so heißt der Barista, überreicht mir zwar meinen Haustürschlüssel, verlangt aber für den Cappuccino stolze 5 Euro, weil ich ihn im Sitzen getrunken habe.

»Aber es ist doch niemand da außer mir.« Ich zeige entgeistert in die leere Bar.

Massimo macht es wie der angebliche Taxifahrer. Er fixiert unbeteiligt einen fernen Punkt im Universum und wiederholt ungerührt seine Forderung: »*Cinque Euro, grazie.*«

Mit einem entschiedenen »*No!*« mache ich ihm klar, dass ich gar nicht daran denke.

Barmann Massimo setzt jetzt einen theatralischen Blick auf, legt die Innenflächen seiner Hände gegeneinander, hebt die Unterarme in Brusthöhe und wedelt mit den Händen auf und ab: »Madonna, *biondino,* du hast dich hingesetzt, Blonder, also zahlst du den vollen Preis.«

Leider habe ich nichts mehr aus Ulis Fresskorb, das ich ihm anbieten könnte. Also lege ich 5 Euro in die abgegriffene Geldschale und verlasse das ungastliche »I Soliti Ignoti« auf Nimmerwiedersehen – nicht ohne in der Tür noch »*Cazzo!*« zu nuscheln.

Draußen schaue ich mich unschlüssig um. Immerhin, den Schlüssel habe ich, und so gehe ich in die Richtung, in der ich die Via dei Sarelli vermute. Dort, Nummer 54, soll meine Wohnung sein.

Zwei Minuten später, ich kurve mit meinem Rollkoffer gerade noch um einen weiteren Berg Hundescheiße herum, erlebe ich die dritte denkwürdige Begegnung dieses Tages:

Ein Moped mit zwei Jungs rast heran, ihre schwarzen Helme sitzen – ohne festgezurrt zu sein – locker auf ihren Köpfen, sodass sie genauso gut ganz ohne fahren könnten. Die würden sich vermutlich totlachen über die 15-jährigen Bauernsöhne auf bayerischen Straßen, die auf ihren Mopeds mit 30 km/h dahinzuckeln, aber gewaltige Helme und Lederschutzkleidung tragen wie Formel-1-Piloten!

Je näher das Moped kommt, desto mehr klingt es nach einem durchgeknallten Rasenmäher. Als die beiden auf meiner Höhe sind, hupt der vorne sitzende Junge zweimal und ruft quer über die Straße in meine Richtung: »Oohu, *biondo!*« Sie winken mir zu und lachen. Gar nicht mal beleidigend. Sondern eher so, als betrachteten sie mich als Mensch mit Seltensheitswert.

Nach nicht einmal zwei Stunden in Rom muss ich feststellen, dass man sich mit blonden Haaren in dieser Stadt so unauffällig bewegt wie ein Punker mit Irokesenschnitt in einer deutschen Fußgängerzone.

Nummer 62, 60, 58 ... Ich suche nach meinem Haus, der Nummer 54 in der Via dei Sarelli. Drei Einmündungen von Seitenstraßen habe ich bereits passiert, sie hießen Via Marcello II., Via Anastasio II. und Via Pio V. und sind somit allesamt nach Päpsten benannt. Kein Zweifel, denke ich mir, ich bin wirklich in Rom.

»Die Nummer 54 ist ein Palazzo auf der rechten Seite«,

hieß es in der E-Mail meines Vermieters, in der er mir alles Notwendige, einschließlich des hinterlegten Schlüssels, mitteilte. Als ich schließlich vor dem Haus stehe, finde ich, dass die Bezeichnung »Palazzo« ein arg großes Wort für das Gebäude ist.

Acht Stockwerke, überall heruntergelassene Rollläden, vermutlich gegen die Hitze, erdbraune Fassadenfarbe, die aussieht, als würde sich das Haus häuten, und auf dem Dach zähle ich allein von der Straße aus 17 Antennen.

Springbrunnen, eine kiesgedeckte Auffahrt und symmetrisch angelegte Gärten, wie ich sie bei einem Palazzo irgendwie erwartet habe, sehe ich nicht. In Deutschland würde man das Haus einfach eine Mietskaserne nennen.

Nun denn. Voller Spannung stecke ich im sechsten Stock den Schlüssel ins Schloss meiner Wohnungstür.

Drei, zwei, eins, die Tür schwingt auf. Dutzende, Hunderte, vielleicht Tausende Male werde ich das wohl noch gedankenlos machen – jetzt aber ist es ein großer Moment.

Mein erster Eindruck: Sie ist schön, diese Wohnung. Hier zu leben, das kann ich mir gut vorstellen. Ein bisschen klein vielleicht. Jedoch gemütlich – bis auf den weißen Fliesenboden, mit dem ich in München nicht mal den Keller ausstatten würde. Ein Wohnzimmer, ein Schlafzimmer, ein kleines Bad, eine kleine Küche und vor allem eine großzügige, mit Orleander, Ficus, Jasmin und einem Orangenbäumchen bepflanzte Terrasse. Ich beuge mich über die Brüstung, unter mir rasen Autos, Motorräder und Motorini, über mir breitet sich ein schmerzhaft ins Auge stechender blauer Himmel aus.

Sehr schön so weit. Nur: Was ist mit dem »Blick auf den Petersdom«, den die Anzeige versprach?

Ich spähe in alle Richtungen – den Petersdom sehe ich nicht. Nicht hinter den vielen Antennen da oben auf den Dächern, nicht hinter den hübsch bepflanzten Balkonen meiner Nachbarn. Da ich nicht davon ausgehe, dass der Petersdom in der Zwischenzeit abgerissen wurde, muss ich genauer suchen. Und siehe da: Mich riskant über den Abgrund beugend, dabei an einer Trennwand zum Nachbarn vorbeilugend, entdecke ich sie tatsächlich, die Kuppel des Petersdoms. Strahlend weiß. Ein erhebender Moment sicher, wenngleich mit einem gewissen Aufwand verbunden. »Blick auf den Petersdom!«, stand in der Anzeige. Ha! So wie bei jenen Ferienhotels, die nur »100 Meter vom Strand entfernt« sind, man diesen aber nur unter Lebensgefahr erreichen kann, indem man die vierspurige Schnellstraße überquert.

Was soll's. Hauptsache, ich bin endlich angekommen.

Nachdem ich drei Stunden auf der Wohnzimmercouch geschlafen habe, verbringe ich den Tag damit, die Wohnung, meine Wohnung, einzurichten. Das geht schnell, sie ist ja möbliert – mit einem Mix aus »Brauch-ich-nicht-mehr«-Möbeln des Vermieters und Vorhängen und Lampen von Ikea, die offenbar alles etwas »freundlicher« und »jünger« aussehen lassen sollen. Als ich nach beendetem »Einzug« am Abend mein Namensschild auf die Klingel und den Briefkasten klebe, finde ich darin einen Prospekt des Pizzadienstes »Kiss Pizza« vor. Zum Glück funktioniert meine alte italienische Handykarte noch, die ich gleich nach der Ankunft in der Wohnung feierlich statt meiner deutschen Simcard installiert habe, und ich wähle die angegebene Nummer. Auch das erscheint mir historisch: das erste Telefonat in Rom!

»Kiss Pizza, *buona sera?«*, fragt eine Stimme.

»Buona sera«, antworte ich und ordere die gleiche Pizza, die ich immer und überall bestelle. »Eine Capricciosa mit allem, extra Oliven und extra Käse.« Reichhaltiger belegt geht es nicht.

Zufrieden lächle ich: Meine Bestellung müsste zweifelsfrei verstanden worden sein.

Doch aus dem Hörer kommt zurück: »Sicher?«

Das bringt mich durcheinander. »Wie, sicher?« In meinem Hirn hüpft ein großes rotes Fragezeichen auf einem Trampolin auf und ab.

Der Bestellungsannehmer macht »Eeeh!« und sagt: *»È tanto!«* Das sei viel, meint er. Wie soll ich das verstehen?

»Was zu viel? Zu viel Belag?«

Der Pizzamann am anderen Ende der Leitung äußert sich nicht auf meine Nachfrage. Er macht ein Geräusch, das wie »Boh!« klingt und fügt hinzu: *»A posto«*, in Ordnung. Und dass die Pizza in einer halben Stunde kommen werde.

»Ciao!«

Als das Gespräch beendet ist, schaue ich stirnrunzelnd auf mein Telefon, als hätte ich eine SMS in babylonischer Keilschrift erhalten. Hat der Mann vom Pizzadienst gerade ernsthaft gesagt, ich hätte »viel« oder »zu viel« Belag bestellt? Und was war das für ein komisches Geräusch, was er gemacht hat, dieses »Boh«?

Als die Pizza kommt, ist sie genauso dick belegt, wie ich sie haben wollte. Na also, geht doch.

Nach dem Essen setze ich mich auf die zwar weich aussehende, tatsächlich aber harte Couch und schalte den Fernseher an. Im ersten Programm läuft die Wettervorhersage des Staatssenders Rai Uno: Doch anders als in Deutschland steht da kein schlaksiger Diplom-Meteorologe oder eine blonde Schönheit, sondern ein Mann in perfekt sitzender dunkelblauer Uniform. Auf der Brust hängen mehr Orden, als der Bildausschnitt überhaupt zeigen kann, und sein Beruf ist mit »Marschall der italienischen Luftwaffe« angegeben. Der *Maresciallo* schaut jetzt so streng in mein Wohnzimmer hinein, als könne er sehen, wie lässig ich mich vor den Fernseher gefläzt habe. Jetzt sagt er, wiederum ohne zu lächeln und mit heiligem Ernst in der Stimme: »Das vom Atlantik kommende Tief wird Italien nicht, ich wiederhole nicht, berühren und das wunderschöne Sommerwetter nicht beeinträchtigen.« Er klingt so erleichtert über die Fortdauer des *bellissimo tempo,* als würde er vermelden, dass herannahende feindliche Truppen sich zum Glück einen anderen Gegner ausgesucht hätten.

Dann sagt er etwas, das ich ebenfalls noch nie im Rahmen einer Wettervorhersage gehört habe: »*Un bacio di buona notte a tutti e buona serata.*« Einen Gutenachtkuss an alle und einen schönen Abend wünscht der *Maresciallo.* Wie nett von ihm, auch wenn ich auf seinen Gutenachtkuss im Ernstfall eher verzichten würde.

Che sfortuna!
Noch mehr Katastrophen

Ich wälze mich nach links. Ich wälze mich nach rechts.

Wieder nach links und dann wieder nach rechts.

Aber schlafen kann ich nicht.

Es ist schon mitten in der Nacht, und ich führe noch immer einen Kampf gegen mein Bett. Wie können die Italiener bloß so schlafen? Das Laken, unter dem ich liege, ist auf allen Seiten fest unter die Matratze gestopft, ich bin fixiert wie ein Brief in einem Umschlag. Die Italiener waren doch auch alle mal Embryos. Wieso wissen die nicht, wie gemütlich es ist, sich in eine Decke gewickelt zusammenzurollen?

Ich aber werfe mich von einer Bettseite zur anderen wie ein Skateboardfahrer in der Halfpipe, bis endlich das unter die Matratze geklemmte, wenn nicht gar angetackerte, angenagelte oder angeschraubte Leintuch seinen Widerstand aufgibt. Erleichtert ziehe ich es an mich und kuschle mich hinein. Nur dass dann diese kratzige Wolldecke, die obendrauf lag, herunterfällt. Ich stehe auf und sortiere alles neu.

Als es so einigermaßen bequem ist, dröhnt mit einem sportlichen Geräusch unten auf der Straße ein Motorino vorbei. Die Ahnung wird zur Gewissheit: Um den Lärm in Rom zu überstehen, muss man seine Gewohnheiten im Umgang mit Ohropax offenbar verändern – das heißt, man muss sie nicht nur gelegentlich benutzen, sondern sie vielmehr nur gelegentlich wieder herausnehmen. Etwa zum Telefonieren oder wenn es die Höflichkeit während eines

Gesprächs zwingend erforderlich macht. Ansonsten empfiehlt es sich, die Ohrstöpsel 24 Stunden pro Tag zu tragen.

Irgendwann muss ich trotz aller Widrigkeiten eingeschlafen sein und wache erst auf, als der Notarztwagen durch meine Wohnung fährt und knapp vor meinem Bett zum Stehen kommt. So hört es sich zumindest an.

Nachdem ich mich gegen Morgen endgültig aus dem Bett gequält habe, bestätigt mir der Spiegel im Bad die Leiden der ersten Nacht in Rom: Mein Gesicht sieht ähnlich verwüstet aus wie mein zerwühltes Bett.

Immerhin strahlt die Morgensonne versöhnlich herab auf die Terrasse: Gegenüber arbeitet der Nachbar wie gestern auf seinem wunderschön bepflanzten Balkon, darunter hängt eine Frau eine Ladung Buntwäsche auf die Wäscheleine, wobei Socken und Unterhosen einen Schatten auf die ockerfarbene Hauswand werfen. Schon das allein ist italienische Postkartenidylle pur.

Was jetzt fehlt, ist ein Cappuccino, aber keiner aus dem »I Soliti Ignoti«. Ich will zu der Bar, die mir dieser Dino gestern auf der Straße empfohlen hat. Wenn ich mich recht erinnere, steht er dort selbst hinter der Theke.

Nach gut drei Minuten Hundehaufenhindernislauf die Straße hinab, entdecke ich das »Papagallo« an der Ecke einer großen Kreuzung, auf der der Verkehr eigentlich durch Ampeln geregelt wird. Da jedoch kaum jemand die Ampelzeichen zu beachten scheint, herrscht ein hupendes Durcheinander. Angesichts der Aussicht, ohnehin nicht voranzukommen, haben einige Fahrer ihre Autos einfach an die Seite gelenkt, die Warnblinkanlage angeschaltet und es sich offenbar in der Kaffeebar gemütlich gemacht, die das gesamte Untergeschoss eines halbrunden Gebäudes einnimmt.

Die Fassade ist in einem warmen Rot gehalten, von dem

sich in goldener Schreibschrift der Schriftzug »Il Papagallo« abhebt. Die Bar sieht großartig und irgendwie sogar elegant aus. Und weil die Wände komplett verglast sind, kann man von außen den Trubel drinnen beobachten und von drinnen das Verkehrschaos auf der Straße im Auge behalten. Praktisch für die genervten Autofahrer, die hier eine kleine Pause einlegen.

Gespannt trete ich ein. Vor mir sehe ich einen gewaltigen Tresen, ein großes L, dessen kürzere Seite verglast ist und wo klebrige Teilchen und trockene Plätzchen in mehreren Etagen zur Schau gestellt werden. Das soll Frühstück sein?

Ganz oben zwei Dutzend Sorten Minisüßkram, etwa Mürbeteigschalen mit Vanillecreme, garniert mit einer Walderdbeere und einem Minzblatt, oder wannenartige Kekse, überbordend gefüllt mit Schokocreme, und hauchdünne Schokoröhren mit süßem Ricotta. In der Mitte dann die *cornetti*: kleine Hörnchen, mittlere Hörnchen, große Hörnchen, Hörnchen mit Schokofüllung, Hörnchen mit Vanillefüllung, Hörnchen mit Marmeladenfüllung, Hörchen mit Zuckerglasur, Hörnchen ohne Zuckerglasur, Hörnchen mit Zuckerstreuseln.

Schließlich in der unteren Etage entdecke ich – gottlob! – doch noch salzige Leckereien, die man sich auf einem deutschen Frühstückstisch eher vorstellen könnte als das süße Zeug: üppig belegte Panini mit hauchdünn geschnittener Salami, mit Rucola und in Scheiben geschnittenem Mozzarella, gewaltige dreieckige Tramezzini, gefüllt mit Thunfisch und Artischocken, oder Toastquadrate, aus denen Tomaten-, Schinken- und Käsescheiben quellen.

Es ist die Ankunft im Schlaraffenland.

Auf der langen Seite des L befindet sich die Kaffeebar, wo sich das Kerngeschäft abspielt, und ganz hinten, an der Maschine, steht dieser Dino, weißhaarig, kugelrunde

Knopfaugen, allerdings nicht im Jogginganzug wie gestern, sondern höchst elegant mit faltenlosem weißem Hemd, roter Weste und roter Fliege, das Rot von goldenen Äderchen durchzogen. Heute sieht er fast aus wie Sean Connery.

Nur dass ihm nicht Kugeln, sondern Bestellungen um die Ohren fliegen. »*Un Caffè!*« kommt von links, »*Caffè lungo!*« von rechts, »*Caffè macchiato!*« von dort, »*Due Cappuccini!*« von hier. »Einen Cappuccino ohne Schaum«, ruft eine Dame, während eine andere ihren mit lauwarmer Milch möchte – ein Sonderwunsch jagt den nächsten bis hin zu der Bestellung eines Mannes, »Espresso im Glas«, woraufhin er ein mit Kaffee gefülltes Schnapsglas vorgesetzt bekommt. Offenbar ordert niemand in Rom einfach »einen Kaffee«. Man nimmt ihn individuell zu sich: besonders heiß, kalt, lauwarm, stark, schwach, geschäumt oder nicht geschäumt.

So, und jetzt will ich auch einen Kaffee, fürs Erste soll es mir egal sein, ob gerührt, geschüttelt oder sonst wie. Ich schiebe mich vor an den Tresen. Ein Mann versucht, Dino mit einem Kassenzettel in der Hand auf sich aufmerksam zu machen. Ich schaue auf den Zettel und dann auf den Mann, der ihn hält. »*Scontrino!*«, sagt er und zeigt zur Kasse. »Ticket-e!«

Ich nicke. Natürlich, so ist das in Italien: erst zahlen, dann essen. Ein kompliziertes System. Ich will gerade zur Kasse, als eine junge Frau die »Papagallo«-Bar betritt.

Hätte ich schon eine Tasse in der Hand gehabt, sie wäre mir jetzt auf den Boden gekracht. Denn die Frau, die gerade zur Tür hereinspaziert, ist niemand anders als die Reiseleiterin von »Huber-Reisen«. Die junge Frau mit den halblangen dunklen Haaren, die mich an meinen Jugendschwarm Giovanna erinnert.

Ich kann es kaum glauben und fasse nur einen einzigen

gescheiten Gedanken, den aber umso bestimmter: Ich beschließe – sollte sie mich sehen und sollten wir uns unterhalten –, sie umgehend zu fragen, ob sie mich heiraten will.

Was ich mich natürlich nicht traue. Denn diese Giovanna plus 20 Jahre sieht mich und meinen sicher nicht sehr intelligenten Blick, fängt an zu lachen und sagt: »Oh ..., du warst gestern am Bahnhof ... *Ciao!* Was macht dein Bierkrug?«

Ach ja, der Bierkrug. Ich hatte den Gedanken an den so herzlos an den Taxifahrer weitergegebenen Fresskorb und dessen Inhalt schon verdrängt und höre mich etwas stammeln wie: »Bierkrug? Äh, kaputt!«

Giovanna plus 20 Jahre schiebt ihre Unterlippe nach vorne: »Tut mir leid«, sagt sie und sieht sehr niedlich dabei aus.

Wir stellen uns vor. Sie heißt Elisa.

Elisa, also. Das ungeduldige *»Prego!«* der Kassiererin, das mir zu verstehen gibt, ihr bitte endlich meine Wünsche zu nennen, reißt mich aus süßen Gedanken. *»Un cappuccino e un cornetto«*, sage ich hastig – ich will dem süßen italienischen Frühstück eine Chance geben. Ich halte der Kassiererin einen 20-Euro-Schein hin. Die Frau schaut mich entsetzt an:

»Hast du kein-e Spitsch?«

Spi... was?

»Spitsch«, wiederholt sie und fügt ungeduldig hinzu, *»small-e money-e,* klein-e Geld-e.«

Gut, 20 Euro sind 20 Euro, ein Schein zwar, aber doch kein wirklich großes Geld. Ich krame umständlich Münzen hervor, die Kassiererin macht »Eeeh!«, was ich als »Na siehste, wusst ich's doch!« interpretiere, und reicht mir den *scontrino,* den Kassenzettel. So, jetzt komme ich vielleicht endlich zu einem Kaffee.

Aber wo ist Elisa? Schade, sie hat sich leider bereits ans

andere Ende der Bar vorgearbeitet, wo sie jetzt von diesem Dino mit »*Ciao, bellissima!*« begrüßt wird. Ich verzichte darauf, hinterherzudrängen, doch der Barmann sieht mich auch so:

»*Ciao, biondo*«, ruft er. Ich seufze: schon wieder diese Anspielung auf meine Haare.

Allmählich fühle ich mich diskriminiert. Soll ich ab morgen Mütze tragen? Aber ich verzichte auf einen Kommentar.

»*Ciao,* Dino«, sage ich nur und bestelle bei ihm Cappuccino und Cornetto.

»*Va bene, biondo?*« Alles klar, Blonder?

Ich überlege. Soll ich hier gleich mal eines klarstellen: »Ich bin nicht der *biondo* für dich!«, oder mir stattdessen etwas auf diese individuelle Anrede einbilden? Denn alle anderen begrüßt Dino nach dem gleichen Schema: die Männer mit »*Ciao, caro/carissimo!*« und die Frauen mit »*Ciao, bella/bellissima!*«. Auch wenn ich zum ersten Mal in der Bar bin, gehe ich davon aus, dass es an allen 365 Tagen des Jahres so abläuft wie heute:

Man betritt das »Papagallo« (oder eine andere Bar zwischen Bozen und Palermo).

Man holt den *scontrino.*

Man ruft dem Barista ein »*Ciao!*« zu und bekommt ein »*Ciao, carissimo/a!*« zurück.

Man bestellt.

Man kippt den Inhalt der Tasse so schnell wie möglich in den Rachen.

Man ruft erneut »*Ciao!*« und bekommt eventuell »*Ciao* und viele Grüße an die ganze Familie!« zurück.

Man geht.

So weit die Theorie. Nur habe ich immer noch keinen Cappuccino vor mir, den ich runterkippen könnte. Was macht Dino bloß? Um mich herum wedeln Menschen nervös mit dem *scontrino* und geben mir die Schuld, dass der normale Ablauf stockt.

Man hört jetzt »Psch«.

Und noch stärker:

Pschpschpsch!

Ich sehe in Dinos Hand etwas, das aussieht wie eine Sprühdose.

Um Gottes willen, es ist eine!

Er dreht sich um. *»Ecco!«* Da schau her! In der Hand hält Dino strahlend ein Wunderwerk der Konditorkunst: Extra für mich hat er einen sich v-förmig öffnenden Sektkelch an der Innenseite mit einer Spirale aus brauner Schokocreme verziert, ihn dann bis auf halbe Höhe mit einer hellbraunen Kaffee-Milch-Mischung gefüllt – und darüber erhebt sich ein gewaltiger Berg Sprühsahne, der den Glasrand überragt wie der Mount Everest andere Berge des Himalaja. Der Sahnegipfel selbst wird gekrönt von einer dicken Schicht Kakao, die sich bereits einschließlich eines Teils der Sahne als braun-weiße Lawine in Richtung Untertasse in Bewegung gesetzt hat.

»Extra für dich.« Dino strahlt.

»*Grazie,* Dino!« Ich muss mich wohl oder übel bedanken, denn der Barista schaut mich trotz der nervösen Unruhe der Wartenden immer noch begeistert an. Wahrscheinlich denkt er, dass die nordalpine Kaffeekultur sich nach wie vor auf dem Stand der Achtzigerjahre befindet und jeder blonde Mensch Cappuccino mit Sahnebergen liebt. *»Panna«,* erklärt Dino jetzt und deutet auf den Mount Everest, als hätte ich es noch nicht begriffen.

Ich nicke und nehme meine erste Expedition auf den Sahnehimalaja in Angriff. Als würde ich ein Ei köpfen, kappe ich gekonnt den kakaobraunen Sahnegipfel und führe rasch hintereinander löffelweise den süßen Matsch zum Mund. Mehrere Gäste schauen gebannt zu.

»Bist du Engländer?« Ein Mann neben mir spricht mich mit einem übertrieben prononcierten Italienisch an.

»Nein, aus Deutschland.«

Der Mann runzelt die Stirn: »Ich hätte gedacht, du kommst aus England.«

Ich, irritiert: »Nein, aus Deutschland.«

»Oder aus Schweden, Norwegen?«

Seine Frau mischt sich ein. »Oder aus – wie heißt das noch mal – Island?«

»Nein, tut mir leid«, antworte ich geduldig, »ich stamme aus Deutschland.« Offenbar bin ich mitten in die Kaffeepause des Volkshochschulkurses »Kulturen Nordeuropas« geplatzt.

Jetzt macht der Mann zu allem Überfluss dasselbe komische Geräusch wie gestern der Pizzadienst, als ich auf meinem dicken Belag beharrte: »Boh!«, und schiebt dabei sein Kinn nach vorne. »Boh!« muss so etwas heißen wie »Na ja, ich weiß nicht ...« oder »Wenn du meinst ...«.

Seine Frau gibt nach wie vor nicht auf. »Ich meine wegen der Haare. Die Völker des Nordens haben doch solche Haare wie Sie.«

Ich komme mir allmählich vor wie bei einer Völkerschau, wie sie etwa Carl Hagenbeck im 19. Jahrhundert veranstaltete: »Echte Hunnen! Echte Goten! Nur diese Woche! Die blonden Völker des Nordens! Sie fressen rohes Fleisch! Sie trinken Cappuccino mit Sahne!«

»Posso?« Die Signora fragt höflich um Erlaubnis, greift dann aber, ohne meine Antwort abzuwarten, in meine Haare. *»Che capelli!«*, ruft sie aus und schaut sich um, als wollte sie andere dazu ermutigen, ebenfalls diese einmalige Erfahrung zu machen und einem Nordmenschen die Locken zu zausen.

»Sie sind echt«, sagt die Frau und gibt die Botschaft wie eine Sensation nach hinten weiter. »Madonna, sie sind echt.«

»Madonna, wie schön«, echot eine Frau im Hintergrund und schlägt entzückt die Hände zusammen, sodass ihr Mann beinahe seinen Cappuccino verschüttet. »Schau dir diesen Blonden an!«

Als ich ebenfalls hinter mich schaue, bemerke ich, dass auch die hübsche Elisa noch da ist und das Theater um meine Haare beobachtet, wobei sie sich bestens zu amüsieren scheint. Sie trinkt gerade den letzten Schluck aus ihrer Cappuccinotasse, Dino räumt sie weg, und ich höre Elisa deutlich sagen: »*Grazie, Zio.*«

Aha! *Zio* heißt »Onkel«. Also müssen Dino und Elisa verwandt sein. Das ist eine sehr gute Nachricht. Dann besteht nämlich Hoffnung, sie hier des Öfteren wiederzusehen, ohne ihr sofort einen Heiratsantrag machen zu müssen.

»*Ciao,* Elisa«, sage ich, als sie an mir vorbei zur Tür geht. »*Ciao!*«, antwortet sie, lächelt mich an und runzelt mit Blick auf meinen Sahnecappuccino die Stirn.

»Schmeckt fantastisch«, erkläre ich und zwinkere ihr zu.

»Er sagt, dein Cappuccino schmeckt fantastisch, Onkel«, ruft Elisa und zwinkert mir ihrerseits zu.

Wir grinsen. Dino strahlt.

Elisa ist gerade eine Minute weg, da kommt der zweite Teil meiner Bestellung.

»Cornetto?« Ich bekomme endlich mein Hörnchen. Das verschafft mir Luft im Kampf gegen das Kaffee-Sahne-Monster.

Habe ich zumindest gehofft.

Das Teil sieht allerdings aus, als hätte es den Nährwert

eines mittleren Frühstücksbüfetts: Rundherum ist der hellbraun gebackene Teig mit Zuckerguss bezogen, auf den es zu allem Überfluss auch noch Dutzende stecknadelkopfgroßer Zuckerkörner geregnet hat. Und aus dem Innern des angeschnittenen Gebäcks quellen wie aus einer Wunde Unmengen von Vanillepudding. Hätte ich doch ein Tramezzino genommen!

»Schmeckt gut! Probieren Sie ruhig!« Das Ehepaar, das mich als Deutscher anscheinend nicht akzeptieren will, schaut mir immer noch zu. Ich lächle unsicher: Selbst Sonntagnachmittags um 4 Uhr, zur Kaffee-und-Kuchen-Zeit, bekomme ich so etwas kaum herunter. Erst recht nicht um 10 Uhr morgens, dazu auf einen Magen, der schon mit einem halben Liter Kaffee und einem Becher Sahne zu kämpfen hat. Ich schließe die Augen, denke »Abrakadabra, Käsebrot«, doch als ich sie wieder öffne, ist nichts passiert.

Außer dass das interessierte Ehepaar jetzt noch neugieriger schaut.

»*Everything alright?*«, fragen sie mit ihrem merkwürdigen Akzent.

»*Si, si.*« Alles klar.

Ich nehme das Hörnchen in die Hand, bleibe dabei mit den Fingern daran kleben, als sei es mit Sekundenkleber bestrichen oder eine fleischfressende Pflanze, und öffne widerwillig meinen Mund. So langsam, wie sich die verrostete Zugbrücke einer mittelalterlichen Burg geöffnet haben dürfte. Dino, das Ehepaar und ein paar Cappuccinotrinker schauen fasziniert zu mir hin, als der vordere Teil der süßen Bombe zwischen meinen Zähnen verschwindet. Auch Elisa hat sich an der Tür noch einmal umgedreht.

Ich mache den Mund zu.

Sofort legt sich die Sekundenkleberoberfläche des Cornetto an den Gaumen, während gelbe Vanillecreme am

Unterkiefer haftet und die Mitte der Mundhöhle von einem großen trockenen Stück Teig blockiert wird. Nichts geht mehr. Ich versuche zu kauen, ich versuche zu schlucken, doch vergeblich – die Masse an Cornetto ist zu groß.

Panik!

»Aqua!«, versuche ich zu rufen, Wasser.

Ich reiße, so gut es geht, die Zähne auseinander und deute mit meinem verklebten Zeigefinger auf meine übervollen Backen.

»Aqua!«

Der an Nordmännern interessierte Mann fragt, ohne den Blick von mir zu wenden, verständnislos: »Papa?«

Endlich gelingt es mir, die Zähne auseinanderzubringen. *»Aqua!«*, rufe ich mit letzter Kraft. Noch bin ich nicht gerettet und dem Tode nah.

Dino begreift den Ernst der Lage als Erster. »Er hat *aqua* gesagt«, herrscht er das Mädchen an, das mir den Wahnsinn von einem Cornetto serviert hat, »gebt ihm endlich ein Glas Wasser!«

Zitternd greife ich danach und schütte es mir in den Rachen und über die Hälfte des Gesichts. Endlich, der Kloß aus Teig, Pudding und Zucker rutscht nach unten! Gerettet, ich kann wieder frei atmen!

Dankbar schaue ich zu Dino. *»Grazie!«*

»Di che?«, sagt er nur – für was. Ganz wie ein Superheld, der mal eben im Vorbeigehen die Welt gerettet hat.

Nie mehr, nehme ich mir vor, nie mehr werde ich ein Vanillepuddinghörnchen essen. Und nie mehr eines mit Zuckerglasur, die am Gaumen kleben bleibt. Ich werde Cornetti einfach generell meiden. Genau! Das ist einfach zu gefährlich. Lebensgefährlich.

Nachdem mich Dino mit einem *»Ciao, biondo!«* verabschiedet hat, beschließe ich, ins Zentrum zu fahren. Ich muss mich nämlich beim italienischen Auslandspresseverband, der *Stampa Estera in Italia* anmelden.

Nur: Wie komme ich jetzt in die Stadt? Auf meinem Stadtplan sehe ich zwei ganze U-Bahn-Linien: Eine Line A, eine Linie B.

Ich muss lachen. Wie konnte ich nur so blöd sein und mit einem Uraltplan meiner Eltern von 1986 losziehen! Klar, damals gab es nicht mehr als zwei U-Bahn-Linien, doch in der Zwischenzeit sind bestimmt zig weitere gebaut worden.

Also schlage ich zuversichtlich den aktuellen Reiseführer auf. Und was sehe ich: Immer noch nur zwei U-Bahn-Linien.

Wie bitte?

Zwei U-Bahnen für 3,3 Millionen Einwohner?

Und wenn ich das richtig sehe, vermeiden beide es tunlichst, ins historische Zentrum zu fahren. Das nenne ich eine originelle Streckenführung. Ich schlage den Reiseführer auf und blättere zum Minikapitel »Öffentliche Verkehrsmittel« und lese da: »U-Bahnen sind ein seltenes Gut in Rom. Der Grund ist die reiche Vergangenheit der Stadt: Gräbt man im *Centro Storico* einen Meter tief, finden die Archäologen wertvolle Zeugnisse der Vergangenheit, und alle Bauarbeiten werden gestoppt. Der Mangel an U-Bahn-Linien wird durch ein umfangreiches Busnetz ausgeglichen.«

Also mache ich mich auf den Weg zur Bushaltestelle.

Nichts zu sehen.

Kein Bus, nicht ein einziger.

Von nirgendwo her und nach nirgendwo hin.

Auch Minuten später noch immer nichts.

»*Passano*«, sagt eine Frau leichthin, die mit mir wartet, »die Busse kommen vorbei, wann sie wollen. Fahrpläne gibt es nicht.« Ich nicke langsam und kehre in Gedanken zurück in den Münchner Stadtteil, in dem ich groß geworden bin. Wenn da früher ein Bus eine Minute früher oder später die Haltestelle anfuhr, schüttelten die Wartenden den Kopf, zeigten demonstrativ auf die Uhr und seufzten beim Einsteigen schwer.

Hier gibt es nicht einmal einen Fahrplan.

Je mehr Zeit vergeht, desto mehr schwindet mein Glauben an die Busse in Rom, bis sich plötzlich etwas am Horizont bewegt. Und noch etwas. Und noch etwas.

Drei Busse, Stoßstange an Stoßstange, fahren unsere Haltestelle an.

Ich steige im letzten bei der hintersten Tür ein. Ein Mann kommt mir hastig entgegen und drängt sich eilig aus dem Bus. Hat wohl vergessen, dass er aussteigen wollte, denke ich mir. Der Bus fährt an, ich drängle mich zum Fahrkartenautomaten, taste nach meinem Geldbeutel, doch der ist weg. Einfach weg!

Ich greife in Panik dreimal in jede Tasche, versuche mir einzureden, ich hätte ihn bestimmt im »Papagallo« liegen lassen, verwerfe das und rede es mir gleich noch einmal ein. Aber es bleibt dabei: Der Geldbeutel ist futsch!

»Eeeh!«, macht eine goldlockige Signora, die mich bei meinen Suchaktionen beobachtet. *»È brutto, però Roma è cosi.«* Es sei zwar bitter, aber so sei Rom nun mal. Sie hat auch gleich eine Theorie zur Hand, wer mich beklaut hat: der Typ, der sich an mir vorbei nach draußen gedrängelt hat. Meine Frage, ob ich den Geldbeutel wohl wiederbekommen würde, etwa durch die Polizei, veranlasst die Frau zu belustigtem Gelächter. »Du kannst es probieren«, meint sie und lacht erneut los.

Eine gute Viertelstunde später an meinem – wohlgemerkt! – zweiten Tag in Rom stehe ich vor dem Polizeirevier an der Piazza del Collegio Romano, nahe der Piazza

Venezia. Tausende Touristen schieben sich Eis essend und fröhlich durch die Gassen, Tausende Römer liegen am Meer. Nur ich …, na toll.

Immerhin ist mir das Handy nicht geklaut worden. Als ich draufschaue, ist eine SMS meiner alten Freundin Uli angekommen. »Na, alles in Ordnung? Ich beneide dich total. Denk daran: Allem Anfang wohnt ein Zauber inne.«

Ich muss lachen.

Hallo, Zauber! Hallo, ich bin da! Und es ist ein Anfang für mich! Du kannst rauskommen! Mürrisch tippe ich ins Handy meine Antwort: »Hi Uli, leider bin ich gerade beklaut worden … nichts Amadeo sagen, der sagt dann nur: Ich hab's doch gewusst.«

Dann habe ich eine Idee. Ich stelle mir im Handy-Kalender eine Erinnerung ein. Sie lautet: »Bist du glücklich in Rom?« Heute in sechs Monaten, am 26. November soll mich mein Handy das fragen. Und wenn ich dann »Nein« sage und nur zurückschaue auf Diebstahl und Desaster, dann gehe ich wieder nach München. Dann hat Rom mich nicht verdient.

Oder sollte ich gleich zurückfahren?

Um zumindest die Hoffnung nicht sterben zu lassen, betrete ich das Polizeirevier. Ich erwarte mir nicht viel, überhaupt nicht, höchstens ein Sondereinsatzkommando. Das ist alles.

Ich höre ein *»Prego!«*, das allerdings nicht wie »Bitte schön« klingt, sondern eher unverschämt wie das *»Grazie!«* des kanarienvogelgelben Taxifahrers gestern. Es klingt eher nach: »Komm sofort rein und sag, was du willst, sonst gibt es massiven Ärger.«

Dann mach ich das mal lieber. Gehorsam betrete ich das erste Zimmer rechts, in dem trotz des herrlichen, heißen Sommertags die mannshohen hölzernen Fensterläden geschlossen sind. Oder wohl gerade deshalb. Ein Polizist wendet sich von seinem Computer ab, schaut mich kurz an, ohne dass man es mustern nennen könnte, nickt und dreht sich wieder zum PC, dabei beiläufig murmelnd »Appe-sters-e«.

Was?

»Appe-sters-e?«

Jetzt deutet er, noch immer den Blick auf den Bildschirm gerichtet, mit dem Zeigefinger nach oben. »Appe-sters-e«, wiederholt er. Jetzt verstehe ich, soll wohl *upstairs* heißen.

»Scusi«, frage ich, »was soll ich denn oben?«

»Cazzo«, murmelt der Polizist, dreht sich vom Computer weg, drückt sich mit den Händen an den Armlehnen des Schreibtischstuhls nach oben, schafft es sogar, sich ganz zu erheben, und lehnt sich schließlich über den Tresen zu mir: *»Figlio mio«,* sagt er so ruhig wie bestimmt. »Mein Sohn, du bist blond, siehst aus wie ein Engel, ich weiß, was dir passiert ist. Du wurdest beklaut. Diebstahlanzeigen sind oben. Appe-sters-e.«

Mit einem ultimativen *»Prego!«,* das nun gar nichts Höfliches mehr hat, bedeutet er mir, endlich abzuhauen.

»Appe-sters-e« ist es ebenso dunkel wie unten, auch hier sind sämtliche Fensterläden zugeklappt, das Wartezimmer liegt in funzligem Neonlicht. Die Stimmung der Wartenden ist ähnlich düster: Die einen sind mies gelaunt, weil sie den Kurzurlaub in Rom in einem verdunkelten Polizeirevier verbringen müssen; die anderen in Panik, weil in so und so vielen Stunden oder Tagen der Heimflug geht und alle Dokumente sich natürlich im geklauten Rucksack oder Geldbeutel befinden. Man unterhält sich darüber, wie herrlich Rom eigentlich sei oder sein könnte oder wie sehr man sich hinsichtlich der Stadt doch getäuscht habe. Ich vertreibe mir die Zeit damit, meine Scheck- und Kreditkarten sperren zu lassen. Es gibt ja nichts Schöneres!

Irgendwann geht die Tür auf, ein weinerliches Urlauberpärchen verlässt das Büro, begleitet von einem lauten *»Bye-bye«* mit italienischem Akzent.

Endlich, ich bin dran.

»Buon giorno!« Ich schließe die Tür und setze mich auf den Stuhl vor dem Schreibtisch, der Polizist dreht sich um.

Der Mann sieht großartig aus: ein Kopf so breit wie ein Aktenordner, dazu fast schulterlange braune Locken – recht cool für einen Polizisten. In der Mitte des massigen Kopfes prangt ein gekräuselter Schnurrbart. Seine Kleidung ist der Hitze des Tages angepasst, das marineblaue Kurzarmhemd gibt den Blick auf einen tätowierten Anker auf dem Unterarm frei. Ein prima Typ, aber kann dieser Mann meinen Geldbeutel zurückerobern? Ich lasse mich resigniert in den Stuhl fallen. *»Allora, figliolo, what is the problem?«* Warum reden die mich alle mit »mein Sohn« und auf Englisch an? Bei einer jungen hübschen Touristin hätte er wohl längst vesprochen: »Isch werde alles-e dafur-e tun-e, Ihre Sachen-e zu finden-e.«

»Man hat mir den Geldbeutel geklaut«, erkläre ich seufzend auf Italienisch.

Der Polizist schaut mich an, sagt triumphierend: »Wollit?«, und dreht sich zum Computer. Aha, er meint wohl *wallet,* Portemonnaie.

»Neischon-e?«

Wie?

»Neischon-e«, wiederholt er – *nazione.*

Aha.

Ich antworte knapp: *»Germania.«*

Er nickt triumphierend: *»Tedeschk«*, und tippt in das Feld, in dem nach *nazionalità* gefragt wird, *tedesco* ein.

Erfreut nehm ich zur Kennnis, dass er jetzt mit mir italienisch redet. Größtenteils zumindest. Denn immer wieder streut er englisch klingende Wörter ein.

»*Allora, biondino,* in welcher Situaischon-e ist das passiert?«

Situ… was?

»Der Ablauf des Diebstahls – Situaischon-e.« Er grinst zufrieden. Erst »Neischon-e«, jetzt »Situaischon-e«: Er fühlt sich offenbar supergut dabei, italienische Wörter englisch zu verballhornen oder umgekehrt. Vor allem Endungen mit »-zione« haben es ihm angetan. Bei ihm wird es daraus zwar kein »-ation«, sondern ein »-aischon«, aber für sein Gefühl scheint es tierisch englisch zu klingen!

Ich erzähle also von der »Situaischon-e«, bis der Polizist irgendwann im Tippen innehält:

»Warte, erzähl noch mal …«

Er duzt mich. Das soll man sich auf einem deutschen Polizeirevier vorstellen.

Ich nutze die Gelegenheit und duze zurück: »Was willst du denn noch wissen?«

Zuckt er jetzt zusammen? Kriege ich ein Bußgeld? Nein. Er sagt nur: »Du, sag noch mal …«

Das Duzen scheint System zu haben hierzulande. Hat mich vorhin schon im Bus verblüfft. »Entschuldige mal«, sagte da die goldlockige Frau zum Busfahrer, »kannst du mir Bescheid geben, bevor du an der Piazza Navona hältst?«

Nachdem ich alles haarklein erzählt habe, reicht mir mein Polizist die Anzeige und einen Zettel, auf dem drei Nummern stehen, die mir nichts sagen.

»*Biondino,* das hier sind die anderen Obschon-e um von deiner Wohnung in die Stadt zu kommen.«

Ob… was? Ich überlege, dann kapiere ich: »Obschon-e« ➛ englisch *option* ➛ italienisch *opzione.* Mit anderen Worten: Es handelt sich um meine Wahlmöglichkeiten.

Auf dem Zettel steht 40, 818, 98 und 64, wobei die letzte Zahl allerdings durchgestrichen ist.

»Das hier«, sagt der Polizist und deutet auf die durchgestrichene 64, »ist keine Obschon-e mehr für dich. Das ist der gefährlichste Bus in Rom.«

Ich verspreche ihm, nur noch mit dem 40er, dem 818er oder dem 98er zu fahren und alle anderen Obschon-es zu ignorieren.

»Bravo«, sagt er und schlägt mir zum Abschied auf die Schulter: »*Biondino,* wenn dir noch mal was passiert, komm zu mir. Ich bin Gennaro. Und immer Attenschon-e!«

Ich verlasse das Polizeirevier und setze Gennaros Rat, vorsichtig zu sein, sofort um. Zwangsweise. Busfahren kann ich ohnehin nicht, denn ich habe ja kein Geld. Gute 40 Minuten gehe ich zu Fuß durch das vor Hitze flimmernde Rom. Die anderen Fußgänger? Alles Touristen und bestimmt ebenfalls ohne Geldbeutel unterwegs.

Ziemlich fertig von der Aufregung des Tages zappe ich mich zu Hause durchs Fernsehprogramm. Als besonders gelungen fällt mir dabei der Titel einer Sendung auf, die *Superquark* heißt. Gut, so viel weiß ich auch, dass »Quark« ein physikalischer Fachbegriff ist, aber »Superquark« klingt wirklich herrlich danach, als ginge es in der Sendung um Tipps für eine besonders raffinierte Verarbeitung von Milchprodukten: »Kochen mit Superquark – wie Käsekuchen noch besser gelingt.« Nachdem ich mich darüber ausreichend amüsiert habe, bleibe ich schließlich beim zweiten Staatssender Rai Due hängen. Dort läuft *Isola dei Famosi* (Insel der Berühmten), wohl eine Art *Big Brother* für Promis beziehungsweise eine nette Form des *Dschungelcamps.* Kakerlakensuppe scheint es hier nicht zu geben, stattdessen haben die braun gebrannten Schönheiten vor allem die Aufgabe, möglichst knapp bekleidet einige Wochen auf einer Karibikinsel herumzuliegen.

Und alles, was dort (nicht) passiert, wird live mit heiligem Ernst in einem Fernsehstudio in Rom diskutiert.

Staunend verfolge ich die hoch emotionale Diskussion um die mögliche *amore* zwischen einem gewissen »Marco« und einer »Eleonora«. Denn weil es C-Klasse-Promi Marco geschafft hat, ohne Hilfsmittel Feuer zu machen, wird er jetzt von den im Lager anwesenden Frauen angehimmelt. Vor allem Eleonora scheint sich um ihn zu bemühen.

Welche Dramatik! Werden Eleonora und Marco jetzt ein Paar? Flirten die beiden?

»*È impossibile* – unmöglich«, sagt ein tuntig angezogener Mann mit gewaltiger rosa Hornbrille, der im Studio als »Liebesexperte« offenbar jede Folge kommentiert: »Marco und Eleonora passen nicht zusammen.«

Das Pubilkum pfeift ihn aus. Sie sind vom Gegenteil überzeugt: nämlich dass Marco und Eleonora sehr wohl flirten.

Che strano!
Spitsch, Bacione und Ziuziuzizizizuuu

Am nächsten Morgen, Tag drei in Rom, habe ich einen Termin mit meinem Vermieter. Und so viel steht nach wenigen Minuten fest: Luca findet es großartig, dass ich jetzt in seiner Wohnung wohne. Er findet es sogar so spitze, dass er nach jedem Satz, den ich sage, »*benissimo*«, »*super*« murmelt und dann noch einmal »*benissimo, benissimo*«, »*super super*«.

Luca sieht eigentlich nicht aus wie jemand, den man mit Vornamen anspricht, eher schon mit *Professore* oder *Dottore:* Er ist um die 70 Jahre alt und rundherum grau: graue Haare, graues Gesicht, ein graubeiger Anzug und eine dunkelgraue Aktentasche. Doch Luca hat mich von der ersten Minute beim Vornamen genannt und geduzt, und so habe ich mich dem angeschlossen.

Er ist begeistert, als ich ihm sage, dass ich gerne bereit sei, die Miete zu jedem Fünften des Monats zu überweisen. Per Dauerauftrag. So etwas, meint Luca, gebe es selten in Italien. Kaum jemand zahlt hier die Miete dermaßen früh im Monat, und folglich ist Luca vollauf zufrieden mit seinem neuen deutschen Mieter.

»Ich bewundere Deutschland. Deutschland ist ein so korrektes Land«, erklärt er und zieht einen 20-seitigen Vertrag aus der Tasche, den er mir vorlegt. »Nichts Besonderes«, sagt er, »Standard.«

Ich blättere den Vertrag durch – soweit ich das Behördenitalienisch überhaupt verstehe, klingt es noch bürokratischer als Amtsdeutsch.

Auf der letzten Seite steht als Mietpreis: »Euro 300,00«, *trecento,* fettgedruckt. Ich schaue Luca fragend an.

Er breitet die Hände aus, hebt die Augen gen Himmel. »Eeeeeh!«

Vorsichtig sage ich durch fast geschlossene Lippen hindurch: »Aber überwiesen werden … 850 Euro?!«

Luca macht wieder nur »Eeeeeh«.

»Aber das ist … kein Problem für mich?«

Luca sagt: *»Nooo!* Es sind nur … die Steuern in Italien … *Altissimi,* du verstehst, superhoch …«

Ich verstehe: Ich soll Beihilfe leisten, dass Luca weniger Steuern zahlt.

Und was habe ich davon?

Luca schaut fragend zum Himmel. »Eeeeeh!«

Also nichts.

Hm.

Immerhin hat er jetzt ein schlechtes Gewissen. Deshalb schlägt er mir eine Lass-uns-die-Wohnung-verschönern-Shoppingtour vor, und mit mir auf dem Beifahrersitz hupt er sich durch die Via Aurelia zu einem Elektromarkt.

Dieser angebliche »Großmarkt« zieht sich in Form endloser, recht kleiner Zimmerchen durch das Erdgeschoss mehrerer Häuser und besteht aus einem Labyrinth aus Kühlschränken, Fotoapparaten, Kücheneinrichtungen und Klimaanlagen. Luca macht eine großzügig ausladende Geste: »Such dir was aus!«

Wir gehen mit einem elektrischen Backofen, einem Bügelautomaten, einer Nachttischlampe, einem Funktelefon und einem Tischgrill nach Hause.

Auf dem Weg zum Auto kommen wir an einem Einrichtungsladen vorbei. Eine Klappcouch steht im Schaufenster.

»Luca …«, setze ich an. Ich will ja nicht unverschämt sein, aber die Couch wäre eine deutliche Verbesserung.

Das alte Sofa lässt sich zum einen nicht ausklappen, zum anderen ist es grauenhaft unbequem. Wie gesagt: Sieht weich aus, ist steinhart.

»Du meinst …?« Luca schaut auf die Couch.

Ich gebe den Laut von mir, den ich allmählich als universales »Na-ist-doch-klar-aber-ich-sag's-nicht«-Geräusch verstehe: »Eeeeeh!«

Wir kaufen die Couch. Der Verkäufer lässt Luca 15 Prozent nach, weil die beiden sich einigen, dass eigentlich niemand einen Kassenzettel braucht.

Nachdem Luca und ich die Einkäufe in die Wohnung gefahren haben, gehe ich zum »Papagallo«, zuerst, wie ich es gelernt habe, zur Kasse, um den *scontrino* zu holen. Diesmal sitzt ein junger Mann dort, der von den anderen Manuele gerufen wird. Als ich einen 50-Euro-Schein hinlege, um meinen Cappuccino zu zahlen, schaut er so entsetzt, als ob ich ihn überfallen wollte.

»Aber entschuldige, äh, hast du kein Spitsch? Schau mal nach, bitte schön. Ich hab kein Spitsch mehr, um dir rauszugeben.« Unwillkürlich muss ich an deutsche Kassiererinnen denken, die so elegant mit einem Schlag auf das Geldfach eine Münzrolle öffnen und dann genug »Spitsch« haben.

Ich inspiziere meine Geldbörse, Manuele redet weiter: »50 Euro kann ich nicht wechseln. Wir sind ja hier keine Bank, oder?«

Ja, ja. Ich krame ein 2-Euro-Stück hervor und reiche es rüber. Er schaut mich tadelnd an: »Also hattest du doch Spitsch.«

Warum hat Rom nur so ein massives Kleingeldproblem, frage ich mich. Ich fürchte mich schon davor, was passiert, wenn ein Geldautomat mir nur 100-Euro-Scheine ausspuckt. Da werde ich verhungern müssen. Selbst ein

Obdachloser würde so was vermutlich nicht annehmen, sondern fragen: »*Scusa*, hast du nicht Spitsch?«

Mit dem *scontrino* wende ich mich zur Kaffeebar. Dort geht es noch verrückter zu als gestern. Eine Frau bestellt »einen Cappuccino mit kalter Milch in heißer Tassse«, eine andere einen »Cappuccino ohne Schaum«, und ein Mann, dünn, grauhaarig und mit Nickelbrille und ölverschmierter Latzhose, lehnt sich an den Tresen und verlangt müde nach »Koffi«. Er sieht nicht wie ein Geschäftsmann aus, der sich gerade in der Zeitzone geirrt hat. Aber ihm gefällt es sichtlich, seine Englischkenntnisse an den Mann zu bringen, und wenn es nur *coffee* ist. Ich muss an meinen Polizisten Gennaro und sein »Neischon-e« und »Attenschon-e« denken. Offenbar fühlen sich die Italiener überaus lässig, wenn sie Anglizismen benutzen. Dino reißt mich aus meinen Gedanken – mit einer Strafpredigt. Ich habe ihm eben vom Diebstahl meines Geldbeutels erzählt.

»Was habe ich dir gesagt?« Er hält im Abwischen der Theke inne. »Pass auf, hab ich gesagt.«

Er wischt weiter. Als handle es sich um den Lack eines Oldtimers, schrubbt er mit einem gelben Lappen in kreisenden Bewegungen über die Marmoroberfläche.

»Ich schwöre dir, Dino, ich habe wirklich aufgepasst.«

Er zuckt mit den Schultern. »Ich hab's dir ja gesagt.«

Ich rühre in meinem Cappuccino. Es ist zwar nicht unbedingt schön, geschimpft zu werden, aber immerhin habe ich nach zwei Tagen in Rom überhaupt schon jemanden gefunden, der an meinem Tun und Lassen Anteil nimmt.

»Marmor braucht ständige Pflege«, sagt Dino jetzt absichtlich laut, »doch ich bin der Einzige, der das macht.« Die anderen Bedienungen tun so, als würden sie ihn nicht hören.

Während er weiter poliert, erklärt Dino, wie die Kaffeebar »Il Papagallo« funktioniert:

»24 Stunden am Tag sind wir geöffnet, sieben Tage die Woche!«

»Durchgehend?«, frage ich staunend.

»Eeeh«, macht Dino stolz. »Wenn jemand irgendwo in Rom nachts um drei einen Kaffee trinken will, kommt er zu uns.«

Wie praktisch, dass ich gleich um die Ecke wohne!

Damit die Bar für den ganztägigen Ansturm gerüstet ist, so Dino, müssten immer vier Personen gleichzeitig hinter dem Tresen arbeiten: Zwei geben Hörnchen oder Panini heraus, zwei erledigen die Kaffeebestellungen.

Aber nicht alle seien *capaci,* fähig, in so einer guten Kaffeebar zu arbeiten, raunt mir Dino über den Tresen zu.

»Du schon«, schleime ich.

»Eeeh«, macht Dino und sagt, es sei sicherlich übertrieben, ihn als den besten Barista in Rom zu bezeichen, aber ... »Nein«, wehrt er seinen eigenen Gedanken ab, »ich bin ein einfacher Mensch.« *Una persona semplice.*

Dino lacht mich an. Sein Stolz ist entwaffnend. Sein Leben lang für andere Kaffee zu kochen, das ist in Italien keineswegs ein Job für Praktikanten, Studenten oder Hilfskräfte, sondern ein höchst anerkannter und erstrebenswerter Beruf. Und Dinos Stellung im »Papagallo« stellt niemand infrage: Er ist hier so etwas wie der Oberbarista, der älteste und zugleich dienstälteste der insgesamt drei Baristi, die sich im Acht-Stunden-Rhythmus abwechseln. Sie haben jeweils einen Assistenten, der alle peripheren Tätigkeiten übernimmt: Bestellungen aufnehmen und weitergeben, die vollen Tassen hinstellen, die leeren abräumen. Und wenn mal ein paar Minuten Luft ist, lässt der Barista den *assistente* den Boden wischen oder den Müll rausbringen.

Für Dino erledigt Giuliano diese Handlangerdienste, ein kleiner schüchterner Junge mit Seitenscheitel, der immer lächelt, wohl eher aus Verlegenheit denn aus Freude. Aber zum Glück bringt Giuliano den Müll wenigstens gerne raus, denn die junge Frau, die täglich beim »Papagallo« die Tonne leert, sieht wirklich sehr gut aus.

Komisch. An so etwas hätte ich früher in Deutschland keinen Gedanken verschwendet: dass ein Barista stolz auf seine Arbeit sein und eine Müllfrau verdammt gut aussehen kann.

»So viel Dreck schon wieder …« Dino poliert jetzt auch noch die Espressomaschine, dieses schnaubende silberne Kraftwerk, das dampft und zischt, wann immer Dino es ihm befiehlt.

Ich deute beiläufig auf die Maschine: »Was kostet eigentlich so ein Ding?«

Dino dreht sich um und weist mich zurecht: »So ein Ding? Das kostet 7000 Euro, *figlio mio.*« Er schüttelt beleidigt den Kopf, rollt den Lappen zu einer Wurst und legt ihn um eine schwenkbare Röhre, die zum Milchaufschäumen dient. Dann nuschelt er halblaut: »Nennt Rosa ein Ding …«

Habe ich das richtig gehört? »Rosa?«

»Eeeh, in jeder Bar bekommt die Kaffeemaschine irgendwann einen Namen, und für diese hier«, Dino streichelt mit dem Lappen über den Chrom, »hat sich eben ›Rosa‹ ergeben.«

So wie man ein Handtuch um den Nacken legt, poliert Dino jetzt die verchromten Hähne, aus denen normalerweise der Kaffee läuft, blitzblank. Das sieht längst nicht mehr nach Putzen aus, sondern nach einer meditativen Übung. Nach einem Bedürfnis. Da will ich Dino nicht weiter stören.

Als ich gehe, schwenkt er zum Gruß den Lappen. Ich laufe nach Hause und steige zum ersten Mal in den Keller meines Hauses hinab. Da müsse irgendwo noch ein Fahrrad sein, hat Luca gesagt. Und tatsächlich: Da steht es, und zwar vermutlich schon seit langer, langer Zeit. Abgebröckelter Putz liegt auf dem Sattel, die Reifen sind platt. Das Rad siecht vor sich hin, aber es lebt. Immerhin.

Ein paar Straßenecken weiter finde ich eine *ferramenta*, einen Eisenwarenladen, wie es ihn in Deutschland wohl zuletzt zu Kaiser Wilhelms Zeiten gegeben hat – insgesamt kaum größer als bei einem deutschen Baumarkt die Kundentoilette. Unter der Decke hängen Gießkannen, Styroporplatten, Rohre und Gartenbesen, an den Wänden ziehen sich in fünf Etagen Holzregale entlang, mit sorgsam beschrifteten Kisten für Glühbirnen verschiedener Größe und Stärke, für Schraubenzieher, dicke, dünne, runde und eckige Pinsel, Bilderrahmen und Mehrfachstecker. Dieser Laden hat alles. Aber meine Frage nach zwei Fahrradschläuchen stellt den Verkäufer – Latzhose, weiße Haare, weißer, schmaler Schnurbart – allerdings dann doch vor ein Problem.

»Ich hatte welche, ich hatte welche«, murmelt er. Er durchsucht jetzt schon seit ein paar Minuten ein Regalfach in drei Metern Höhe. »Es ist lang her, aber irgendwo müssen sie sein, irgendwo müssen sie sein.«

»Grazie«, nuschle ich. Und warte. Warte. Und warte. Bis irgendwo hinter einer an der Decke aufgehängten Schubkarre mein *Ferramenta*-Mann triumphierend *»Ecco!!!«* ruft und tatsächlich mit zwei verstaubten Packungen die Leiter hinuntersteigt.

»Eeeh«, sagt er entschuldigend und bläst den Staub von den Schlauchpackungen, »die lagen schon etwas länger da oben.«

Nachdem ich ihm zehn Euro gegeben habe, reicht er mir

die Plastiktüte mit den Schläuchen. Einen *scontrino* nicht, aber nach der langen Sucherei will ich ihm jetzt nicht noch mit einem korrekten Steuerbeleg kommen.

»Ich sag dir eins. Pass auf«, mahnt er zum Abschied und macht die *Attenzione!*-Geste von Dino. »Rom und Fahrräder … eeeh … das ist wie … das ist wie … Roma und Lazio.« Er bestätigt sich selbst mit einem angehängten *»Ecco, si!«*

»So schlimm?«, frage ich besorgt. Eine dramatischere Warnung kann es kaum geben: Denn die Anhänger von AS Roma und Lazio Rom hassen sich bis aufs Messer. Wirklich bis aufs Messer. Bei jedem Derby gibt es Messerstechereien.

»So schlimm?«, wiederholt der *Ferramenta*-Mann und streicht sich mit der Hand über den schmalen weißen Schnurrbart. »Eeeh, *si*.«

Kurz darauf knie ich auf meiner Terrasse und mache mein Fahrrad für die kommenden Abenteuer fit. Obwohl die Fahrradschläuche aus den späten Siebzigerjahren zu stammen scheinen und vom obersten Regalbrett in der *ferramenta* aus wohl schon den Fall der Berliner Mauer erlebt haben, halten sie die Luft.

Da klingelt das Telefon.

Brring-Brring – Brring-Brring – Brring-Brring.

Wo kommt das her? Mein Handy ist es nicht.

Brring-Brring. Ich renne durch die Wohnung, um in meinem kleinen Arbeitszimmer nach dem geheimnisvollen Klingeln zu forschen.

Brring-Brring – Brring-Brring.

Dann: *»Pronto!«*

Mein Nachbar?

Ich höre eine dumpfe Stimme aus der Wand, die zu reden beginnt.

Tatsächlich, das Klingeln kam aus der Nebenwohnung. Ich halte das Ohr an die Wand und verstehe jedes Wort. Das ist keine Wand – das ist bloß ein Sichtschutz!

Als mein Nachbar das Gespräch mit einer nicht enden wollenden Kette von *Ciaos* beendet: »*Ciaociao ciao ciaociaociao ciao*«, gehe ich nach nebenan. Ich wollte mich ohnehin reihum im Haus vorstellen. »Lovello« steht auf dem Türschild, ich klingle – ein Hund bellt, Schritte, die Tür geht auf.

»Oh!« Der Mann ist überrascht. So wie ich. Er erkennt mich, ich erkenne ihn. Es ist der freundlich-neugierige Herr aus dem »Papagallo«, der sich nicht davon abbringen lassen wollte, dass ich ein Engländer sein müsse.

»*How nice! Welcome!*« Okay, er scheint nach wie vor nicht von dieser Überzeugung abzurücken.

Ein kniehoher Hund, der aussieht wie ein Dackel mit langen Beinen, drängt sich vorbei und will mich anspringen. »Ruhig, Bacione«, sagt er und streichelt ihn am Kopf.

»Bacione?«, frage ich irritiert. Der Hund heißt Riesenkuss?

»Eeeh, er heißt so, weil er jedem immer ein Küsschen geben will«, fügt mein Nachbar erklärend hinzu.

Bacione schaut mich aus großen Augen an, die heraushängende Zunge glänzt rot und feucht. Wenn ich wählen müsste, würde ich mich von diesem Hund eher beißen als küssen lassen. Zum Glück hält sich Bacione noch zurück.

Ein weiteres strahlendes Gesicht erscheint in der Tür. Auch Signora Lovello freut sich sichtlich über unser Wiedersehen. Sie schaut die ganze Zeit auf meine Haare und murmelt: »Was für schöne blonde Haare! Was für schöne blonde Haare!«

O Mann, denke ich. Bei den Lovellos komme ich vermutlich in Zukunft weder aus der Engländer- noch aus der Haarnummer raus.

Der eine Moment Unaufmerksamkeit wird gnadenlos bestraft. Unvermittelt stellt sich Bacione auf die Hinterpfoten und drückt mir seine Schnauze auf Nase und Mund.

»*Un bacietto*«, sagt Signora Lovello gerührt und schlägt die Hände vor lauter Begeisterung zusammen. »Bacione gibt ihm ein Küsschen!«

Die Lovellos sind begeistert. Wenn der Hund den neuen Nachbarn mit einem Küsschen adelt, dann wüssten schließlich auch sie, dass ich eine *brava persona* sei.

Einen plötzlichen Niesanfall vortäuschend wische ich mir den Hundeschleim aus dem Gesicht. Wir verabschieden uns. »Baie-baie« – *bye-bye*. Die Lovellos schließen die Tür. Trotzdem höre ich sie noch sagen: »Nein, was für ein netter junger Mann. Naiv und unbefleckt wie ein Philadelphia light.«

Ich bin mir ganz sicher, dass sie wirklich und wahrhaftig die Worte »Philadelphia light« benutzt hat.

Ich versuche den Schock, in Zukunft mit meinen Nachbarn englisch reden zu müssen, für einen »Philadelphia light« gehalten zu werden und Küsschen von einem überdimensionierten Dackel zu bekommen, beim Montieren des störrischen Hinterreifens zu verdauen, da höre ich ein merkwürdiges Geräusch. Es kommt nicht aus meiner Wohnung und auch nicht von den Lovellos, sondern von oben. Erst ein metallisches Aufschlagen, dann ein immer schneller werdendes metallisches Heulen. Ziuziuzizizizuuu.

Pause.

Ziuziuzizizizuuu.

Es klingt furchtbar. Umso wichtiger, oben mal vorbeizuschauen und zu sagen, dass man jetzt hier wohnt und keine Lust auf Ziuziuzizizizuuu hat.

»Arianna, *piacere.*« Eine etwas müde aussehende junge Frau hat die Tür aufgemacht. Wir geben uns die Hand. »Martin, ebenfalls erfreut«, sage ich nicht ganz ehrlich.

»Ich wollte schon runterkommen«, erklärt Arianna, »wegen der Leiter.«

Wegen der Leiter? Tatsächlich habe ich vor ein paar Stunden eine riesige, endlos schwere Leiter aus meiner Wohnung auf meine Terrasse gewuchtet, weil sie in meinem ohnehin schon kleinen Bad übermäßig viel Platz wegnahm.

Arianna schaut streng: »Die Leiter auf der Terrasse geht nicht. *Non va bene.*«

Warum?

Sie schaut mich an, als würde auch sie denken, ich sei ein harmloser, naiver »Philadelphia light«: »Wenn die Leiter auf der Terrasse steht, klettern Diebe zu uns hoch.« Sie macht mit Zeige- und Mittelfinger Kletterbewegungen.

Dass die Ganoven dafür aber erst einmal zu mir in den sechsten von acht Stockwerken klettern müssten, lässt sie als Einwand nicht gelten.

Arianna macht »Eeeeeh!« und lacht: »Zu dir? So!« Arianna schnippt mit der rechten Hand, was wohl so viel heißen soll, dass Einbrecher im Handumdrehen bei mir seien.

Das wird ja immer besser hier in Rom.

Von hinten tapst ein vielleicht dreijähriger Junge mit Knopfaugen und Topfschnitt zu seiner Mutter heran.

»O Francesco«, sagt Arianna und nimmt ihn hoch.

Der Kleine und ich schauen uns jetzt auf gleicher Höhe direkt in die Augen. Ein hübsches Kind. Pflichtbewusst sage ich, dass er total süß, hübsch, wohlerzogen und fantastisch gekleidet sei.

Da nimmt Francesco mit der rechten Hand eine Münze aus der linken und lässt sie auf den Boden fallen.

Ziuziuzizizizuuu.

Die Münze dreht sich, bis sie liegt.

Dieser kleine Junge spielt offensichtlich mit all dem Spitsch, das im »Papagallo« und anderswo in Rom immer fehlt.

Er strahlt. Arianna strahlt auch. Francesco nimmt die nächste Münze. Er hat die ganze Hand voller Spitsch – er braucht es zum Spielen.

Verdammtes Spitsch.

Als ich wieder unten bin, klingelt das Telefon. Zuerst will ich nicht hingehen – wird ja das von den Lovellos sein –, doch schließlich merke ich, dass es wirklich meines ist.

Uli ist dran!

»Na, ich wollte mal hören, wie es dir so geht.«

Endlich eine vertraute Stimme in der Fremde. Das tut gut.

Ich erzähle vom geklauten Geldbeutel, von meinen Nachbarn und vom »Papagallo«. Und davon, dass alle in irgendeiner Form auf meine Haare eingehen: indem sie mich beklauen, anhupen oder mich mit »Blonder« anreden.

»Irgendwie ist das alles nicht so einfach«, klage ich. »Amadeo hatte vielleicht recht. Ich komme mir hier vor wie ein bunter Hund: integrationsunfähig.«

Ich höre Uli kichern. Dann reißt sie sich wieder zusammen. »Ach komm, klingt doch eigentlich ganz lustig!«

Ich seufze. »Lustig für die anderen vielleicht.«

Sie kichert schon wieder.

»Du ahnst gar nicht, wie anstrengend die Römer sind«, seufze ich und halte den Hörer an die Decke. »Hör mal!« Von oben hört man laut und deutlich Francescos Ziuziuzizizizuuu und Ariannas Stimme, die sagt: *»Che bello! Hai visto?«* Wie schön, hast du gesehen, wie toll der sich gedreht hat?

»Hast du es mitgekriegt?«, frage ich in den Hörer. »Das waren meine Nachbarn.«

»Ach komm«, sagt Uli. Was muss ich ihr denn noch erzählen? Vielleicht dass neben meinem Haus ein merkwürdig rauchendes Atomkraftwerk steht?

»Ich beneide dich jedenfalls«, sagt Uli, »Rom ist doch super!«

»Na, wenn du das sagst«, seufze ich.

Che fai?
Madonna, ein Radfahrer!

In dieser Nacht schlafe ich schon besser: Ich habe mir links und rechts ins Ohr jeweils ungefähr ein ganzes Papiertaschentuch gestopft, um den Straßenlärm zu dämpfen.

Als ich am nächsten Morgen barfuß über die auch im Hochsommer kalten Fliesen meiner Wohnung laufe, liegt im Flur ein Zettel, offenbar unter der Wohnungstür hindurchgeschoben.

»Liebster Martin, wenn du das Essen aus England vermisst, es gibt am Corso Vittorio Emanuele den Pub ›Beefeater‹«, lese ich. Und weiter steht da: »*Tantissimi saluti*«, und als Unterzeichner »Sgr. Lovello«.

Ich schüttle belustigt den Kopf. Die Lovellos sind genauso nett wie irre. Erst lassen sie ihren Hund auf mich los, und jetzt wollen sie mich noch allen Ernstes in einen Pub schicken, weil sie darauf fixiert sind, ich sei Engländer. Das kann ja was werden!

Statt ins »Beefeater« zieht es mich als Erstes ins »Papagallo«. Voller Stolz trage ich mein Fahrrad vom Balkon durchs Treppenhaus und auf die Straße. Was für ein Moment! Ich rolle die Straße hinunter zur Kreuzung vor dem »Papagallo« und fühle mich wunderbar frei. Frei von Bussen, von denen man nicht weiß, wann sie fahren, und vor allem frei von der Angst, beklaut zu werden. Und wieder ist der Himmel blau, und die Sonne taucht die Häuser in warmes Licht. Was hatte Uli gestern über das Wetter in München gesagt? Waren es 15 Grad und Regen? Oder 11 Grad?

Unten beim »Papagallo« ist der Verkehr auf der Kreuzung wieder zusammengebrochen. Wie immer stehen etliche Autos mit Warnblinkanlagen am Straßenrand, die Fahrer sind zum Frustkaffeesaufen in der Bar verschwunden. Es ist 10 Uhr, die gleiche Zeit, zu der ich am zweiten Tag Elisa hier getroffen habe.

Als ich die Bar betrete, erwartet mich zwar keine Elisa, aber immerhin Dino. Mit einem Blick, als käme ich von einem anderen Stern. Er legt die Handflächen zusammen und schüttelt sie wie in Gebetshaltung vor dem eigenen Bauch.

»*Ma, ma, ma*«, sagt er und macht mit dem Kinn zu dem dreimaligen tadelnden »Aber« eine Bewegung in Richtung meines Fahrrads, das ich draußen an eine Straßenlaterne gelehnt habe. »Du hast jetzt ein Fahrrad?«

Ich nicke stolz.

»Und was machst du mit dem?« Dino schaut skeptisch bis entgeistert.

»Die Stadt erkunden, zur Arbeit fahren.«

Dino fängt an zu grinsen und sagt mehr zu seinem Assistenten Giuliano als zu mir: »Durch die Stadt will er fahren ...«

Scheint hierzulande nicht sonderlich populär zu sein, das Fahrradfahren. »Was ist denn daran so komisch?«

Dino schaut mich an, als sei ich über mein Blondsein hinaus ein totaler Freak: »Mein Sohn«, erklärt er, »man fährt in Rom nicht einfach so mit dem Rad herum ... Fahrradfahren ist etwas sehr Persönliches.«

»Etwas Persönliches?«, frage ich verwundert.

Dino sagt nichts und überlegt weiter. »*Anzi*, mehr noch – etwas Politisches.«

Na, da schau her. Etwas Politisches? Ich kann mir vorstellen, dass es politisch ist, mit einem »Ich-liebe-den-Kommunismus«-T-Shirt herumzulaufen. Aber Fahrradfahren?

Doch Dino bleibt dabei und erklärt mit vollem Ernst, dass es drei Typen von Fahrradnutzern in Rom gebe. Die ersten seien arme Leute, *»povera gente«*, die sich kein Auto und nicht mal ein Motorino, also kein normales Verkehrsmittel leisten können; die zweiten stünden politisch links, *»di sinistra«*, und würden aus Protest das Fahrrad benutzen – wegen der Umwelt, aber vor allem gegen das Establishment. Und bei der dritten Gruppe handele es sich um die echten Fahrradfahrer, die es als Sport betreiben, die »leidenschaftlich und schnell« fahren würden. Behauptet Dino zumindest.

Ich will ihn schon fragen, ob er es ernst meint: Diese Horden zumeist grauhaariger Männer, die sich sonntagmorgens in eine nasageprüfte Rennradlerwurstpelle hineinzwängen und über die italienischen Landstraßen jagen? Das sollen die echten Fahrradfahrer sein? Doch da ich nicht weiß, ob er selbst vielleicht auch so einer ist, halte ich mich lieber diplomatisch zurück.

»Aber Dino, könnte es nicht sein, dass die unter der Woche mit ihrem Rad genauso ins Büro fahren? Ich habe einen Freund in München, der morgens mit dem Rennrad zur Arbeit fährt, dort duscht und sich in den Anzug wirft.«

Dino schaut mich lange an, dann beginnen seine Schultern zu beben, und er lacht los. »Mit dem Fahrrad ins Büro und dort duschen?«

Er wendet sich zu den anderen Gästen am Tresen, zeigt auf mich und schüttelt den Kopf: Er sagt, ich sei *»simpatico«*, aber *»matto«*, verrückt.

Zustimmendes Murmeln von allen Seiten für Dino und für mich verständnisloses Kopfschütteln.

Nur Giuliano, Dinos Assistent, lacht nicht, wirkt etwas zerknirscht und winkt mich schließlich zu sich.

»Sei nicht beleidigt«, sagt er und nickt in Richtung meines Fahrrads: »Es ist toll, dass du das machst. Ich habe kürzlich einen Film über Gandhi gesehen, einer muss anfangen. Nur dann ändert sich die Welt. Nur dann kann man etwas bewegen.« Er gibt mir einen Klaps auf die Schulter: »Wirklich, du bist großartig, eine sehr außergewöhnliche Person.«

»Aber Giuliano, ich fahre doch nur Fahrrad.«

Der Junge lässt sich nicht beirren: »Nein wirklich, das ist großartig.«

Nachdem ich das »Papagallo« verlassen habe, steige ich mit einem ganz neuen Gefühl auf mein Fahrrad. Ich bin jetzt ein Superheld.

Ich bin gerade in voller Fahrt auf dem Weg zum Auslandspresseverband, da klingelt das Telefon.

»*Pronto?*«

»Ah, hallo!«

Mein Chefredakteur in Deutschland. Ich mache eine Vollbremsung, das Auto hinter mir bremst scharf, fährt um mich herum, und der Fahrer ruft mir ein unfreundliches »*Cazzo!*« nach. Als Fahrradfahrer in Rom steht man offenbar auf einer Stufe mit Tauben – man setzt voraus, dass sie schon Platz machen und wegflattern, wenn man auf sie zurast.

»Hallo?«

Er ist noch dran. »Na, ich wollte nur sagen: Gewöhnen Sie sich ein paar Tage ein. Montag geht's los! 1. Juni! Hätte gern ein paar Themenvorschläge von Ihnen.«

Heute ist Freitag, also habe ich noch ein paar Tage Zeit. Am Schluss fragt er: »Wie ist eigentlich das Wetter bei Ihnen? Sitzen Sie schon wieder in der Sonne?« Wartet er auf ein »Ja klar! Danke für den Traumjob«?

Doch damit wollen wir erst gar nicht anfangen, dass ich der Cappuccino-Dolce-Vita-Hängematten-Dachterrassen-Korrespondent bin. »Es ist kalt und regnet«, sage ich humorlos. Dann schwinge ich mich wieder auf mein Rad und lasse mich hinunterrollen, durch die schon am Morgen schwüle Luft ins heiße Rom.

In den folgenden Stunden arbeite ich aktiv an meinem Status des Sonderlings, denn meine Fahrradtour durch Rom findet unter großer Anteilnahme der Bevölkerung statt – in Rom Fahrrad zu fahren ist in etwa so, als ob man in Deutschland Einrad fährt oder mitten im Sommer im Clownkostüm durch die Stadt läuft.

Und dazu noch als Blonder! Sachen gibt's!

Zehn Autos hupen mich an, fünfmal ruft mir jemand »Oohu!« oder auch »Oohu, *biondo!*« hinterher. Eine Frau feuert mich aus einem Auto heraus an: *»Dai, forza«*, was so viel bedeutet wie »Komm schon, streng dich an!«. Oder als würde man einen völlig entkräfteten Marathonläufer mit »Hopp, hopp, hopp« antreiben. Zweimal sehe ich einen erhobenen Daumen – das waren wohl Leute *di sinistra*, also Wähler linker Parteien, die Fahrradfahren wie Dino als politisches Bekenntnis werten.

Ich bin gut zwei Stunden unterwegs: Erst über den Corso Vittorio Emanuele in die Stadt und einmal um die Piazza Venezia zum Auslandspresseverband, wo ich einen Mitgliedsantrag unterschreibe; dann die Via del Corso hoch zur Piazza del Popolo, den Tiber runter, zum Vatikan und nach Hause. Unterwegs, ich zähle mit, sehe ich ganze sieben andere Fahrradfahrer. Wer in Deutschland radelt, dem fallen andere Fahrradfahrer gar nicht auf. Mir hingegen geht es genau andersherum: Ach, schau an!, denkt man hier, wenn man eins sieht. Ein Fahrrad! Und dahinten doch tatsächlich noch eines!

Als ich mich ziemlich geschafft die letzten Meter nach Hause kämpfe – ich wohne ja auf dem Hügel hinter dem Vatikan – kommen mir auf dem Bürgersteig meine lieben

Nachbarn, Signor und Signora Lovello, entgegen. An der Leine ihr Riesendackel Bacione.

Der Mann zeigt auf mich, sie tuscheln, die Frau nickt strahlend.

Auch Bacione hat mich gesehen.

Jetzt küsst er mich bestimmt gleich wieder, denke ich. Doch stattdessen flippt er aus und bellt, als wolle er mich fressen, mit Haut und Haar.

Spinnt der Dackel jetzt komplett?

Signora Lovello hilft ihrem Mann dabei, den Hund festzuhalten. Bacione stellt sich auf die Hinterbeine und droht mir mit den Vorderpfoten. Hätte ich gar nicht gedacht, dass er auch so was draufhat.

Das sieht nicht nach einem neuerlichen Kussversuch aus. Ich gleite auf den Gepäckträger des Fahrrads, hebe demonstrativ das Vorderrad hoch und ducke mich weg.

Bacione langt mit einer Pfote nach meinem Vorderrad. Es dreht sich. Die Bewegung macht ihn noch aggressiver.

Meine Nachbarn halten den Hund fest, während ich wie verrückt klingle und, immer noch mit erhobenem Vorderrad, etwas zurückweiche. Signor Lovello zerrt Bacione auf die Straße, seine Frau redet beruhigend auf ihn ein. Sicherheitshalber umklammern sie aber den Hund mit beiden Händen.

Endlich kommen wir dazu, einander überhaupt *buona sera* zu wünschen. Was denn mit dem Hund los sei, frage ich erstaunt.

Die Lovellos drucksen herum. »Eeeh!« Signor Lovello ringt nach Worten. »Eeeh, Bacione hat noch nie ein Fahrrad gesehen! Eeeh!«

Bacione hat noch nie ein Fahhrad gesehen?

Ich denke an die Hunde in meinem Münchner Stadtviertel, die zum Teil von ihren Herrchen in Fahrradkörben transportiert werden.

»Wie alt ist denn der Hund?«

»Drei Jahre«, sagt Signora Lovello. Und auf meinen Blick hin: »Eeeh, Fahrräder sind in Rom ja nicht gerade etwas Alltägliches.«

Da hat sie zweifellos recht.

Nach zwei Stunden Entspannung auf der eigentlich ungeeigneten harten Couch wird es mir langweilig, und ich beschließe, mich noch einmal aufs Fahrrad zu setzen und zu einem Kino zu fahren, das ich auf meiner morgendlichen Tour entdeckt habe und in dem ein Film läuft, der in der ganzen Stadt vollmundig als »romantisches Highlight des Jahres« beworben wird. Sein Titel ist entsprechend: *Scusa, ma ti voglio sposare* (Entschuldige, ich will dich heiraten). Vielleicht eher ein Frauen- und Pärchenfilm, aber so wie ich mir die *Isola dei Famosi* zugemutet habe, um auch diese Seite Italiens kennenzulernen, so muss ich auch die italienischen Kinostars kennenlernen.

Ich komme ganz gemütlich zur angegebenen Zeit in den Kinosaal – natürlich als einziger Blonder – und richte mich auf mindestens eine halbe Stunde gute Unterhaltung durch italienische Werbung ein. Nichts, keine Kinowerbung. Schade, denn eigentlich mag ich die, und so vergebe ich einen Minuspunkt. Und einen zweiten dafür, dass der Saal einen Mittelgang hat – da, wo normalerweise die besten Plätze sind. Spinnen die Römer?

Wie auch immer, der Film beginnt. Es wird gestritten, geküsst, geliebt, gestritten, geküsst, geliebt, dann ist plötzlich Ende, obwohl es noch kein Happy End gab. Die Leinwand wird schwarz. Es erscheint ein weißer, leicht flimmernder Schriftzug *Intervallo!*, und von der Seite betritt eine Eisverkäuferin den Saal.

Pause? Im Kino?

Ich frage meinen Sitznachbarn: »Ist das immer so? Pause?«

Er hebt das Kinn, schaut mich verdutzt an, und macht »Eeeh, *certo.*« Na klar!

Jetzt bin ich mir sicher: Ja, die Römer spinnen wirklich. Obwohl es technisch nicht mehr nötig ist, gibt es in italienischen Kinos, egal wie lang der Film ist, immer noch eine Pause.

Nach dem Eisintermezzo und weiteren 45 Minuten hat der Film seinen Titel gerechtfertigt: Das hübsche junge Pärchen ist nach allerlei Knutscherei und Drama endlich glücklich verheiratet.

Die Zuschauer drängen nach draußen, von hinten höre ich ein »Martin!«. Kann ich damit gemeint sein?

Ich drehe mich um. Es ist Elisa! Das ist ja mal eine Überraschung. Sie sieht entzückend aus, trägt ein schwarzes Oberteil mit goldenen griechischen Schriftzeichen, die dicken schwarzen Haare sind zu einem kessen Pferdeschwanz gebunden.

Elisa ist mit zwei Freunden da. »Das ist Martin, wie man sieht«, sie deutet auf meine Haare, »ein Deutscher. Das sind Mirco und Sarah.« Wir geben uns die Hand. Elisa schaut sich suchend um.

Ich folge ihrem Blick. »Was ist?« Die schiebende Masse drückt uns weiter Richtung Ausgang.

Elisa sieht mich fragend an. »Du warst … alleine im Kino?«

Ich nicke. Gerade als ich ihr erklären will, dass es Dinge gibt, die in der einen Kultur befremdlich wirken, obwohl sie in einer anderen völlig normal sind – wie etwa das bei den Ureinwohnern Neuseelands übliche Nasereiben –, und dass es überdies ganz schön sei, alleine im Kino zu sein, da klingelt Elisas Handy.

Sie geht ran, winkt mir zu und formt mit den Lippen ein *Ciao*. Draußen vor dem Kino wendet sie sich telefonierend und gestikulierend nach links, Mirco und Sarah, die hinter ihr hergehen, folgen ihr, und ich bleibe alleine zurück.

Dieses *Ciao* von Elisa: Irgendwie hatte es einen so entschiedenen Klang wie das *Grazie* des Taxifahrers und das *Prego* auf dem Polizeirevier.

Auf dem Nachhauseweg fühle ich mich auf meinem Fahrrad nicht mehr wie ein Superheld, sondern wie ein komischer Kauz. Nicht allein, sondern einsam. Um mich zu berieseln, zappe ich mich zu Hause durchs italienische Abendprogramm, doch all die Spielshows oder Galas mit lachenden, tanzenden oder singenden Menschen ziehen mich eher noch weiter runter. Nur bei der *Isola dei Famosi* ist die Stimmung ähnlich gedrückt wie bei mir: Das Verhältnis zwischen den hoffnungsfroh turtelnden C-Promis Marco und Eleonora hat sich nämlich abgekühlt. *»Ecco!«*, sagt der Liebesexperte, der zuletzt ja prophezeit hatte, er sehe wenig Chancen für *amore* zwischen Marco und Eleonora, und nickt befriedigt: »Habe ich es doch gesagt.« Auch von den Zuschauern sind heute viel weniger der Meinung, dass Marco und Eleonora zusammenfinden werden.

All'attacco!
Erkundungen im Viertel

Endlich der erste Samstag! Der fünfte Tag in Rom. Unter der Tür liegt der Prospekt eines Supermarkts, bei dem irisches Guinness-Bier im Angebot ist. Meine lieben Nachbarn, die Lovellos, haben mit Filzstift »Viele Grüße!« danebengeschrieben. Was wird da noch alles kommen? Werden sie mich irgendwann mit einem Frühstück aus Baked Beans und Wurst überraschen, in der Annahme, ich würde das Frühstück aus meiner vermeintlichen Heimat England vermissen?

Als ich ins »Papagallo« komme, steht ein Fremder hinter der Bar. Dann sehe ich, dass es zwar Dino ist, aber ein völlig veränderter. Mir verschlägt es die Sprache, ich starre ihn an.

Dino trägt jetzt eine Kurzhaarfrisur, wobei »Frisur« ein großes Wort ist. Die Haare sind einfach weg, abrasiert bis auf einen Millimeter. Nur ein feiner Flaum bedeckt noch die Kopfhaut. Irgendwie erinnert es mich an die Oberfläche einer Kiwi, von der Farbe einmal abgesehen. Jedenfalls ist jede Ähnlichkeit mit Sean Connery dahin. Eher sieht er jetzt aus wie der glatzköpfige New Yorker Polizist Kojak in der Siebzigerjahre-Fernsehserie *Kojak – Einsatz in Manhattan.*

Ich kann mein Entsetzen nur schwer kaschieren. »Was ist passiert?« Ich nicke in Richtung Haare beziehungsweise dahin, wo mal welche waren.

Dino ist bester Laune. Meinen erschrockenen Ton in der Stimme hat er wohl überhört. »Was passiert ist? Ich war beim Friseur. Gefällt's dir nicht?«

Er dreht sich um und haut mit drei kräftigen Schlägen den Kaffeesatz aus dem Sieb, um es frisch zu füllen. »Vor allem für den Sommer sind kurze Haare praktisch. Und ich muss nur alle drei Monate zum Nachschneiden.« Wohl eher zum Rasieren, denke ich, verzichte aber auf weitere Kommentare. Dass er jetzt so sympathisch aussieht wie ein uralter Oberkommandierender der Streitkräfte in einer stalinistischen Militärdiktatur kann ich ihm ohnehin nicht gut sagen.

Jedenfalls nehme ich mir vor, nie in Rom zum Friseur zu gehen.

Ganz bestimmt nicht.

Ein paar Minuten später ist mein Vorsatz schon hinfällig. Als ich mich nach Cappuccino und Tramezzino auf den Heimweg mache, rast ein Moped mit dem Motorengeräusch eines Panzers an mir vorbei – es sind die Jungs mit dem zweckfreien »Helm« vom ersten Tag. Wieder winken sie mir und rufen: »Oohu, *biondo!*«

Vielleicht sollte ich doch mal zum Friseur. Ich mache kehrt und gehe zu Dino zurück.

»Wie heißt denn dein Friseur«, frage ich vorsichtig. Ich will zwar keine Kiwifrisur, aber mein gelocktes Sommerblond muss weg.

»Geh zu Toni oben in der Straße«, rät Dino, »er ist der beste in ganz Rom.«

Ja, ganz bestimmt, Dino.

Doch Dino beharrt darauf und trägt mir auf, Toni von ihm zu grüßen, dann bekäme ich einen *sconto,* einen Preisnachlass. »Geht ganz automatisch in Rom!« Man müsse nur mit den Leuten reden, zum Beispiel über die Kinder oder Fußball, ein paar Scherze machen, schon sei ein persönliches Verhältnis da, und den Rabatt habe man in der Tasche.

Und falls ich trotzdem keinen bekomme, will ich wissen.

Dann soll ich einfach nach einem *piccolo sconto* fragen. Alles kein Problem, meint Dino.

»Probier's mal aus.«

Na gut, einkaufen muss ich ohnehin.

Als Erstes gehe ich zum Supermarkt um die Ecke, der »PAM« heißt, aber wegen des fehlenden Vokals »Pame« genannt wird. Drinnen läuft auf voller Lautstärke ein Radiosender, der den Zuhörern in zahlreichen Jingles eintrichtert, »Roma Radio« zu heißen: Ein Fanradio des Fußballvereins AS Roma. Während die Supermarktkunden sich *prosciutto* schneiden lassen, *pasta* aus dem Regal nehmen oder die großen Plastikflaschen *aqua minerale* in ihre Wagen wuchten, hört man den Sprecher über den Muskelfaserriss des Abwehrspielers X oder die rote Karte gegen Y klagen und den nächsten Heimsieg gegen den SSC Neapel beschwören.

Offenbar hat der Marktleiter mehr Interesse daran, bei der Arbeit über den AS Roma informiert zu bleiben, als die Kunden mit Dudelmusik zum Hackfleischkauf zu verführen.

Aber das braucht es gar nicht, ich kaufe auch so viel zu viel, als hätte ich eine mehrköpfige Familie zu versorgen: duftende Oliven, Büffelmozzarella, fünf verschiedene Pastasorten, welche »Haare«, »Räder« oder »Rohre« heißen, und an der Frischtheke rohen Schinken, der so lecker aussieht, dass ich ihn am liebsten in Gänze mit nach Hause nehmen will. Als ich es dann doch irgendwann schaffe, »*basta*« zu sagen, liegen fast ein halbes Kilo duftender, dünn aufgeschnitter Parmaschinken auf der Waage.

»*Grazie*«, sage ich strahlend. Wenn ich so weitermache, werde ich doch noch Dolce-Vita-Hängematten-Korrespondent.

Draußen, vor dem Supermarkt, wende ich mich nach links. Das mit dem Fußballradio war zwar klasse, aber wo es Strichcodes und Laserkassen gibt, ist für Freundschaft und *sconto* kein Platz. Ich will es woanders versuchen.

»Probier's mal aus«, hatte Dino ja gesagt.

Neben meinem Fahrradschlauch-*Ferramenta*-Laden ist eine Metzgerei. »Freundschaft schließen«, nehme ich mir vor, bevor ich eintrete.

Drinnen sieht es großartig aus: Wo an der weiß gefliesten Wand mit der gewaltigen AS-Roma-Fahne noch Platz ist, sind mit Tesafilm Familienfotos geklebt: Der Metzger am Strand, beim Fußballspielen und beim Gokart-Fahren. So wie andere Fotos auf Facebook posten, verschönert er mit ihnen die Kacheln seiner Metzgerei. Er scheint seine Arbeit mit einem ähnlichen Stolz zu machen wie Dino.

Ich bestelle einfach mal zwei Schweinekoteletts und suche ein Gespräch. Mit einem anerkennenden Kommentar über die hübschen *bambini* auf den Fotos treffe ich genau ins Schwarze.

»Eeeh, *grazie*, sind meine Kinder«, sagt der Metzger sichtlich erfreut und ergänzt, während er die Koteletts hackt: »Es stimmt, sie sind *bellissimi.*« Nach einer Pause fragt er: »Und du, kommst du aus England?« Schon wieder so einer!

Nein, aus »*Germania*«.

»O, *Germania!*«, wiederholt er. Er beginnt, von Rudi Völler zu schwärmen: »Ein großer Spieler des AS Roma«, sagt er. »*Rudi è un Grande!*«

Dann der Moment der Wahrheit: Die Koteletts fallen auf die Waage. Rot leuchtend erscheint »6,30«.

»Machen wir 5,50«, sagt der Metzger.

Freundschaft schließen! Es hat funktioniert!

Weiter! Euphorisch betrete ich ein Haus weiter einen Schreibwarenladen und merke schnell, dass es hier jede

Menge *sconti* braucht, will man nicht arm werden. Die Preise für Klebestifte, Schreibmaschinenpapier und Klarsichthüllen sind so absurd hoch, dass ich lachend vor dem Regal stehe. Ich untersuche einen Aktenordner (Preisschild: 7,90 €) auf versteckte Funktionen, die diesen Preis rechtfertigen könnten: Telefonfunktion, Maschinengewehr, Schleudersitz. Nichts zu finden. So simpel wie er ist, kostet er einfach 7 Euro 90.

Hilft nichts, ich brauche einen. »*Sette novanta, grazie*«, sagt die Frau. Wieder so ein »Danke«, das wie »Her damit!« klingt.

Vorsichtig nuschle ich etwas von einem »*piccolo … sconto …?*«, doch die resolute Verkäuferin bleibt bei »*Sette novanta, grazie*«. Na gut. Wir werden schon auch noch Freundschaft schließen, denke ich.

Nachdem ich Koteletts, Ordner, Oliven und *prosciutto* zu Hause einsortiert habe, mache ich mich auf die Suche nach Dinos Haarkünstler, der in meiner Straße seinen Laden haben soll. Auf dem Weg zähle ich zwei Schönheitssalons zur Haarentfernung, die mit Sonderangeboten werben: »Enthaarung Männer: Rücken 15 Euro, Arm 12 Euro, Bein 30 Euro.« Mich schaudert. Schon vor einem normalen Friseur habe ich genug Respekt.

Nach gut 100 Metern liegen auf der linken Seite drei Friseurläden Tür an Tür nebeneinander. Im mittleren bekommt ein Kunde gerade eine Kiwifrisur von einem Mann verpasst, der ebenfalls aussieht wie eine Kiwi. Das kann nur Dinos Friseur Toni sein, der Rasenmäher unter den römischen *parrucchieri*. Natürlich gehe ich genau nicht in diesen Laden, sondern betrete den rechts daneben: weiße Wände, hippe junge Friseure, hippe Kunden. So kenne ich das aus München. Hier droht wohl eher ein supertrendiger Schnitt als eine Beinaheglatze.

Da ich keinen Termin habe, soll ich warten. Erst ein aufforderndes und keinen Widerspruch duldendes *»Prego!«* reißt mich aus der spannenden Lektüre der Zeitschrift *Novella 2000,* in der es ohne Berührungsängste im bunten Mix um Brüste, Prominente und den heiligen *Padre Pio* geht. Die Zeitschrift scheint so etwas wie die Mutter aller Klatschblätter zu sein.

»Ich bin Jäck«, sagt der Friseur, wir geben uns die Hand.

Jäck, der, wie er sagt, eigentlich »Giacomo« heißt, ist etwa Mitte 20, trägt ein schwarzes Muskelshirt, etliche goldene Anhänger um den Hals und die alte Miniirokesenfrisur von Bastian Schweinsteiger. Er sieht aus, als sei er gerade von der *Isola dei Famosi* geflohen.

Wir schauen uns im Spiegel an. Jäck zieht an einer Locke: »Madonna, sehr spezielle Haare.«

»Eeeh«, sage ich, um irgendetwas zu sagen.

Ich werde zunehmend nervös. Ich weiß schon, warum ich früher lieber zum Zahnarzt als zum Friseur gegangen bin: Beim Zahnarzt hat man vielleicht einen Moment lang Angst, weiß aber, dass es danach besser ist. Beim Friseur dagegen kann es genau umgekehrt sein – dass es nämlich am Ende schlimmer aussieht als zuvor. Und dann muss man mit dem Ergebnis auch noch wochenlang herumlaufen.

»Nur ganz wenig schneiden«, sage ich deshalb, *»poco!«*

Jäck nickt und sagt: *»All'attacco!«,* zum Angriff. Er greift zur Schere. Jäck ist bester Laune, und ich kann mir vorstellen, wie er sich fühlt. Ungefähr so wie ich, als ich einmal einen Elefanten füttern durfte: Neugierig auf diese völlig unbekannte, neue Erfahrung.

Schon nach einer Minute liegen Hunderte Gramm Haare auf dem Boden. »Aber nur wenig schneiden«, wiederhole ich eindringlich. *»Poco!«*

Mein Friseur schneidet fröhlich weiter.

Rundherum sitzen gut gelaunte, plappernde Kunden, doch meine Laune wird immer schlechter. Ich starre Jäck aus zusammengekniffenen Augen schweigend an. Da hätte ich auch gleich zum Kiwi-Haarschnitt-Experten Toni im Salon nebenan gehen können.

Als Jäck schließlich sagt, er sei fertig, sehe ich aus, als wollte ich mich für die nächsten Jahrzehnte bei den Carabinieri verpflichten. Mühsam ringe ich mich zu einem »*Grazie*, Jäck« durch. Gut, die Lektion habe ich gelernt: römische Friseuere können nur Kiwi.

Als ich nach Hause komme, fällt Signora Lovello fast in Ohnmacht, als wir uns im Hausflur begegnen. Sie schlägt die Hände vors Gesicht und starrt auf meinen abrasierten Kopf: »Der Engel ist auf die Erde gestürzt!«, zetert sie. Die bildhafte Sprache der Römer ist wirklich erstaunlich.

Sie schüttelt den Kopf und geht in ihre Wohnung, Bacione springt sie an für ein *bacietto*. Als sich die Wohnungstür hinter ihr schließt, höre ich, wie sie ihrem Mann aufgeregt berichtet, was mit dem *ragazzo*, dem *biondino*, dem »Philadelphia light« von nebenan geschehen ist.

Viel Zeit, über meine neue Frisur zu grübeln, habe ich nicht, der Tag lässt mir keine Atempause. Wie verabredet kommt mein Vermieter Luca um 4 Uhr nachmittags, um die alte Couch zu holen. Die neue soll nämlich in den nächsten Tagen geliefert werden. Ich habe mir den Nachmittag freigehalten, um ihm zu helfen, das Möbel auf die Müllkippe zu bringen. Ich gehe jedenfalls davon aus, dass dieses blöde Sofa sein Ende auf der Müllkippe findet.

Doch es kommt anders: Denn als ich die Tür aufmache, ist Luca nicht alleine. »Das ist Remo«, sagt mein Vermieter, und von rechts schiebt sich ein schmächtiger Mittdreißiger ins Bild, dessen tiefschwarze Haare so gegelt sind, dass sie seine Körpergröße um gut zehn Zentimeter steigern.

»Remo ist mein Schwiegersohn«, erklärt Luca, und Remo nickt.

Wir gehen in die Wohnung.

»Schau, das ist sie.« Luca spricht Remo an und zeigt auf die Couch. Wenn man dieses Teil sieht, fragt man sich unwillkürlich, wie Italien je berühmt werden konnte für exklusives Möbeldesign.

Als wir das Sofa zu dritt in den kleinen Lieferwagen geschoben haben, mit dem Remo ganz selbstbewusst in zweiter Reihe in meiner sehr schmalen Straße parkt, sagt Luca: »Du musst jetzt los, Remo. Beeil dich und grüß Sabrina!«

Remo nickt.

»Wo musst du denn noch hin?«, frage ich. Irgendwie kommt mir das Ganze komisch vor. So weit kann doch die nächste Müllkippe nicht sein.

»Nach Kalabrien.« Remo seufzt.

Luca überhört das und strahlt: »Sabrina wird begeistert sein über die neue Couch!«

Bestimmt: Was gibt es Schöneres, als eine einmal quer durch Italien gefahrene, alte und ungemütliche Couch!

Als Remo fährt, winken Luca und ich dem kleinen Lastwagen hinterher. »Das freut meine Tochter bestimmt«, murmelt Luca nochmals.

»Eeeh«, mache ich so neutral wie möglich, um nicht »Ja« oder »Nein« sagen zu müssen, und winke, bis Remo um die nächste Ecke verschwunden ist.

So doof die Couch war, so leer sieht die Wohnung ohne sie aus. Umso besser ist es, dass Dino heute morgen vorgeschlagen hat, abends etwas essen zu gehen. Er will in die Trattoria eines gewissen Leo, einem Freund von ihm.

Um 8 Uhr hole ich Dino vom »Papagallo« ab. Als er mich sieht, kommt er hinter dem Tresen hervor. Zum ersten Mal, seit wir uns kennenlernten, sehe ich, wie klein er eigentlich ist. Hinter der Theke muss sich eine mindestens 20 Zentimeter hohe Stufe befinden.

»Ciao, carissimo!« Dino hält seine rechte Hand auf Kopfhöhe, ich ziehe meine nach oben, und Dino schlägt mit mir ein – wir stehen da wie Tennisspieler, die sich nach dem Spiel über dem Netz die Hand geben. Nur dass Dino mich jetzt noch an sich zieht und mir links und rechts ein Bussi auf die Wange drückt. Wo gibt es in Deutschland Herren im Rentenalter, die wie Tennisspieler einschlagen und andere Männer auf die Wange küssen?

»Was schaust du denn so? So begrüßt man sich in Rom.« Dann mustert er meine Haare, stolz darüber, dieses Wunderwerk der Haarschneidekunst vermeintlich angeregt zu haben: *»Molto bene. Molto, molto bene!«* Und nach einem weiteren prüfenden Blick fügt er hinzu: »Wirklich sehr gut. Ich hab's dir ja gesagt: Toni ist *bravissimo.«*

Ich wage es nicht, Dino zweifach anzulügen und zu sagen, dass ich weder bei Toni war noch die Frisur toll finde, sondern beschränke mich auf ein einfaches *»Si«*. Dino schlägt mir mit der flachen Hand auf die Schulter. *»Andiamo«*, gehen wir! Er scheint mich jetzt fast noch ein bisschen lieber zu mögen, habe ich den Eindruck. Mit italienischer Frisur und ohne Fahrrad.

Die Trattoria »Antiche Delizie« liegt nur drei Straßenecken weiter auf der Via Aurelia – die übrigens, wie mir Dino erklärt, bis zur italienisch-französischen Grenze bei Ventimiglia führt –, und das Lokal ist so klein oder so groß wie eine Doppelgarage. An die Wände sind drei größtformatige Darstellungen des qualmenden Vesuv geschraubt, der herunterblickt auf die an den Tischen sitzenden Gäste.

»Oohu!« Ein Mann kommt fröhlich lächelnd hinter der Kasse hervor. Das muss Leo, der Wirt, sein. Er geht auf Dino zu, ruft *»Carissimo!«*, während Dino mit dem Ausruf *»Bellissimo!«* antwortet. Ich schaue schmunzelnd zu. Liebster, Schönster, wo gibt's das sonst? Selbst Jungverheiratete in Deutschland sprechen sich in der Öffentlichkeit nicht so zärtlich und überschwänglich an wie gestandene heterosexuelle Mannsbilder in Rom.

Auch Leo und Dino schlagen ganz selbstverständlich tennisspielermäßig ein und geben sich zwei laute Bussis auf die Wangen.

»Ich habe einen Freund mitgebracht«, sagt Dino und zeigt auf mich. Es wiederholt sich das Begrüßungsritual: Leo hält wieder seine Hand in die Luft, ich schlage ein, als wollten wir Armdrücken spielen, halte meine Wangen hin und bekomme von Leo zwei dicke, feuchte *baci*.

Dino streicht mir stolz über meinen fast kahl rasierten Kopf. »Ich habe ihn zu Toni geschickt.«

Leo – er trägt die gleiche Kiwifrisur wie Dino – ist begeistert. »Toni ist super.«

»Si«, bestätigt Dino.

Beide schauen mich auffordernd an. *»Si, si«*, sage ich schnell und nicke heftig mit dem Kopf.

Leo gibt uns einen Tisch unter einem dramatischen Bild, das den Vesuv bei einem spektakulären Ausbruch zeigt, im Vordergrund Menschen in Schiffen, die in Panik über den Golf von Neapel zu fliehen versuchen. Als wir Platz genommen haben, tritt er zu uns, knüllt die auf dem Tisch liegende Papiertischdecke zu einem kleinen Ball zusammen und breitet eine neue darüber. Er schaut uns fragend an und Dino sagt nur *»Bianco«*. Weiß.

Einen Moment später stehen zwei Gläser auf dem Tisch,

dazu eine Blumenvasen-artige Karaffe mit hellgoldenem Weißwein.

»Frascati«, erklärt Dino und tippt ans Glas. Ich erfahre, dass die meisten Weine, die in Rom getrunken werden, aus Frascati stammen, einem kleinen Ort in den Castelli Romani, den Hügeln südlich von Rom, wo auch Castelgandolfo, die Sommerresidenz des Papstes, liegt. Ich trinke zwei große Schlucke: Der Wein ist eiskalt und gefährlich gut trinkbar.

Jetzt kommt Leo wieder an den Tisch, schaut fragend, und Dino sagt wieder nur ein Wort: *»Pesce«*, Fisch.

Mit nichts mehr als einem *Benissimo* ist Leo wieder weg, um sofort zurückzukehren mit den ersten vier Tellern, denen noch zwölf weitere folgen. CD-große Tellerchen mit eingelegten Sardellen, sauer eingelegtem Lachs, mit Tintenfischsalat, dünn geschnittenem Schwertfischfilet und Miesmuscheln. »Tischlein-deck-dich«-Prinzip hat das einmal jemand genannt. Dann kommen neue Tellerchen: Vongole in Knoblauchöl, zwei Austern, Calamari, frittierte Krabben, frittierter Stockfisch. Und wieder und wieder. Als ich gerade hoffe, dass Leo jetzt endlich die Rechnung bringt und ich meinen vollen Bauch ins Bett legen kann, sagt Dino: »Oohu!«

Leo schaut zu uns herüber, kommt her, und noch bevor ich Einspruch erheben kann, hat Dino für mich Spaghetti alle Vongole mit frischer Petersilie bestellt.

»Was ist das eigentlich für ein Laut, dieses ›Oohu‹?«

Dino macht abwertend »ts« und schüttelt den Kopf. In ungeschönter Offenheit erklärt er mir, dass ich im Grunde ein hoffnungsloser Fall sei, »mit blonden Haaren und Engelsgesicht« in Rom. Na danke! Das klingt ganz so wie Amadeo mit seinem »Martino, du bist-e fremd-e Körper-e«.

Dann lässt sich Dino aber trotzdem gnädig herab, mir

zu erklären, dass man »Oohu« eigentlich immer sagen könne: »Mit ›Oohu‹ machst du die Leute auf dich aufmerksam. ›Oohu‹ heißt ›Pass auf‹.«

Ich sage leise: »Oohu!«

»Lauter.«

»Oohu!«

Leo schaut auf und begibt sich auf den Weg zu uns. »Die Römer sind ein sehr direktes Volk«, flüstert Dino mir zu, »jetzt pass mal auf.« Als Leo vor uns steht, sagt Dino: »Ich wollte dir nur sagen, dass die Calamari heute geschmeckt haben, als seien sie drei Wochen alt gewesen. Hast du die mal wieder auf dem Flohmarkt gekauft?« Dino zwinkert mir zu. Leo kontert: »Für dich immer nur das Schlechteste!« Man lacht und haut sich auf die Schulter. In Rom schließt man anscheinend Freundschaften, indem man sich gegenseitig zur Schnecke macht.

Laut Dino hätte Leo auch zwei andere Möglichkeiten gehabt, auf seinen Angriff zu reagieren: Die eine besteht darin, ein kurzes »Boh!« auszustoßen, was so viel bedeutet wie ein Schulterzucken und je nach Situation als »Keine Ahnung« oder »Egal« verstanden werden kann. »Boh!«, probiere ich. »Boh!«Ich mache Dino nach, breite die Arme aus, schiebe die Schultern nach oben, strecke das Kinn vor und setze ein gleichgültiges Gesicht auf:

»Boh!«

»Genau!« Dino amüsiert sich köstlich. Dann gibt es noch die zweite Möglichkeit: »Eeeh!«, mal kürzer, mal gedehnter. »Zum Beispiel«, sagt Dino, »du hast in zweiter Reihe geparkt, ein Polizist überlegt, ob er dir einen Strafzettel gibt. Er sagt: ›Man darf nicht in zweiter Reihe parken.‹ Du willst ihm signalisieren, dass du das zwar weißt und entsprechend schuldbewusst bist, dass die Situation jetzt aber nun mal so ist. Deshalb machst du einfach nur ›Eeeeeeh‹.« Wieder breitet Dino die Arme aus, zieht die

Schultern hoch, schiebt sein Kinn nach vorne und gibt ein langes »Eeeeeeh« von sich. Ich mache es nach: »Eeeeeeh!« Dino lacht wieder. »Wichtig ist, beides nicht zu verwechseln. Beim Polizisten darfst du nie ›Boh!‹ sagen, denn das wäre fast eine Beleidigung.« »Boh« klingt eben nach »Ist mir scheißegal«.

Leo bringt eine Kunstledermappe, darin die Rechnung. Die Zahl 42,00 ist durchgestrichen, Dino deutet zufrieden auf die darunterstehende Zahl 40,00 Euro. »Das, mein Lieber, ist ein *sconto*«, sagt er zufrieden und bestimmt dann, dass jeder von uns die Hälfte in die Kunstledermappe legen soll.

»In Rom«, doziert Dino, »teilt man die Rechung immer durch die Anzahl der Personen am Tisch – egal ob einer mehr oder weniger als die anderen gegessen hat.« *Pagare alla Romana* heiße das, also bezahlen nach römischer Art, und sei »gelebter Kommunismus«. Bevor Dino seine 20 Euro reinlegen kann, schnappe ich mir die Rechnung, lege 40 Euro hinein und halte sie Leo hin.

Dino beschwert sich, er habe mir doch gerade erklärt, wie man das in Rom mit dem Bezahlen halte und dass jeder von uns doch …

Ich breite die Arme aus, schiebe die Schultern nach oben und strecke das Kinn nach vorne:

»Boh!«

Che bella!
Heldentaten für Elisa

Am nächsten Morgen, es ist Sonntag, stehe ich vor der Tür des einzigen Nachbarn, dem ich mich noch nicht vorgestellt habe: Dr. Agopovic, ein Zahnarzt, mit dem ich mir, meiner Berechnung nach, die meisten Zimmerwände überhaupt teile. Ich bin besorgt. Zwar habe ich in den letzten Tagen nichts von dieser Seite vernommen – aber ich habe Angst davor, eines Morgens vom Geräusch eines Hochfrequenzbohrers oder vom Schrei eines Patienten wach zu werden. Ich klingle. Niemand macht auf. Dann eben nicht.

»Boh!«

Als ich hinuntergehe zum »Papagallo«, sehe ich das Moped mit den beiden Jungs, die mir immer »Oohu, *biondo*« zurufen, heranbrausen. Heute erkennen sie mich erst auf den zweiten Blick – mein Kurzhaarschnitt zeigt eine erste erfreuliche Wirkung. Sie sind schon fast an mir vorbei, da dreht sich der eine noch mal um und ruft lachend »Oohu, *biondo.*« Auch wenn mir meine neue Frisur nicht sonderlich gut gefällt – ich scheine immerhin nicht mehr die blonde Sensation schlechthin zu sein.

Unten, vor dem »Papagallo«, herrscht höchste Aufregung.

An diesem Sonntagmorgen mit schönstem Ausflugswetter – drinnen stürzen Dutzende von Leuten ihren Kaffee herunter – erdreistet sich draußen ein Polizist, der aussieht wie Käpt'n Iglo, all die Autos aufzuschreiben, die mit angeschalteter Warnblinkanlage in der zweiten Reihe, auf dem Zebrastreifen oder vor Hauseinfahrten stehen. Es ist ein Skandal!

Nicht das rücksichtslose Parken, sondern dessen Ahndung natürlich.

Die Aufgeschriebenen können kaum fassen, was da passiert. Größer noch als der Ärger über den Strafzettel ist bei ihnen offenbar das Unverständnis darüber, dass der Polizist überhaupt die Falschparker aufschreibt. Als ich vorbeigehe, antwortet Käpt'n Iglo gerade auf das Flehen eines Parksünders um Nachsicht mit einem trockenen: »Boh! So sind die Regeln.«

Drinnen, im »Papagallo«, schaut ein halbes Dutzend Leute Cappuccino trinkend dem ungewöhnlich strengen Polizisten zu. Dino poliert die Theke mit einer Reinigungsmilch »Marmor-Superglanz« und schaut immer wieder nach draußen. Als er mich sieht, nickt er in Richtung Käpt'n Iglo: »Ein neuer Polizist. Nimmt's ganz schön genau.«

Er bedeutet mir, zum Ende der Theke mitzukommen. Im Schutz des Automaten für Gingseng- und Malzkaffee zündet er sich eine Zigarette an, nimmt eilig einige Züge und hält sie hinter seinen Rücken, wo sie, zusätzlich durch die Automaten verborgen, nicht zu sehen ist. Nur hinter Dinos Kopf steigt langsam grauer Rauch auf. Rauchen in Lokalen ist in Italien ja schon länger verboten als in Deutschland. Dino dreht sich zum Tresen und schaut Giuliano zu.

»Schau dir mal die Bar an. Sind sie, also die anderen, so wie ich?«

Ich beobachte Giuliano, finde nichts, was ich kritisieren könnte. Dafür, dass er gerade mal Mitte 20 ist, kommt er den Bestellungen recht schnell und besonnen nach.

»Er macht es gut«, meint Dino, »aber weißt du, was ihm fehlt: Die Seele. Ich wollte immer Barista sein, und ich wurde Barista. Aber für diese jungen Leute ist das nur ein Job, den sie eine Zeit lang machen. Arbeit ist Leidenschaft. *Passione!*«

Dino nimmt einen langen Zug aus der Zigarette, kneift seine Augen zusammen und blickt mich an. Dann nickt er, nimmt aus einem Fach im Tresen, das ich noch nie gesehen habe, einen Aschenbecher und drückt die Zigarette aus.

»Va beh«, sagt er, na ja, steht auf und tritt wieder hinter die Bar. Was macht sich Dino bloß für komische Gedanken?

Draußen ist der Polizist, der aussieht wie Käpt'n Iglo, weiterhin auf der Jagd nach Parksündern. Gerade diskutiert er mit einem Mann, der sich ganz offensichtlich weigert, den Strafzettel entgegenzunehmen. Immer wieder hebt er abwehrend die Arme, *»No!«,* bis der Polizist ihm den Wisch einfach in eine Seitentasche des Jacketts steckt.

Wenn man das in einem Film zu sehen bekäme, würden alle sagen, die Szene sei gestellt.

Von der Straße nähert sich jetzt ein kleiner roter Fiat 500, darin eine mit einer gelben Bluse bekleidete Frau. Die gewaltige Sonnenbrille verdeckt das halbe Gesicht, doch die dunklen Haare, die hübsche Nase, das spöttische Lächeln sind unverkennbar – es ist Elisa. Endlich sehe ich sie mal wieder!

Sie peilt als Parkplatz für ihr Auto den Zebrastreifen vor dem »Papagallo« an, stellt sich tatsächlich mitten drauf und schaltet die Warnblinkanlage an. Für sie scheint das zwar kein regulärer, aber doch ein fast normaler Parkplatz zu sein. Den Polizisten, der auf sie lauert, hat sie nicht gesehen.

Irgendjemand muss Elisa warnen.

Sie kommt auf die Bar zu. Ahnungslos.

Na gut. Es hilft nichts.

Ich schwenke die letzte Pfütze Kaffee in der Tasse so heftig, dass er bis zum Rand schwappt, stürze ihn hinunter und haste nach draußen.

Da haben wir schon die Bescherung: Der Polizist sieht das Auto auf dem Zebrastreifen und nestelt an seinem Zettelblock.

In diesem Moment sieht ihn auch Elisa.

Der Polizist geht auf sie zu.

Jetzt sind Helden gefragt.

Ich springe von der Seite heran und rufe dem Uniformierten übertrieben laut zu. »*Excuse me!*«

Er wendet sich zu mir. Jetzt muss ich mir irgendwas einfallen lassen.

Äh.

»*Where is the Trevi Fountain?*« Nicht gerade originell, nach Roms berühmtestem Brunnen zu fragen. Ich schaue ihn lammfromm an.

Elisa schleicht im Hintergrund auf Zehenspitzen zurück zum Auto.

Der Polizist reagiert ärgerlich: »*Che cazzo dici.* Fontana di Trevi? *Qua?*« Wie kann jemand nur so blöd sein, hier nach der Fontana di Trevi zu fragen?

»*Scusi?*« Ich stelle mich weiter dumm.

Der Polizist schaut zu dem roten Fiat 500 und zu Elisa, die sich gerade wieder hineinsetzt. »Oohu!« Er winkt Elisa zu, dass sie stehen bleiben soll.

Ich rede noch mal laut auf ihn ein »*Scusi?* Fontana di Trevi?« Ich gebe alles.

Der Polizist ist übler Laune, erklärt mir aber schließlich den Weg dorthin und welchen Bus ich nehmen muss.

Im Hintergrund sehe ich Elisa im Auto wegfahren und eine Hand, die aus dem Schiebedach herauswinkt. Ich mache die Augen zu und atme tief durch.

Besser hätte es nicht laufen können.

Tu sei matto!
Verrückt, verrückt, verrückt

Es ist Montag, mein erster offizieller Arbeitstag! Ich habe vom Chefredakteur geträumt, der mir andauernd auf die Schulter trommelt und im Rhythmus des Klopfens sagt: »Themenvorschläge! Themenvorschläge! Themenvorschläge!« Leider ist mir im Traum nichts eingefallen.

Als ich ins Bad gehe, finde ich zwei neue Zettel, die meine fürsorglichen Nachbarn unter der Wohnungstür durchgeschoben haben: »*Carissimo,* das hier lag im Briefkasten.« Ein neuer Prospekt vom Supermarkt, wo 0,5-Liter-Dosen Guinness wieder 2 Euro kosten. Mit Filzstift steht an den Rand geschrieben, das könne ich mir ja im Fall von *nostalgia,* von Heimweh also, kaufen. Ich frage mich, ob ich den Lavellos jemals beibringen kann, dass ich Deutscher und kein Engländer bin. Oder ob sie es jemals selbst herausfinden werden.

Hoch motiviert mache ich mich auf den Weg zu jenem Zeitungsstand, der meiner Wohnung am nächsten liegt. Welche Zeitungen soll ich jetzt überhaupt durchforsten? Am Kiosk geht es zu wie samstags auf dem Markt. *La Repubblica,* sagt ein Mann vor mir, und der Verkäufer reicht aus dem über und über mit Zeitungen behängten Stand das gewünschte Exemplar. *Corriere della Sera,* sagt der nächste Kunde. Ich nehme beide und dazu die rosafarbene *Gazzetta dello Sport.*

Weil ich noch ein paar Postkarten verschicken will, frage ich: »Haben Sie Briefmarken?«, und bringe den Kioskbetreiber völlig aus der Fassung:

Der Mann zieht die Schultern hoch, gibt ein lang gezogenes »Eeeeeh« von sich und schüttelt vehement den Kopf: »Das ist ein Zeitungsladen, hier gibt es doch keine Briefmarken.« Und dann schaut er mich so missbilligend an, als ob ich mich nach etwas völlig Absurdem wie einem Busticket von Rio de Janeiro nach Sao Paulo erkundigt hätte. Und mir fällt wieder ein, wie streng in Italien Lizenzen für den Handel vergeben werden: Tankstellen verkaufen Benzin und nichts anderes, Kioske verkaufen Zeitungen und nichts anderes.

Leider steht in den Zeitungen, die mir der sichtlich irritierte Mann verkauft hat, nichts Spannendes drin. Halbherzig schlage ich also meiner Redaktion zu Hause das x-te Politik-Skandälchen vor, schreibe dann als PS unter die Mail: »Liebe Kollegen, ich wurde übrigens schon beklaut.« Nur einen Moment später klingelt das Telefon. Die Redaktion.

»Na, wie ist denn das Wetter bei Ihnen? Sitzen Sie beim Cappuccino in der Sonne?«

Ich antworte kühl, dass es kalt sei und regne – was zwar auch heute nicht stimmt, aber der Kampf gegen das Klischee, ein Italienkorrespondent sitze nur beim Kaffee in der Sonne, muss mit allen Mitteln geführt werden.

»Äh, wir hätten gerne diese Diebstahlsgeschichte«, sagt der Kollege am Telefon leicht irritiert und klingt fast verzweifelt, als er mir erzählt, dass jetzt im Sommerloch »nix Gescheites« da sei. Den soundsovielten Berlusconi-Aufguss will er partout nicht. Also signalisiere ich mein Einverständnis, über die dreisten Taschendiebe in Rom zu schreiben.

Am Nachmittag stehe ich also am Vatikan bei der Haltestelle des 64er Busses, der laut Auskunft meines Polizistenfreunds Gennaro angeblich derjenige sein soll, in dem am meisten geklaut wird. Und genau darauf lege ich es heute an. Ich will nicht nur erleben, *dass* etwas wegkommt, sondern *wie* das genau vor sich geht.

In meinen Hosentaschen stecken ein Handy, das schon länger auf meiner Abschussliste steht, sowie ein leerer Geldbeutel, der seine besten Zeiten ebenfalls hinter sich hat. Und damit meine Rechnung auch aufgeht, bin ich zusätzlich zu meiner Haarfarbe, die eigentlich als Lockmittel ausreichen müsste, wie der typische Tourist kostümiert: kurze Hose mit links und rechts je zwei Funktionstaschen, weiße Socken in braunen Sandalen, ein hellblaues Kurzarmhemd. Ich sehe aus wie die perfekte Beute schlechthin.

Vorsorglich habe ich mir eine Tageskarte gekauft, weil ich damit rechne, den ganzen Tag im 64er Bus verbringen zu müssen. Schließlich kann ich nicht davon ausgehen, dass bereits ein paar Haltestellen weiter ein Dieb einsteigt und mich zu beklauen versucht. Und wenn alle Stricke reißen, muss ich mir die ganze Geschichte zur Not fantasievoll ausdenken. Ich harre der Dinge.

Als ich Dino am Morgen von meinem Plan erzählte, hat er nur kurz im Polieren des Tresens innegehalten und dreimal hintereinder gemurmelt: »*Tu sei matto …, tu sei matto …, tu sei matto.*« Ich sei verrückt, verrückt, verrückt.

Jetzt gibt es kein Zurück mehr. Der Bus fährt los und überquert den Tiber. An jeder Haltestelle auf dem Weg in die Stadt kommen neue Fahrgäste hinzu, die meisten Touristen. An der Haltestelle Piazza Navona steigt ein Mann zu, der auffällt – mir zumindest, denn ich halte ja nach potenziellen Dieben Ausschau. Er hält trotz der Hitze eine dicke Jacke über dem Arm, und während alle anderen nach draußen gucken und auf Sehenswürdigkeiten deuten, lässt er seine Augen prüfend durch den Bus wandern.

Au weia!

Jetzt steuert er direkt auf mich zu – ich starre unbeteiligt aus dem Fenster. Kann es sein, dass das schon der Dieb ist? Dass der mich im nächsten Moment beklauen wird?

Das ist doch wohl unmöglich!

Der Mann stellt sich neben mich.

Bin ich eigentlich bescheuert!

Ein, zwei Haltestellen passiert nichts. Der Bus fährt am Largo Argentina vorbei, in dessen Nachbarschaft im Theater des Pompeius Julius Cäsar ermordet wurde, und biegt nach links in Richtung Piazza Venezia ab. In der weiten Kurve, in der es ruckelt und wir Stehplatzpassagiere aneinandergedrückt werden, wandert eine fremde Hand vorsichtig in meine Hosentasche.

Ich kann's nicht fassen und zucke vor Schreck zusammen, schaue jedoch weiter unbeteiligt nach draußen.

Wie konnte ich nur auf eine so bescheuerte Idee kommen? Ich denke an Dinos »*matto, matto, matto*« und nehme mir vor, nie mehr ein PS an meine Redaktion zu schreiben.

Seine Finger machen sich jetzt an meinem Geldbeutel zu schaffen. Er zieht vorsichtig, aber das Ding sitzt fest.

Der Bus ruckelt über das Straßenpflaster, draußen ziehen der blaue Himmel und die prachtvolle Piazza Venezia vorbei. Der Busfahrer fährt viel zu schnell, ich halte mich so gut es geht an der Haltestange fest. Was gar nicht so leicht ist, wenn einem der Angstschweiß ausbricht.

Der Dieb steckt seine Hand etwas tiefer in meine Hosentasche. Er muss denken, dass ich der harmloseste, unbedarfteste Tourist aller Zeiten bin. Soll ich mich umdrehen? Ihm sagen: »He, ich habe Sie längst durchschaut, Sie wollen mir meinen Geldbeutel klauen.« Ich könnte ihn einfach am Gelenk packen und zu schreien beginnen. Dann würden die anderen ihn vielleicht festhalten, bis die Polizei kommt und ihn abführt.

Was tun?

Nichts. Denn ich will es ja schließlich von vorne bis hinten erleben, wie die Diebe vorgehen bei ihrer Jagd auf die Blonden unter den Schwarzhaarigen.

Der Bus rast jetzt an dem gewaltigen Blumenbeet auf der großen Piazza entlang, Touristen drängeln sich an mir vorbei und drücken ihre Fotoapparate an die Scheibe, um das – wievielte? – Foto ihres traumhaften, sorglosen römischen Wochenendes zu schießen. Der Dieb lässt die Hand in meiner Hosentasche und rührt sich nicht.

Jetzt die Via Nazionale. Der Bus holpert weiter über das Kopfsteinpflaster, mein Dieb nutzt die Gelegenheit und lässt sich übertrieben dramatisch gegen mich fallen. Er hat jetzt nicht mehr nur die Finger, sondern seine ganze Hand in meiner rechten Hosentasche. Schade, dass keine Mausefalle drin ist.

Habe ich wirklich alles aus dem Portemonnaie rausgenommen?

Zu spät, darüber nachzudenken. Es ruckelt heftig, schnell zieht der Mann den Geldbeutel heraus. Schon ist die nächste Haltestelle erreicht, die Bustür geht auf, und der Dieb drängelt sich rasch nach draußen.

Mein Herz rast: Ich schaue ihm nach, wie er die Straße überquert, und nehme ihn jetzt erst richtig zur Kenntnis: ein etwa 50-Jähriger, ziemlich dick zwar, aber gepflegt wirkend, in einem grünen Poloshirt, über dem Arm die rote Jacke, die ihm als Tarnung diente.

Als der Bus anfährt, sehe ich noch, wie der Mann meinen Geldbeutel aus seiner Hosentasche zieht und hineinschaut. Jetzt wird er gleich ziemlich blöd aus der Wäsche schauen. Ist ja nichts drin außer einem Zettel, auf dem *stronzo!* steht. Ich grinse schon. Dann versperrt ein entgegenkommender Bus mir die Sicht, und danach ist mein Dieb verschwunden.

Ich atme durch. Mein Herz rast immer noch. Es hat wirklich geklappt.

Nur schade, dass ich sein dummes Gesicht und seine Enttäuschung nicht mehr beobachten konnte.

Als ich am frühen Abend Dino triumphierend von diesem Abenteuer erzähle, sagt er das Gleiche wie am Vormittag: »*Tu sei matto …, tu sei matto …, tu sei matto.*« Na schön, bin ich halt verrückt.

Als sein Kopfschütteln irgendwann aufhört, frage ich ihn ganz beiläufig nach Elisa: »Dieses Mädchen da neulich …, sie hat dich *zio* genannt. Bist du ihr Onkel?«

Dino wirkt stolz. Ja, Elisa sei seine Nichte, erzählt er und schiebt ein »*più o meno*«, mehr oder weniger nach. »Elisa ist die Tochter meiner Cousine Susanna. Frech wie ihre Mutter und eine kluge, hübsche Signorina.«

Bei »klug und hübsch« nicke ich heftig und berichte wohl etwas zu schwärmerisch von unseren ersten Begegnungen, denn Dino schaut mich fragend an. »Gefällt sie dir?«

»Hmhm«, mache ich, ohne zu sagen, was ich wirklich denke: Und wie mir Elisa gefällt!

Dino reicht aber auch mein »Hmhm«, um zu verstehen, was Sache ist. Er grinst. Und sagt erneut: »*Tu sei matto …, tu sei matto …, tu sei matto.*«

Doch von Elisa ist tagelang nichts zu sehen.

Daher lenke ich mich ab – mit Erkundungen in Rom. So gelingt es mir in dieser ersten Arbeitswoche, den Hupcode der Römer zu entziffern – nicht zuletzt deshalb, weil ich selbst unentwegt angehupt werde. Mit dem Selbstbewusstsein eines Münchner Radfahrers kommen die Römer scheinbar einfach nicht zurecht. Ein Bus etwa, dessen Spur ich benutze, bläst mich mit seiner Huperei fast aus dem Sattel.

Anders als in Deutschland will man hierzulande nicht

nur nachdrücklich andere Menschen vor etwas warnen oder ihnen zu verstehen geben, dass sie sich, mit Verlaub, doch bitte verpissen sollen. Nein, ich habe festgestellt, dass man in Rom auch einfach hupt, um auf sich aufmerksam zu machen. Ob tagsüber oder nachts, jedes zweite Motorino hupt ungefähr auf der Höhe meines Schlafzimmerfensters, selbst wenn die Straße leer ist. 20 Meter weiter befindet sich nämlich eine Kreuzung, und das rechtzeitige Hupen, leider immer vor meinem Fenster, darf in etwa folgendermaßen verstanden werden: »Hallo, ich bin in etwa einer Sekunde an der Kreuzung und habe nicht im Sinn, auf rechts vor links zu achten. Wenn du jetzt in meine Straße einbiegen willst, dann lass dir gesagt sein, dass ich einfach durchrausche.«

Neben diesem Warnhupen gibt es noch das Frusthupen. Muss man einmal länger als zehn Sekunden an einem Fleck warten, hupt man munter drauflos, um seinem Ärger Luft zu machen. Und sobald einer damit anfängt, stimmen andere gleich mit ein: »Ja, genau, ich bin auch total genervt.«

Die Hupe heißt in Italien übrigens *claxon*, so benannt nach der Erfinderfirma. Das war mir neu, und ich habe es durch puren Zufall erfahren. Weil mich das Gehupe der Motorini, die wie Rasenmäher aus den Achtzigern dröhnen, wahnsinnig macht und mir überdies den Schlaf raubt, suche ich Rat in einer *farmacia*.

»*Buon giorno*«, sagt die Apothekerin.

»*Buon giorno!* Haben Sie etwas für die Ohren, wegen des Lärms nachts.« Bei dem Wort »Ohren« versenke ich meine Zeigefinger in meinen Hörgängen, bei dem Wort »Lärm« hupe ich pantomimisch, indem ich dreimal in die Luft drücke.

Die Apothekerin kichert kurz und schaut verschämt nach unten. »Tja, so ist das, manche Nachbarn …« Sie dreht sich lachend um, sucht nach etwas in den Schubladen hinter ihr und legt mir Ohrstöpsel hin.

»Danke. Aber warum Nachbarn? Ich meine auf der Straße. Die Autos.« Ich mache »Möööp!« und drücke wieder mit der flachen Hand dreimal in die Luft.

Die junge Frau bricht in hysterisches Lachen aus.

Es ist Dino, der mich aufklärt. »Was hast du gemacht?«

»So.« Ich drücke dreimal in die Luft vor mir.

Dino lacht noch mehr als zuvor die Apothekerin. »Das heißt Sex! Sie dachte, du kannst nicht schlafen, weil deine Nachbarn so lauten Sex haben.«

Nachdem Dino sich die Tränen aus den Augen gewischt hat, sagt er, ich sei schon recht *»ingenuo«,* was so viel heißt wie naiv. »Wie ein *stracchino*«, fügt er hinzu.

Wie was?

»Ein *stracchino*. Käse!«

Ich kenne das Zeug, diesen langweiligen Weich-Streichkäse, bei dem man fast nichts schmeckt, wenn man hineinbeißt. Die Werbung der Firma »Nonno Nanni« (Großvater/Opa Hans, wie auch immer) läuft ständig im Fernsehen. *Stracchino* schmeckt nach nichts, ist folglich absolut harmlos.

»Stracchino« klingt für mich mindestens ebenso beleidigend wie »Philadelphia light«.

Impossibile?
Überleben mit Motorino

In dieser ersten Arbeitswoche, deren Tage ich morgens regelmäßig im »Papagallo« beginne und – nach der Arbeit im Auslandspresseverband – abends dort beende, kündigt sich Uli an.

»Ich hab ein paar Tage frei«, sagt sie euphorisch. »Hast du Zeit?«

»Klar«, sage ich, auch wenn mir eigentlich Besuch gerade gar nicht so recht ist, denn ich habe mit Dino einen Freund gewonnen, mit Elisa einen Flirt, die Arbeit macht Spaß …

Aber wie könnte ich der guten alten Uli absagen?

Als Uli dann da ist, bin ich froh – bis auf die Tatsache, dass sie mir eine weiß-blaue Biergartentischdecke mitbringt und mich nötigt, sie – »Gegen Heimweh!« – auf meinem kleinen Esstisch auszubreiten. Die Tischdecke ist das, was ich nicht in Rom werden will: Ein-e fremd-e Körper-e.

Höflicherweise lasse ich sie an diesem Wochenende aber liegen. Denn an sich freue ich mich, Besuch zu haben: Endlich kann ich die Eindrücke der ersten Tage mit jemandem teilen: Bacione springt auch Uli ins Gesicht, sie erlebt das Münzen-Werfen-Spiel vom kleinen Francesco, wir trinken Spritz bei Dino, und Uli spielt wacker mit, als die Lovellos sie ebenfalls zur Engländerin machen.

»Bist du verrückt?«, fragt sie mich. »Du musst ihnen doch klarmachen können, dass du Deutscher bist«, sagt Uli.

Ich seufze. »Selbst wenn ich es ihnen klarmachen könnte – dann fühlen sie sich doch verarscht, dass ich es ihnen nicht früher erklärt habe.«

Daraufhin wedelt Uli mit der Hand vor ihrem Gesicht hin und her und macht mir wiederum klar, dass sie mich bescheuert findet.

Als Uli am Sonntagabend nach einem Wochenende zahlreicher Spritz und noch mehr Besichtigungen mit dem Nachtzug zurück nach München fährt, ziehe ich zu Hause die weiß-blaue Bayerntischdecke vom Tisch und kehre in mein römisches Leben zurück.

Tatsächlich ereignet sich schon zwei Tage nach Ulis Besuch wieder Aufregendes. Ich stehe vor dem Krankenhaus Umberto I. im römischen Stadtviertel San Giovanni und bin kurz davor, einen bedeutsamen Handel abzuschließen: Auf dem Parkplatz der Klinik soll ich Massimo, einen Krankenpfleger, treffen, der sein Motorino verkaufen will. Ich werde ein Moped kaufen!

Ja, es muss sein. Ich bin zu der Überzeugung gelangt, dass ich im Sommer weder dauernd schweißnass auf dem Fahrrad kleben, noch im Bus zwischen anderen schwitzenden Menschen eingezwängt stehen möchte. Im »Papagallo« habe ich mit Dinos und Giulianos Hilfe das römische Anzeigenblatt *Porta Portese* durchforstet, in dem Wohnungen, Goldfische, Fahrräder, Pizzaöfen und eben Motorini angeboten werden, und mich schließlich mit ihnen darauf geeinigt, dass eine dort inserierte Honda SH – ausgesprochen »Esse-Acka« – eine gute Offerte sei.

»Nimm die Esse-Acka«, hat mir Dino ans Herz gelegt und mit italienischem Sinn für Pathos ergänzt: »Dann wirst du ein glücklicher Mensch sein.« Ein *uomo felice!*

Oder ein toter Mann? Ein bisschen Bammel habe ich schon. Meinen Eltern musste ich hoch und heilig versprechen, nach dem Kauf bei einer Fahrschule eine Stunde »Fahrtraining« zu nehmen. Meine Mutter klang so besorgt, als würde sie mich das letzte Mal sprechen.

Der Parkplatz vor dem Krankenhaus ist immer noch menschenleer. Wo bleibt nur dieser Massimo? Schön blöd, dass Dino arbeiten muss. Alleine ein Moped kaufen ist mir eigentlich nicht geheuer. Als wir telefonierten, meinte Massimo, ich solle ihm einen *squillo* machen, sobald ich auf dem Parkplatz des Krankenhauses stünde.

Einen was?

»Einen *squillo*. Ruf meine Nummer an, lass es einmal klingeln und leg gleich wieder auf!«

Einen *squillo*, aha.

Den habe ich inzwischen dreimal gemacht: Angerufen, klingeln lassen, aufgelegt. Dreimal *squilli*, zumindest aus meiner Sicht, ohne dass der Krankenpfleger erschienen wäre.

Jetzt klingelt mein Handy. Seine Nummer. Ich gehe ran. *»Pronto?«*

Seine Stimme klingt genervt. »Warum gehst du denn ran?«

»Du hast mich angerufen.«

Er schnauft, läuft offenbar gerade zügig eine Treppe hinunter. »Ich wollte nicht telefonieren. Das war ein *squillo*.«

Ich höre ihn noch *»Cazzo!«* sagen, dann legt er auf.

Einen Moment später tritt ein Mann durch die Glastür auf den Parkplatz, reicht mir die Hand: »*Ciao*, Massimo!«, und zündet sich eine Zigarette an. Man kann ihn gleich als Krankenpfleger erkennen: Auf dem Kopf trägt er eine grüne Netzhaube, die seine Haare bedeckt, um den Hals hängt ein grüner Mundschutz, und auch der Rest ist grün – sein Kurzarmhemd ebenso wie seine grüne Schlabberhose und seine Plastikschlappen. Geräuschvoll stößt er den Rauch der Zigarette aus.

»Du bist noch nicht lange in Rom, oder?«

Ich nicke.

»Also, eines musst du kapieren, geh nie beim ersten

Klingeln ans Telefon, weil es ja ein *squillo* sein könnte.« Er erklärt es mir wie einem Analphabeten: »Du hättest einen *squillo* machen sollen zum Zeichen, dass du da bist. Und ich mache einen, damit du weißt, dass ich komme. So nach dem Motto: Alles klar, bin gleich da.«

Ich nicke langsam. Wenn ich das recht verstehe, dann muss man in Italien nicht nur den Inhalt von Gesprächen richtig interpretieren, sondern schon das Klingeln des Telefons.

Massimo raucht in größter Hektik. »Wir müssen uns beeilen, ich habe gleich eine OP.« Er überquert mit Zigarette und kompletter Operationskleidung den Parkplatz und geht zu den Motorini. Vor einem türkisfarbenen bleibt er stehen. *»Eccola!«* Das Moped ist durch ein Detail eindeutig als italienisch zu erkennen: Es hat einen Windschutz aus Plexiglas. Warum gibt es den auf deutschen Mopeds eigentlich nicht, wo es doch nördlich der Alpen so viel kälter ist?

Zu Massimos Unverständnis beharre ich auf einer Probefahrt. Als ich nach einem Helm frage, macht der Krankenpfleger abschätzig »Ts!«, schüttelt den Kopf und sagt seufzend: »Madonna!« Er findet mich anscheinend wahnsinnig kompliziert. Offenbar kauft man in Rom Motorini so selbstverständlich, schnell und sorglos wie eine Pizza oder einen Kaffee. Ich hätte gute Lust, Massimo jetzt vom »Tuffe«, dem TÜV, zu erzählen und davon, dass ich aus einem Haushalt stamme, in dem die Lektüre der Stiftung-Warentest-Hefte bei jeder Anschaffung über 10 Euro üblich war.

Trotzdem ist der Handel in etwa 30 Sekunden erledigt. Der Kaufvertrag auf einem Blatt mit dem Briefkopf des Krankenhauses Umberto I. ist acht Zeilen lang, das Geld steckt sich Massimo in seine grüne OP-Helfer-Hose.

Ich kann es kaum glauben: Ich habe ein Motorino! »Fremd-e Körper-e«-Zeiten, so hoffe ich, sind jetzt vorbei.

Bei der Ausfahrt vom Parkplatz in den Stadtverkehr stehe ich ewig. Es ist jetzt Mittag, eigentlich nicht gerade Hauptverkehrszeit, doch in Rom ist durchgehend die Hölle los. Um 4 Uhr in der Frühe wäre vermutlich die beste Zeit für einen blonden Nordmenschen, in Rom das Mopedfahren zu üben. Aber was soll's: Mehr als den Tod fürchte ich, schwer verletzt zu überleben und anschließend unter Assistenz von OP-Helfer Massimo operiert zu werden.

Ich atme durch und gebe Gas. 20 – 45 – 50 – 60 km/h. Ich biege von San Giovanni in Laterano kommend rechts ab und habe links von mir die prächtige Kulisse der Caracalla-Thermen. Alles, was ich jetzt mache, ist erhebend für mich: das erste Mal blinken, der erste Spurwechsel, das erste Überholmanöver. Ich düse einmal um das Kolosseum, fahre fünf Runden um die Piazza Venezia und den Polizisten, der in ihrer Mitte den Verkehr auf höchst elegante Weise dirigiert. Man muss einfach mitschwimmen im Verkehr. Ja, ich werde sogar von einem Italiener nach dem Weg gefragt. Wahrscheinlich sollte ich auch als Fußgänger in Zukunft den Helm tragen.

Muss ich jetzt eigentlich noch eine Fahrstunde nehmen?

Hm.

Das schlechte Gewissen gewinnt die Oberhand, und so sitze ich schließlich im Stadtteil Prati in einer *autoscuola* vor Fahrlehrer Francesco, den mir Dino empfohlen hat. »*Un bravo ragazzo*«, hatte er gesagt, ein guter Junge. So weit er, Dino, es wisse. Denn Francesco ist der Neffe eines Mannes, der jeden Tag bei Dino einen *Cappuccino senza schiuma*, einen Cappuccino ohne Schaum, trinkt. Dino hat mir damit eindrucksvoll bewiesen, dass ein guter Barista nicht nur jede Form von Kaffee können muss, sondern auch ein lebendes Schwarzes Brett ist.

»Eeeh, ich habe schon Wohnungen, Autos, Häuser und Schrankwände vermittelt«, meinte Dino. »Und auch *in-*

amorati« – Verliebte. Dabei hat er mir zugezwinkert. Stimmt das, oder war das nur eine Anspielung auf Elisa und mich?

Fahrlehrer Francesco macht »Eeeeh«, als ich ihm erzähle, dass ich gerade schon eine Stunde glücklich durch Rom gefahren sei: »Eeeeh, Madonna, du brauchst keinen Unterricht mehr!«

Weil ich nun schon mal da sei, lädt er mich ein, eine junge Fahrschülerin, Viviana, bei einer Stunde zu begleiten.

Das Ganze ist: absurdes Theater.

Schon in Deutschland fahren normale Autofahrer anders, schneller, risikobereiter als Fahrschüler, doch hier in Rom wirkt das Nebeneinander von Fahrschulautos und durchgeknallten Römern, als fänden zwei verschiedene Sportarten auf einem einzigen Spielfeld statt. Beispielsweise Schach und Formel 1. Wir fahren 50, die anderen etwa 90. Viviana hält korrekt vor der Haltelinie einer Ampel, alle anderen stellen sich mittendrauf oder fahren gleich bei Rot drüber. Und immer wieder spüren wir die Druckwelle einer *macchinetta*. Das sind eigentlich Mopeds mit vier Rädern oder eben Autos mit Mopedmotor, fahren allerdings viel schneller, als sie dürfen. Francesco erklärt, die reichen Römer würden ihren Kindern *macchinette* zum 16. Geburtstag schenken, damit sie nicht aufs Moped steigen und nach Möglichkeit noch den 17. Geburtstag erleben.

Als wir auf einem dreispurigen Abschnitt des Lungotevere den Tiber entlangfahren, wirken wir wie eine Schnecke, die versucht, an einem Pferderennen teilzunehmen. Als ich Francesco frage, ob es nicht ein bisschen frustrierend sei, den Schülern Regeln beizubringen, die sie nie einhalten werden, macht Francesco nur ganz gedehnt »Eeeeeeeh!«, was ich nur folgendermaßen interpretieren kann: »Natürlich ist es frustrierend. Aber frag nicht so blöd.«

Che fortuna!
Glück im Unglück

Einige Tage später zu Hause.

Bööööööööö. Pause. Bööööööööö. Ich schrecke auf und schaue auf die Uhr. Es ist 8 Uhr 01.

Bööööööööö. Das kommt von rechts. Vom Nachbarn, vom Zahnarzt. Er ist also da. Bööööööööö.

Entweder sitzt da gerade der tapferste Kariespatient aller Zeiten auf dem Behandlungsstuhl, oder Dr. Agopovic ist Elefantenkieferorthopäde.

Bööööööööö.

Schlaftrunken wanke ich Richtung Bad und rutsche fast aus. Wieder Post von den Lovellos: »*Carissimo,* nur ein kleiner Gedanke.« Sie haben mir den Prospekt eines Kaffeefahrtveranstalters unter der Tür durchgeschoben, der für 450 Euro einen dreitägigen Londonaufenthalt anbietet.

Selbst wenn ich Engländer wäre, fände ich diese ständigen Hinweise auf die Heimat langsam ziemlich penetrant.

Doch da liegt auch ein zweiter Zettel: »Lieber Nachbar, entschuldigen Sie die Störung. Ich habe ab heute Renovierungsarbeiten. Dr. Agopovic.«

Bööööööööö.

Um 8 Uhr 02 läute ich beim Zahnarzt Sturm. Ein Bauarbeiter macht auf, Putz, nicht Elefantenblut auf seiner Kleidung.

»Buon giorno!«

Ich lege die Handinnenflächen zusammen und bewege sie rauf und runter, wie Dino es macht. Dazu sage ich im

Rhythmus der Handbewegung: »Was … macht … ihr … da?«

»Eeeeeh!« Der Bauarbeiter zeigt nach drinnen. Er braucht auch gar nichts zu sagen, ich sehe es schließlich selbst: Allerdings nichts Genaues, denn drinnen liegt alles unter einer dichten Staubwolke. Jedenfalls handelt es sich nicht nur um das Streichen von Wänden, so viel ist klar.

»Das dauert ein paar Wochen«, erklärt der Handwerker.

Ich bin entsetzt.

Der Mann macht wieder »Eeeeeh!«, womit er wohl zum einen sein Schuldbewusstsein signalisieren und zum anderen zum Ausdruck bringen will: »Da kann man nichts machen.«

»*Scusa*«, sagt er noch, ich murmle: »Ihr könnt ja nichts dafür«, dann gehe ich rüber und lehne mich von innen an die Wohnungstür.

Was – bööööö – soll – bööööö – ich – bööööö – jetzt – bööööö – machen?

Böööööööööö. Pause. Böööööööööö.

Ich rufe Luca, meinen Vermieter, auf dem Handy an. Er ist nicht erreichbar.

Böööööööööö.

Dagegen ist ja das Münzen-auf-den-Boden-werfen-Spiel des kleinen Francesco fast wie Kammermusik!

Jetzt: Stille.

Doch nur für einen Moment. Einer der Bauarbeiter fängt an zu singen, ein anderer erzählt einen Witz, alle lachen. Wenn das mehrere Wochen so geht, kann ich hier unmöglich wohnen bleiben. Geschweige denn arbeiten. Die Wand mindert die Baustellengeräusche nicht im Geringsten. Ich höre alles so deutlich, dass ich genauso gut rübergehen und sagen könnte: »Wisst ihr was, ich setz mich zu euch, in Gesellschaft macht mir der Lärm weniger aus.« Böööööööööö.

Und dann kommt ein neues Geräusch. Von der Wand über dem Esstisch. Krrraaazzzuuuuun.

Putz bröckelt, Steine fallen auf meinen Fliesenboden. Dann ist es da: ein faustgroßes Loch in der Wand.

Ruhe.

Dumpfe Stimmen der Arbeiter, ich höre, wie sie fluchen: *»Cazzo!«* und *»Matto!«*, dann schaut ein Auge durch das Loch in der Wand zu mir rüber, und ich höre den Mann von vorhin sagen: »Oh, *scusi!*«

Ich winke den Arbeitern von der Couch freundlich zu: *»Buon giorno, ragazzi.«* Jetzt ist klar, dass die Bauarbeiten nicht nur bei Signor Agopovic, sondern auch bei mir stattfinden. Zwar waren Durchreichen mal in Mode, aber eher selten solche, die zum Nachbarn führen. Nein, das Loch muss geschlossen, die Wand gestrichen werden. Immerhin habe ich durch diese Panne einen seltenen Einblick in die Mauerkonstruktion eines römischen »Palazzo« aus den Siebzigern gewonnen: Etwa einen Fingerbreit Mauer, einen Fingerbreit Hohlraum, dann noch einmal einen Fingerbreit Mauer, und schon ist man beim Nachbarn.

Ich brauche eine Herberge für die Zeit der Bauarbeiten – ich brauche jetzt Dino.

Fünf Minuten später stehe ich im »Papagallo«. Dino ist nicht da, Giuliano gibt mir seine Adresse.

Vor einem ähnlich wenig palastähnlichen »Palazzo« wie meinem, nicht weit von Leos »Antiche Delizie«, drücke ich auf den Klingelknopf neben dem Namensschild »Dino Delponte«. Ein kreischendes Geräusch folgt.

»Si?« Das ist Dino. Als ich meinen Namen sage, höre ich erst ein überraschtes *»Che cazzo!«* und dann »Dritter Stock«.

Der sonst so fein gekleidete Barista des »Papagallo« erwartet mich in Jogginganzug, Badelatschen und unrasiert.

Er steht im Türrahmen und hat die Handflächen ineinandergelegt und schaukelt sie vor sich her, was die nonverbale Form von *che cazzo* ist. Wir schlagen tennisspielermäßig ein, Dino gibt mir einen dicken Schmatzer auf die linke und einen dicken Schmatzer auf die rechte Wange. Ein distanziertes Händeschütteln wie in Deutschland hätte mir jetzt auch gereicht. Die Wohnung von Dino mag ideal sein für einen Hefeteig, aber ungeeignet für menschliches Leben: Dunkel und schwülwarm. Als ich irritiert umhertapse, erklärt er mir, er habe nur nachts die Rollläden oben, um zu lüften. Morgens mache er sie zu, damit die heiße Luft nicht in die Wohnung dringe. Einigermaßen ratlos stehe ich da inmitten des im Prinzip sicherlich schönen, wenngleich dämmrigen Wohnzimmers und schaue auf Rollläden, die vor Panoramafenstern heruntergelassen sind. Hier hätte man jetzt einen tollen Blick über Rom. Eigentlich …

»Willst du etwas sehen?« Dino nickt mit dem Kopf in Richtung Tür und geht voraus.

Wir stehen in einem Zimmer voller Espressomaschinen. An den Wänden auf Kopfhöhe drei massive, mit Winkeln an die Wand montierte Metallbretter, die den ganzen Raum umlaufen, darauf insgesamt gut 100 *caffettieras*, Espressokannen aus Alu. »*Moka* aus sechs Jahrzehnten«, sagt Dino, »auf Märkten gekauft, geschenkt bekommen, gefunden.« Ich staune schweigend: Darunter haben auf zwei schweren eisernen Regalböden ein gutes Dutzend Profigeräte ihren Platz: Espressomaschinen wie La Pavoni, Cimabli, Bialetti, Conti Empress … Dino liest mir die Namen von den glänzenden und wie frisch geputzt aussehenden Maschinen vor. »Funktionieren alle«, erklärt er voller Besitzerstolz. Er geht zu einem kastenförmigen Modell, unsere Gesichter spiegeln sich im Chrom ober- und unterhalb des gelb gestrichenen Stahls. »Das ist eine Carimali Tema von 1956«, sagt Dino und streichelt über die

Maschine, »auf der – wir haben sie Rita getauft – ich meinen ersten Kaffee machen durfte. Aber erst, als Dario es mir erlaubt hat.«

Dario?

Dino erzählt, dass er mit 14 Jahren anfing, im »Alberone« in der Nähe der Via Appia im Süden von Rom zu arbeiten, immer nach der Schule bis abends um 21 Uhr, sechs Stunden täglich. Die Kaffeebar war die bekannteste im südlichen Teil Roms und Dario der Barista: Zwar nicht der Eigentümer, doch so etwas wie der heimliche König der Bar. »Ich durfte die Maschine nicht berühren, nur die gefüllten Tassen nehmen und auf die Theke stellen. Dario hätte mich andernfalls umgebracht. *Giustamente.*« Berechtigterweise. »Dario hing an seinem Beruf, konnte nicht aufhören. Er brauchte es, das Summen der Maschine zu hören, brauchte die Hektik in der Bar, die Scherze mit den Kunden. Bis er irgendwann einen »Barista-Arm« bekam.«

»Einen was bitte?«

»Eeeeeh«, sagt Dino. »Wenn man Jahrzehnte die gleiche Bewegung macht bei der Zubereitung von *caffè,* dann kann man leicht einen Barista-Arm bekommen. Eine chronische Sehnenerkrankung.«

Besorgt schaue ich Dino an. »Und was ist mir dir? Kriegst du das auch?«

Mein väterlicher Freund wiegt den Kopf. »Theoretisch schon. Aber ich mache zum Ausgleich Yoga.«

Dino und Yoga, welch eine Überraschung. Gerade will ich ihn danach fragen, als er schon weitererzählt, wie er schließlich Barista wurde:

Irgendwann legte der Eigentümer der Bar Dario nahe, auf die Suche nach einem Nachfolger zu gehen, denn die Schmerzen im Arm hatten ihn langsam und missmutig gemacht – beides ein Unding für Baristi. Dutzende Männer jeden Alters stellten sich vor und bewarben sich für diesen Posten, doch keinen von ihnen wollte Dario an seine Maschine lassen. »Und dann habe ich ihn gebeten, ob ich einmal einen Kaffee machen dürfte«, fährt Dino fort. Damals war er 19. »Dario hat nur gelacht, aber es erlaubt. Alle Kaffeesorten, die ich zubereiten konnte, hat er dann probiert und am Ende gesagt: Dino, nur du darfst mich beerben.«

Und so wurde Dino einer der jüngsten Baristi von Rom.

In der Küche setzt Dino jetzt einen Kaffee in einer *caffettiera* auf, einer Bialetti von 1985. Die Flamme des Gasherds erleuchtet blau den Boden der Maschine.

Die *caffettiera* blubbert, Dino gießt den Kaffee in zwei kleine Espressotässchen: »Also, jetzt sag mal: Warum gehst du mir auf die Nerven?«, fragt er. Das ist wohl das, was er neulich mit der »direkten Art der Römer« meinte.

Ich fange beim Bööööö an und höre beim Loch in der Wand auf.

»*Ci penso io.*« Dino muss darüber nachdenken. Schließlich klappt er ein Handy auf, sucht eine Nummer und nickt mir zu. Er scheint sich in der Rolle des gefragten Problemlösers zu gefallen. Er ist wirklich ein lebendes Schwarzes Brett.

»Wen rufst du …«

Er bedeutet mir zu schweigen. Aus dem Telefon höre ich das »*Pronto!*« einer Frauenstimme.

»Elisa, bist du's?«

Ich falle fast vom Stuhl. Dino ruft Elisa an? Wegen mir?

»*Ciao, Zio.*« Sie fragen sich, wie es dem anderen geht, selbstverständlich beiden *benissimo*. War ja klar. Ich habe noch keinen Römer »Nicht gut« oder zumindest ein »Na ja« sagen hören. Den Römern scheint es immer bestens zu gehen. Und wenn das Befinden nicht gerade *benissimo* ist, dann zumindest *bene*. Wahrscheinlich liegt das daran, dass sie immer alles offen rauslassen, was sie denken – gegenüber Polizisten, schönen Frauen oder einer blonden Sehenswürdigkeit wie mir.

Dino erzählt Elisa gerade etwas von einer *brava persona*, einem »außergewöhnlichen ausländischen *ragazzo*«. Ich sterbe gleich vor Aufregung.

»Du meinst diesen Blonden? Martin?«, höre ich Elisa sagen.

Mein Herz klopft so heftig, dass man es bestimmt durch mein T-Shirt hindurch erkennen kann. Ich spitze die Ohren.

Das Gespräch wird kurz unterbrochen, aus dem Telefon hört man ein Hupen, Elisa ruft »*Cazzo!*«, dann sagt sie: »*Scusa,* Dino, bin gerade im Auto. Ja gut, zwei, drei Nächte sind in Ordnung.«

Sie verabschieden sich, wobei beide nicht einmal, sondern siebenmal hintereinander »*Ciao!*« sagen. *Ciao, ciao, ciaociaciao. Ciao, ciao.*

Dino klappt sein Handy zu und legt es auf den Tisch. Wie beiläufig sagt er: »Du kannst ein paar Tage in Elisas Wohnung wohnen. Melde dich bei Elisa.«

Als ich mich sprachlos bei Dino bedanke und Elisas Telefonnummer notiere, macht er nur »Eeeeeeh!« und gibt sich cool wie Sean Connery. Und langsam sieht er auch wieder so aus.

Als ich später am Tag, wie mir Dino geheißen hat, Elisa anrufe, bin ich höllisch aufgeregt. Doch sie überhaupt nicht, was mich irritiert: »Boh«, sagt sie, »wir sind doch Freunde, da hilft man sich.«

»Klar«, sage ich schnell, »wir sind ja Freunde.« Schade, echt nur Freunde?

Wir verabreden uns für den nächsten Nachmittag in San Lorenzo.

Der Abschied von meiner Wohnung fällt mir nicht schwer. Wieder hat mich um 8 Uhr 01 das Bööööööö von der Baustelle aus dem Bett geworfen. Nur, dass es jetzt durch das Loch in der Wand noch lauter klang. Als ich gegen Mittag auf dem Weg nach San Lorenzo beim »Papagallo« haltmache, sieht Dino zum ersten Mal mein neues Motorino.

»*Congratulazioni!*« Mein Retter in der Not ist ganz begeistert. »Jetzt kann ich dir ja sagen, dass du mit dem Fahrrad ziemlich peinlich aussahst.« Er schaut auf die Uhr: »Du fährst zu Elisa? Ich komme mit.«

»Wie? Jetzt?«

Dino tut ganz locker. »Ja klar. Elisa ist sozusagen meine Nichte, meine Schicht ist zu Ende. Eeeeh, ich begleite dich.«

Und dann kommt ein Zusatz, der mit *anzi* beginnt, was eigentlich so viel wie »im Gegenteil« oder »darüber hinaus« bedeutet, aber in Dinos Sprachgebrauch heißt es: »Es wird noch besser.« Ich bin gespannt, was er vorhat.

»*Anzi.* Ich fahre nicht mit, sondern fahre selbst.« Er zeigt auf mein Moped. »Kann ich es ausprobieren?«

Und so finde ich mich hinter Dino auf meinem Moped wieder. Ich mache es, wie ich es aus Deutschland kenne, und schlinge meine Arme um meinen Vordermann, doch das hätte ich bei aller Freundschaft lieber gelassen. Er dreht sich zu mir um, als ob ich verrückt sei, ich ziehe meine Hände weg und halte mich am Kofferaufsatz fest. Italienische Männer mögen 50 Kilo Gel in die Haare schmieren, rosa Hemden und hellblaue Sonnenbrillen tragen, aber wenn man sich am anderen festhält, um nicht vom Moped zu fallen, wird das als schwule Anmache verstanden.

Noch bevor er losfährt, wählt Dino eine Nummer und stopft sich rasch sein Handy zwischen Ohr und Helm. Aha! Auch Dino gebraucht also diese sensationelle Technik, sich das Handy in den Helm zu klemmen, um dann während der Fahrt quasseln zu können. Und auch Dino verwendet dafür, so wie viele Motorradfahrer, ein Klapphandy: Das sitzt besser und fällt nicht aus dem Helm. Nebenbei bemerkt: Dino fühlt sich auch sonst ziemlich cool dabei, sein Handy aufzuklappen. Er macht das mit jener Lässigkeit, mit der Westernhelden ihren Colt entsichern.

Offenbar hat am anderen Ende bereits jemand abgehoben, denn Dino ruft schon *»Pronto, ciao!«* und redet drauflos, während er versucht, sich in den Verkehr einzuordnen. Allerdings kann von »einordnen« keine Rede sein, denn Dino fährt einfach in die äußerste von zwei Spuren hinein. Es erinnert mich an die Kindheit, wenn man auf dem Schlittenberg der Form halber »Aus der Bahn!« rief und sich ohne Rücksicht auf Verluste den Hang hinunterstürzte. Nur dass man maximal 10 km/h fuhr. Dino fährt aber 50, als er waghalsig ausschert, um einen Lastwagen zu überholen, und dabei in bester Laune seinem Gesprächspartner am Telefon von seiner Tour auf dem Moped eines Freundes – mir! – zu berichten: Er lacht, gestikuliert und scherzt, als gäbe es keinen besseren Ort als ein Moped in voller Fahrt, um mal wieder ausgiebig zu quatschen. An der ersten roten Ampel – beziehungsweise der ersten, die Dino beachtet – beendet er das erste Gespräch (»Entschuldige, bis später!«), zieht rasch das Klapphandy aus dem Helm, wählt eine weitere Nummer und stopft es sich erneut ans Ohr. Wieder lacht und erzählt er, unterstreicht seine Reden mit einem Arm, den er zu diesem Zweck vom Lenker nimmt. Danach weiß er offenbar niemanden mehr, den er anrufen könnte. Zum Glück.

Doch statt sich jetzt voll auf die Straße zu konzentrieren, spielt er den stolzen Römer: »Das hier links ist der Petersdom«, erklärt er, als wüsste ich das nicht, und schaut für mindestens fünf Sekunden Richtung Kuppel. Wir fahren über den Tiber. »Das ist die Engelsburg«, sagt Dino und zeigt auf der Länge von 100 Metern hinüber auf das ehemalige Grabmal von Kaiser Hadrian. Und als wir mit Vollgas über den Corso Vittorio Emanuele rasen, nimmt er für ein paar Dutzend Meter eine Hand vom Lenker und beschreibt eine weite Geste: »Ist Rom nicht wunderschön?«

An jeder Kirche, die wir passieren, bekreuzigt er sich rasch – und fährt wieder nur einhändig. Rom hat viele Kirchen!

Trotzdem überleben wir die Fahrt, denn alle hier rechnen ständig mit einem verrückten Manöver der anderen Verkehrsteilnehmer. Ist etwa eine Ampel rot, drängeln sich alle Motorini zwischen den Außenspiegeln der Autos hindurch, selbst durch kleinste Lücken, sickern nach vorne wie Sand, der immer noch einen Weg durch die Felsen findet. »Wo immer es Platz gibt, besetze ihn, und zwar *presto*«, lautet das Credo der Mopedfahrer. Verkehrsregeln ignorieren sie sowieso. Sie biegen links ab, wo ein Geradeauspfeil eigentlich etwas anderes verlangt, sie fahren über Rot und Einbahnstraßen in der Gegenrichtung, weil es für sie bequemer, zeitsparender oder was sonst ist. Warum sich da in einen Stau einordnen?

»Es war rot«, sage ich, als Dino wieder mal eine Ampel missachtet.

»Boh!« Rote Ampeln sind für ihn ganz offensichtlich eher Vorschläge für die Verkehrsregelung denn echte Stoppzeichen. Alles, was Fahrlehrer Francesco seinen Schülern beizubringen versucht, macht Dino anders. Auf Kreuzungen fährt er mindestens drei Meter über die Haltelinie hinaus, auch bei Rot, und wartet auf das Hupen der Autos hinter ihm, sobald gefahren werden darf. Fußgängerampeln übersieht er grundsätzlich, und auch Zebrastreifen nimmt er nicht zur Kenntnis. Er tut so, als sei der Asphalt einfach schwarz. Es sei denn, ein Fußgänger hat sich schon mindestens eineinhalb Meter auf die Fahrbahn vorgearbeitet. Dann murmelt er »*Cazzo!*« und lässt ihn passieren.

Ich bin froh, als wir endlich hinter dem Bahnhof Termini das Viertel San Lorenzo erreichen, wo Elisa wohnt. Heil und unversehrt.

Wir sind mit Elisa in einer Bar verabredet, und Dino ist bester Laune. Er beugt sich über den Tresen und schaut dem Barmann aufmerksam zu, wie er den Kaffee an einer Maschine zubereitet, die aussieht, als sei sie von der NASA fürs Weltall entwickelt worden.

»Ist was?« Der Barmann – mit einem Loch im Ohr – hat Dinos Blick bemerkt.

»*No, tutto bene.*« Nein, alles in Ordnung.

Der Barista macht weiter seinen Kaffee. Dino schaut ihm weiter zu.

»Kennen Sie sich aus?«, fragt der andere.

»Eeeeeeeeeeh!« Dino strahlt und sagt zu mir: »Sag ihm, wer ich bin.«

Ich erkläre dem Mann, dass Dino Delponte seit fast fünf Jahrzehnten Barista ist.

Wie zur Bestätigung erklingt wieder Dinos lang gezogenes Eeeh.

Die beiden Baristi jonglieren jetzt mit Fachbegriffen: »… hat ein TCS-System«, »… unabhängiger Kessel für die Dampferzeugung«, »Vorbrühsystem …« Außerdem, erklärt der Barista, heiße die Maschine Manu nach der Frau des ehemaligen Barista dieser Bar.

»Eine gute Maschine«, sagt Dino schließlich anerkennend, »eine gute Bar.« Der Kollege nimmt diesen Ritterschlag mit einer aus meiner Sicht etwas zu gleichgültigen

Miene entgegen und stellt uns den Kaffee hin.

Zum ersten Mal überhaupt sehe ich Dino kaffeetrinkend und nicht kaffeemachend. Er degustiert den Espresso wie einen Wein. »*Crema*«, nuschelt er und »etwas bitter«, bevor er ihn in einem Zug hinunterkippt, die kleine Tasse abstellt, sie zum Barmann schiebt und »*buono*« sagt. Großartigeres kann ein Barista eigentlich gar nicht hören. Doch der andere räumt die Tasse einfach weg.

Um 14 Uhr 30 stürzt Elisa herein. Sie hat ein leuchtend türkisfarbenes T-Shirt an, eine schwarze Leinenhose, und als sie den Mopedhelm vom Kopf zieht, sind ihre dunklen Haare leicht gewellt und glänzen rötlich. Sie sieht umwerfend aus, wenn auch leicht gestresst.

»Ich bin etwas verspätet.«

»Ach, gar nicht«, lüge ich.

Elisa nickt. »Eeeh, *il traffico*.« Der Verkehr – es ist immer das Gleiche in Rom.

»*Si, si*«, nickt Dino zustimmend, und damit ist die Verspätung entschuldigt.

Mir scheint, dass der Verkehr in Rom nicht nur ein echtes Problem, sondern genauso eine beliebte Ausrede ist, die für alles und jedes herhalten muss. Egal ob man als Bräutigam zu spät zur eigenen Hochzeit kommt oder als Feuerwehrmann zu spät zum brennenden Haus. »Eeeh, *il traffico*« reicht als Erklärung völlig aus – es ist der Fluchtweg aus allen Problemen: Hände weit von sich strecken, die Schultern hochziehen, das Kinn nach vorne schieben und dann »Eeeeeh!« seufzen und das Verkehrschaos beklagen.

Auf dem Weg zu ihrer Wohngemeinschaft erzählt Elisa, dass sie derzeit eine Woche lang eine deutsche Reisegruppe durch Rom führt und die Sprache auf der deutschen Schule in Rom gelernt habe. »*Brava ragazza*«, sagt Dino anerkennend, braves Mädchen, sonst nichts, denn er ist emotional überlastet: Alle paar Meter ruft er: »*Che emozione!*« Er war vor 20 Jahren zuletzt in San Lorenzo und findet es jetzt schrecklich aufregend, wie sich das Viertel verändert hat. Damals sei das ein ärmliches *quartiere popolare* gewesen, für Bahnarbeiter vor allem, während sich heute viele Studenten hier niedergelassen haben, insbesondere politisch sehr weit links stehende. Dreimal kommen wir an einem Hammer-und-Sichel-Graffiti vorbei, viermal an einem roten Stern, siebenmal an einem durchgestrichenen Hakenkreuz sowie an etlichen Geschäften, in denen man Wasserpfeifen, Hanfsamen oder Totenkopfaschenbecher kaufen kann. »*Che emozione*«, wiederholt Dino.

An einem weinrot gestrichenen »Palazzo«, der wiederum eher abgerissen denn palastähnlich daherkommt in einer Häuserzeile voller Altbauten, schiebt Elisa die Haustür auf, und wir drängen uns in einen eisernen Aufzug, der so aussieht, als sei er seit dem frühen 15. Jahrhundert nicht mehr gewartet worden.

»*Che emozione!*« Dino findet alles überwältigend.

Der Aufzug schleicht nach oben und erreicht wider Erwarten den vierten Stock, ohne abzustürzen. Elisa schiebt die Eisentüren zur Seite. Ein Mädchen steht in der Wohnungstür. »Meine Mitbewohnerin Sarah«, stellt sie vor. Sie zeigt auf Dino, dann auf mich. »Ihn hast du ja schon mal gesehen, als wir im Kino waren. Er war damals alleine dort.«

Dino geht einen Schritt zurück und wedelt mit den Händen vor seiner Brust hin und her – die *Che-cazzo*-Geste. »Du warst wirklich alleine im Kino?«

Ich verzichte auf eine Antwort und schaue mir stattdessen Elisas Freundin an.

Sarah ist das genaue Gegenteil zu den vielen schick und

teuer und häufig übertrieben zurechtgemachten Römerinnen. Sie gibt sich betont alternativ, hat verfilzte Dreadlocks, die von einem grünen Tuch zusammengehalten werden und ihr fast bis zum Po reichen. Die wiegen bestimmt mehrere Kilo, denke ich unwillkürlich. Ansonsten verzichtet Sarah ganz offensichtlich auf einen BH und trägt nur ein recht luftiges Leinenhemd und dazu eine sackartige Hose. Ihre Fußnägel sind grün lackiert. Nimmt man sie auf der einen Seite und die aufgetakelten jungen Damen auf der anderen, dann erscheint mir Elisa als perfektes Mittelding zwischen diesen beiden Extremen.

Die Wohnung ist schön: Parkett statt Fliesenboden, ein großer Balkon, der die ganze Wohnung umgibt, eine gemütliche Wohnküche. Einen hellen Raum, der längs durch ein riesiges, von der Decke herabhängendes Tuch unterteilt ist, präsentiert Elisa als »mein und Sarahs Zimmer«.

Meins und Sarahs? Ich nicke stumm, tue besser mal so, als fände ich es ganz normal, dass sich erwachsene Menschen, die mutmaßlich keine Liebesbeziehung verbindet, ein Zimmer teilen. Ständig.

Elisa sieht meinen irritierten Blick. »Eeeh, so zahle ich schon 300 Euro im Monat. Für ein halbes Zimmer. Ein eigenes Zimmer oder gar eine eigene Wohnung kann man sich in Rom kaum leisten.«

Mir schwant so einiges. Hat Elisa nicht von zwei Zimmern und vier Mitbewohnern gesprochen?

Als Nächstes betreten wir ein Zimmer, das fast schwarz ist vor Dunkelheit. Dino murmelt anerkennend *»bene«* und dass es bei ihm ebenfalls tagsüber völlig dunkel sei wegen der Hitze.

»Das ist dein Zimmer«, sagt Elisa zu mir, »und das ist dein Bett.« Hier, so erklärt sie, schlafe normalerweise ein Junge namens Marco, der diese Woche allerdings nicht in Rom sei.

»Und das ist Mirco«, fährt Sarah fort und deutet in die Ecke direkt hinter der Tür. Ausgestreckt auf einem weiteren Bett liegt ein junger Mann: schwarze Jogginghose, schwarzes T-Shirt, schwarzer Vollbart, schwarze Haare.

»Hallo, Mirco«, sage ich vorsichtig.

Mirco rührt sich nicht. »Er schläft wohl«, mutmaßt Elisa.

Ich hoffe es für ihn.

Eine Katze springt von Marcos Bett auf und miaut mich feindselig an. »Und das ist Marcos Kater«, erklärt Elisa. »Mao.«

Irgendwann in dieser Nacht: Ich liege auf Marcos Bett und suche Schlaf. Es ist zwar dankenswerterweise für mich frisch bezogen worden, aber wie gehabt nach italienischer Sitte. Wieder fühle ich mich eingeklemmt und fixiert wie in einem Etui.

Vorhin wurde die Wohnungstür geöffnet, das muss Elisa gewesen sein, die von der Reisegruppe zurückgekehrt ist. Ich habe sie in ihr Zimmer, in die Küche, ins Bad und zurück in ihr Zimmer laufen hören, begleitet von Maos beleidigtem Miauen, der normalerweise bei Marco im Bett schläft, aber zu mir kein rechtes Zutrauen findet und deshalb seit Stunden durch die Wohnung streunt. Das verbindet Mao und mich: Wir finden beide keinen Schlaf.

Mein Magen ist unglaublich voll: Zum Abendessen gab es Pizza, und die Capricciosa mit extra Oliven und extra Käse war bei diesem Bringdienst noch dicker belegt als bei »Kiss Pizza«. »Nicht ein bisschen viel?«, hatte mich Mirco gefragt, als wir telefonisch unsere Wünsche durchgaben, dann »Boh!« gemacht und für sich und Sarah jeweils eine Margherita bestellt. Was ich als Ausdruck von Geldmangel wertete und deshalb beschloss, die WG das nächste Mal zum Pizzaessen einzuladen und zu sagen: »Nehmt jeden Belag, den ihr wollt: Extra Salami, extra Käse, extra Oliven, ganz wie es euch beliebt!«

Jetzt wälze ich mich unruhig im Bett, während Mircos gleichmäßige Atemzüge verraten, dass er tief und friedlich schläft.

Leise tappe ich aus dem Zimmer, um einen Schluck Wasser zu trinken. Als ich das Licht anknipse, höre ich ein Miauen. Kater Mao sitzt auf einem Stapel Unterlagen auf dem Küchentisch und starrt auf den Boden. Bewacht er die Papiere, oder liegt er auf der Lauer?

Als er mich sieht, drückt er sich vom Küchentisch ab, segelt durch die Luft und flüchtet sich hinter einen Vorhang, während der ganze Papierstapel auf dem Boden landet. Als ich mich daranmache, alles aufzusammeln, fällt mein Blick auf Elisas Wochenplan, und unter dem Datum des morgigen Tages lese ich: »Besuch des altrömischen Pantheon. Anschließend gemeinsames Mittagessen.«

Signora! Signooooora!
Die verlorene Frau Schulze

Am nächsten Morgen sitze ich schon ab dem frühen Vormittag auf den Stufen des Brunnens vor dem Pantheon und warte. Eigentlich weiß ich gar nicht, warum ich hier bin: Elisa hat eine Führung, sie wird sich mir jetzt kaum in die Arme stürzen, ihre deutschen »Huber-Reisen«-Rentner verlassen und mit mir ans Meer fahren. Im schlimmsten Fall könnte sie sogar recht sauer reagieren. Aber irgendetwas sagt mir, dass es richtig ist.

Die Fotoausrüstung scheint in der Hitze noch schwerer als sonst – ich will gegenüber Elisa so tun, als sei ich, natürlich rein zufällig, just heute für eine Reportage über das Pantheon hier. Dafür habe ich mir alle Kameras und Objektive umgehängt, die ich besitze. Hoffentlich nimmt sie mir die Geschichte ab.

Je höher die Sonne steigt, desto mehr Touristen kommen auf den Platz. Alleinreisende, Pärchen, dann die Reisegruppen: voraus die Führerin, in der Hand einen erhobenen Regenschirm oder einen Stock mit einem Fähnchen, dahinter, mit Audioguides um den Hals, die Urlauber. Elisas Gruppe lässt auf sich warten. Wollten sie nicht vor dem Mittagessen kommen? Nach römischer Zeit – hier geht man ab 14 Uhr zum Essen – oder nach deutscher, also gegen 12 Uhr? Und welche Verspätung muss man dazurechnen bei Elisa? Eeeh, *il traffico*.

Endlich kommt sie mit ihrem Grüppchen, wobei die meisten, die ihrem »Huber-Reisen«-Schild folgen, aussehen, als wollten sie gleich ins Hochgebirge. Rot, orange, grün oder dunkelblau glänzende Outdoorjacken, Funktionshosen, Trekkingschuhe.

In der Vorhalle des Pantheon bleibt die Gruppe stehen, ich gehe völlig harmlos in diese Richtung und schieße alle möglichen sinnlosen Fotos. Elisa sieht etwas müde aus, ihre Augen sind kleiner als sonst, und ihr Lächeln ist nicht strahlend, sondern angestrengt. Sie rasselt jetzt Zahlen, Fakten und Anekdoten zum Pantheon herunter. Dass es zwischen 118 und 125 nach Christus von Kaiser Hadrian erbaut wurde, dass die Kuppel mit dem Loch 1700 Jahre lang die größte der Welt war, dass es das am besten erhaltene Bauwerk der Antike in Rom ist. »Diese Vorhalle müssen Sie sich mit Bronze verkleidet vorstellen«, sagt sie. »Die Decke wurde von Papst Urban VII. eingeschmolzen, um den Hochaltar von Sankt Peter zu bauen.« Sie schlägt ein Buch auf und deutet auf eine Zeichnung: »Weil der Papst, der die Bronzedecke entfernen ließ, aus der Familie der Barberini kam, haben die Römer dann gesagt: Was die Barbaren nicht schafften, zu zerstören, haben die Barberini geschafft: *Quod non fecerunt barbari, fecerunt Barberini.*«

Anerkennendes Nicken in der Runde.

»Aber heißt es nicht: *Quod non facunt barbari, facunt Barberini?*« Ein Rentner runzelt die Stirn.

Elisa schaut ihn groß an.

»Nein, stimmt auch nicht. Es heißt: *Quid non facint barbari, facint Barberini.*« Ein anderer Mann hat sich ebenfalls eingemischt.

Elisa ist irritiert. Sie wühlt in ihren Unterlagen, ein paar Blätter fallen aus einem Ordner, sie hebt sie hastig vom Boden auf. Ähnlich hastig blättere ich in meinem Reiseführer. Da steht es doch, so wie Elisa gesagt hat: *»Quod non fecerunt barbari, fecerunt Barberini.«*

Die Gruppe wartet noch immer auf eine Antwort der Reiseleiterin.

Und wartet.

Ich trete näher heran und räuspere mich. »Entschuldigen Sie, dass ich mich einmische« – die Gruppe schaut zu mir herüber, blankes Entsetzen auf dem Gesicht von Elisa, die wohl jetzt eher mit dem Angriff von Jedi-Rittern gerechnet hätte als mit mir. »Aber hier im Reiseführer steht es genau so, wie es die Signorina gesagt hat: *Quod non fecerunt barbari, fecerunt Barberini.*«

Zu Elisa gewandt sage ich: »Tschuldigung, war gerade zufällig hier«, und zeige auf meine Fotoapparatbehängung, auf die jeder Weihnachtsbaum neidisch wäre.

Zum Beweis lasse ich den Reiseführer rumgehen. Einige Frauen aus der Gruppe, denen ihre besserwisserischen Männer offensichtlich peinlich sind, nicken heftig und zischen ihre vorlauten Partner an.

Elisa schaut mich höchst verwirrt an. Sie scheint mit sich zu kämpfen, was sie mit mir anfangen soll. *»Che cazzo!«* sagen und mich fragen, was ich hier zu suchen habe, oder sich stattdessen bei mir bedanken?

Doch das war keineswegs der Gipfel der Verwirrung.

Als ich nämlich fotografierend das Pantheon betrete, steht innen, mitten unterm Deckenloch, Dino. Erst der wilde Mopedritt nach San Lorenzo, jetzt das Pantheon. Er scheint neuen Spaß an Abenteuern zu haben.

Wir starren uns gegenseitig an und sagen beide exakt das Gleiche:

»Du?«

»Hier?«

»Che cazzo!«

Als Elisa ihn entdeckt, versucht sie ihn zu ignorieren, was Dino wiederum seinerseits völlig ignoriert.

»Da kommt ein Mann, der was von Ihnen will«, sagt ein Renter zu Elisa und deutet auf Dino.

»*Scusa,* Elisa, wo bleibst du denn so lange?«, sagt er vorwurfsvoll. »Ich warte schon ewig.«

»Was? Ich?« Elisa ist völlig perplex.

»Du hast gesagt, du führst durchs Pantheon. Eeeh, es ist Sonntag, und ich habe frei …«

Elisa bittet die Gruppe, einen Moment zu warten, nimmt Dino zur Seite und schiebt ihn in meine Richtung. Sie schaut aus, als würde sie uns am liebsten im Kolosseum den wilden Tieren vorwerfen. »Habt ihr nichts Besseres zu tun, als mir auf den *cazzo* zu gehen? Ich betreue eine Gruppe, die für meine Begleitung bezahlt hat, nicht meinen Onkel und seinen komischen blonden Freund.«

Es ist für mich immer noch ungewohnt, eine junge hübsche Frau wie Elisa dauernd einen Begriff wie *cazzo* sagen zu hören, aber in Rom fluchen die hübschesten Mädchen wie alte Seebären.

Jetzt schaut sie auf meinen Weihnachtsbaumbehang. »Was sind das eigentlich für merkwürdige Fotoapparate?« Ohne eine Antwort abzuwarten, schiebt sie uns in Richtung Ausgang. »Raus mit euch!«

Ein Glück, dass just in diesem Moment ein Teilnehmer aus Elisas Gruppe auf sie zukommt und ihr aufgeregt vier Worte zuruft: »Frau Schulze ist weg.«

Schlagartig hat Elisa andere Sorgen. Der Verlust einer Teilnehmerin ist das Ärgste, was ihr passieren kann. Schlimmer als ein falsches Zitat und ganz sicherlich auch dramatischer als ein lästiger Onkel und ein komischer Blonder.

Trotzdem lässt sie es an uns aus. »*Cazzo,* daran seid ihr schuld! Ihr habt mich abgelenkt.« Elisa sieht mich so böse an, wie ich sie noch nie gesehen habe. Nicht nur, dass sie mich durchschaut hat, sie scheint sogar zu vermuten, dass ich über Dino an sie herankommen wollte. Was ja wirklich nicht stimmt in diesem Fall, doch mir kommt es vor, als würde sie ihre Hand ausstrecken und den Daumen senken. Schmeißt ihn den wilden Tieren vor!

Dann erklärt sie kühl: »Ihr habt eine Stunde, Frau Schulze zu finden. Treffpunkt Palazzo Farnese. Ich führe unterdessen den Rest der Gruppe.« Sagt es und drückt uns den Anmeldebogen von Frau Schulze in die Hand samt Foto.

Auf dem Weg nach draußen geben Dino und ich uns gegenseitig die Schuld daran, dass Elisa sauer auf uns und Frau Schulze verschwunden ist.

»Was machst du denn hier?«

»Wieso ich? Die Frage könnte ich dir stellen!«

»Und jetzt?« Dino ist ratlos.

»Boh!«, mache ich.

Eine Viertelstunde lang durchkämmen wir den Platz vor dem Pantheon. Nichts. Noch 45 Minuten.

»Wir müssen zur Polizei«, sagt Dino.

Ich schlage mir mit der flachen Hand auf die Stirn. »Dino, ich hab's. Komm mit!«

Wir sind außer Atem, als wir die Piazza del Collegio Romano erreichen. »Warte«, sage ich zu Dino, »ich kenne hier jemanden. Einen Freund.« Dino wirft mir einen anerkennenden Blick zu, ich laufe ins Polizeirevier.

Es kommt mir vor, als sei ich seit Monaten nicht hier gewesen, dabei ist es erst wenige Tage her, dass ich den Diebstahl meiner Geldbörse gemeldet habe. Ist es das übliche Schicksal für einen Blonden in Rom, alle paar Tage eine neue Katastrophe bei der Polizei anzuzeigen?

»Prego!«, kommt es wieder von rechts aus dem dunklen Zimmer. Ich beachte es nicht, laufe gleich weiter die Treppen hinauf, denn ich weiß ja schon, dass es »appe-sters-e« ist. Auf der Hälfte der Stufen höre ich jedoch von hinten ein erneutes, diesmal donnerndes *»Prego!«*, und aus dem dunklen Zimmer tritt der Polizist vom letzten Mal nach

draußen. Wenn ich jetzt noch einen Schritt weitergehe, wird er mich erschießen.

»Ich muss zu Gennaro, schnell!«

Das leichtfertig gesagte Wort »Gennaro« bringt ihn aus der Fassung. »*L'Ufficiale* Gennaro Montuori?«

»Ja, genau der!«

»Der Offizier ist nicht da, Außendienst.« Das hatte ich nicht erwartet. Gennaro im Außendienst? Mit seinen halblangen Haaren, dem Kurzarmhemd und den Tattoos?

»Ich muss ihn sprechen. Dringend!«

Eine halbe Minute später habe ich Gennaro in der Leitung. »Oohu, *biondino*«, begrüßt er mich. Ich schildere kurz die Lage. »Beweg dich nicht vom Fleck. Ich bin in fünf Minuten da.«

Gennaro kommt mit Blaulicht um die Ecke und bleibt direkt neben uns stehen. Er steigt aus dem Wagen, legt die Hände flach vor der Brust zusammen, als wolle er kopfüber in ein Schwimmbecken springen, lässt sie mehrfach hoch- und runterfahren, hebt die Augenbrauen und ruft aus: »Madonna, *biondino, ma che ti è successo!*« Was mir denn jetzt schon wieder passiert sei, will er wissen.

Ich schiebe ihn zurück hinters Steuer, Dino und ich zwängen uns auf den Rücksitz. »Gleich, Gennaro. Können wir losfahren?«

»Bella non è.« Schön ist sie nicht, ist Gennaros erster Kommentar, als er ein Foto der verloren gegangenen Frau Schulze sieht. Er greift zum Funkgerät: »Gesucht wird eine Signora *tedesca,* hellbraune Dauerwelle bis zu den Schultern, schmales, langes Gesicht. Zum letzten Mal gesehen um 13 Uhr am Pantheon. Die Frau hört auf den Namen …«, Gennaro schaut mich stirnrunzelnd an und spricht weiter: »Sku…, Skulsche…, Skulze.«

»Das war's«, sagt er. »Jetzt können wir nur noch beten.«

Als wir an einer Kirche vorbeifahren, machen Gennaro, Dino und ich alle ein Kreuzzeichen.

Noch 30 Minuten. Was sollen wir tun? Wie findet man eine Touristin in den engen Gassen Roms, mitten in der Hochsaison? Wir können nur herumfahren und Ausschau halten. Währenddessen üben Gennaro und Dino den Namen »Schulze«. »Schu…«, mache ich. »Sku…«, sagen sie.

Noch 25 Minuten. Gennaros Polizeiauto ist zwar nur ein kleiner Fiat, verschafft sich aber überall Respekt, wo er auftaucht. Als wir in die Via del Corso einbiegen wollen, bremst ein Autofahrer scharf und lässt uns die Vorfahrt. Am Largo Argentina halten plötzlich die Mopeds an der roten Ampel, Taxifahrer, die eben noch Touristen abgezockt haben, nicken uns unterwürfig zu. Doch von Frau »Skulze« (»Nein, Schulze, Gennaro!«) bislang keine Spur.

Noch 20 Minuten. Gennaro schlägt eine Pause beim Eiscafé »Giolitti« nahe des Parlaments vor. »Vielleicht kommt sie ja dorthin!« Eis? Jetzt? Drinnen ist die Hölle los. Gennaro drängelt sich vor. »Polizei, *scusi,* Polizei, *scusi*«, murmelt er und bringt uns allen einen Becher – für ihn Zabaione, Malaga und Pistazie, für Dino Joghurt, Himbeere und Schokolade, für mich Zitrone, Schokolade und Zimt.

Noch 10 Minuten. Nur noch 10 Minuten! Dino geht an die Bar, beginnt sein Eis zu löffeln und aufmerksam den Barista zu beobachten. Gennaro stellt draußen seinen Eisbecher auf die Kühlerhaube des Polizeiautos, um das sich in dieser schmalen Gasse alle herumdrängeln müssen, um weiterzukommen. Ein Passant blafft ihn an: »Oohu, entschuldige mal, könnt ihr nicht woanders parken?« Dazu macht er die *Che-cazzo*-Geste mit den zusammengeführten Fingerspitzen. In Deutschland würde das teuer werden: duzen und beleidigen in einem.

Dino und Gennaro haben die Ruhe weg. Ich denke an Elisa und Frau Schulze. Wir müssen sie finden. *Wir müssen!* Und was macht Gennaro? Er erzählt mir irgendwas von einem günstigen Telefontarif!

»Eine was, Gennaro?«, sage ich entnervt. Es kann doch nicht sein, dass ich die Liebe meines Lebens verliere, weil ein durchgeknallter Polizist Eis essen und Telefontarife diskutieren will.

»*Una* Flatt-e«.

Ich schaue ihn verständnislos an.

»*Una* Flatt-e, *una* flatt-e-rait-e.«

Eine Flatrate, okay. Aber hallo, wir müssen Frau Schulze finden! *Cazzo!*

Und dann stammelt Gennaro: »Sku…, Sku…« und zeigt nach vorne: In diesem Moment, ich traue meinen Augen nicht, führt Dino Frau Schulze untergehakt aus dem »Giolitti« heraus.

Gennaro und mir fallen fast die Plastiklöffel aus der Hand. »Frau Schulze«, rufe ich vorwurfsvoll und schaue von Dino zu der Dame und wieder zurück. »Wo waren Sie denn?«

Sofort ist Gennaro wieder voll im Dienst. Er schaut auf die Uhr, schiebt uns ins Auto und sagt: *»Andiamo!«*

Fünf Minuten haben wir noch.

Während wir über's Kopfsteinpflaster holpern erzählt Frau Schulze, was los war: Sie wollte vor dem Pantheon ein paar Fotos machen, und dann war die Gruppe weg. Sie habe herumgeschaut, sich verlaufen und schließlich das »Giolitti« entdeckt, wo Dino sie erkannte – allerdings erst nach fünf Minuten, obwohl sie nebeneinanderstanden.

»Du bist ja eine große Hilfe, Dino«, sage ich.

Dino macht ein peinlich berührtes »Eeeh«. Und dass wir ja wohl Frau Schulze gefunden hätten. Oder etwa nicht?

»Schneller, Gennaro«, rufe ich. *»Possibile?«*

Gennaro stellt das Blaulicht an und sagt: »*Biondino*, ich beeile mich, aber wir sind nicht in einem Hollywooddriller-e.«

Viel zu schnell für das Kopfsteinpflaster düsen wir über den Campo de' Fiori, auf der Piazza Farnese beschreibt Gennaro mit dem Auto einen weiten Halbkreis und bremst scharf vor der rechten jener beiden gewaltigen Wannen aus Marmor, in denen einmal Kaiser Nero in seinem Palast »Domus Aurea« geplanscht haben soll. Unsere Reisegruppe steht genau davor und starrt gebannt auf das blinkende Polizeiauto.

Wie die Crew einer Raumfähre nach erfolgreicher Landung steigen wir aus: Fertig, aber glücklich. Als Elisa Frau Schulze erkennt, kann sie es kaum fassen. Sie läuft auf sie zu und umarmt sie vor Erleichterung und flüstert: »*Grazie a dio*, Sie sind wieder da.«

Dino und mich beachtet sie nicht und wendet sich stattdessen an Gennaro. »*Grazie mille*... Ist die Signora zur Polizei gegangen?«

Der schüttelt den Kopf und zeigt auf uns: »Nein, meine Freunde haben mich verständigt, und dann haben wir Frau Sku..., Sku..., na, die Signora eben, gemeinsam gefunden.«

Elisa schaut Dino und mich mit offenem Mund staunend an.

Und erst recht, als Gennaro zu mir *»Ciao, carissimo!«* sagt, mit mir einschlägt und mir links und rechts ein Bussi auf die Wange gibt, als seien wir alte Kumpel.

Bescheidene Helden, wie wir nun mal sind, ziehen Dino und ich es vor, uns so schnell wie möglich aus dem Staub zu machen.

Für den Abend haben wir uns wieder im »Antiche Delizie« verabredet, um unser gemeinsames Kommandounternehmen zur Auffindung von Frau Schulze zu begießen. Und das Glück, das wir dabei hatten.

»Oohu, Leo«, sage ich, als ich das kleine Lokal betrete und uns der Chef entgegenkommt. Wir schlagen ein, Küsschen links, Küsschen rechts, das geht zwar noch nicht wie von selbst, aber ich komme inzwischen zumindest einigermaßen damit zurecht, regelmäßig meine Wange an der anderer Männer reiben zu müssen.

Dino schlägt sich mit der Handkante in die Nierengegend, Leo lacht. *»Non ti preoccupare«,* sagt er – mach dir keine Sorgen.

Was war das denn? Wir setzen uns an unseren Stammplatz unter dem Bild des feuerspeienden Vesuv.

Ich mache die Geste nach und schlage mir mit der Handkante in die Niere. »Was heißt das?«

»Hunger!«, sagt Dino ganz selbstverständlich.

Ich nicke. In Rom muss man offenbar drei Sprachen beherrschen: Italienisch, Römisch, Gestisch.

Dino beginnt unvermittelt, über seine Nichte zu sprechen. »Elisa war dir sehr dankbar, dass du Frau Schulze gefunden hast.«

Ich druckse herum. »Na, das waren wir ja alle zusammen.«

»Na, ob du das für jeden gemacht hättest?« Dino lächelt verschmitzt und hält sich den Zeigefinger unter das rechte Auge. Dass das heißt, ich soll aufpassen, weiß ich mittlerweile.

»Wie meinst du das? Warum *attenzione?*«

»Elisa ist ein sehr schönes und intelligentes Mädchen und ein lieber Mensch«, meint er, »sie hat ein paar Enttäuschungen hinter sich. Da musst du vorsichtig sein. Du darfst sie nicht verletzen.«

»So weit sind wir ja noch nicht«, sage ich verlegen.

»Eeeh«, macht Dino, »sie vielleicht nicht, aber du schon.«

Er beugt den Kopf über den Tisch zu mir. »Elisa hat seit Jahren einen Verehrer im Heimatdorf der Familie in den Abruzzen.« Dino macht eine Pause. »Der Verehrer heißt Ermanno.« Er winkelt die Arme über den Schultern an, so wie es Bodybuilder machen, um ihre Muskeln zu präsentieren. *»Ermanno è così«,* sagt er dazu. So sei Ermanno. So stark. Dino lacht.

Ein Schauder läuft über meinen Rücken. »Ermanno« scheint jemand zu sein, der wie Obelix jeden, zum Beispiel mich, mit einem Schlag auf den Kopf in den Boden rammen kann. Na toll. Aber irgendeinen Haken scheint er ja zu haben. Vielleicht ist er stark, aber doof?

Doch Dino ist noch nicht fertig mit der Verehrer-Story. Er tippt sich mit dem Zeigefinger an die Stirn und fährt fort. »Aber Ermanno ist auch klug. Er ist erfolgreicher Rechtsanwalt. *Avvocato.*« Jetzt fehlt nur noch, dass er außerdem nebenberuflich Konzertpianist ist, Gedichte schreibt, Kunst sammelt sowie ehrenamtlich im Tierheim arbeitet und dort Hundebabys mit der Milchflasche aufpäppelt.

Leo reißt mich zum Glück aus meinen Gedanken, er pflastert unseren Tisch mit Porzellantellerchen zu, bis von der Tischdecke nichts mehr zu sehen ist. Dino hat heute einfach nur wortkarg *»Carne!«* geordert, und jetzt steigt der Duft von feinem Schinken, Speck und verschiedenen Sorten Salami auf.

Das Glück, so gut zu essen, verscheucht erst mal die Gedanken an Ermanno.

»Gut, oder?« Leo ist an den Tisch getreten und deutet auf die Wildschweinsalami mit Trüffeln.

Dino hält seinen Zeigefinger an seine Wange. Es sieht aus, als wolle er ihn hineinbohren. Leo strahlt, verneigt sich und geht.

»Das heißt, es ist gut«, erklärt Dino. Offenbar habe ich ihn wieder mal stirnrunzelnd angestarrt.

Jetzt nimmt er Fahrt auf. Er hält die Außenfläche seiner Hand unters Kinn und zieht sie vor und zurück. »Und was heißt das?«

Ich zucke mit den Schultern. Keine Ahnung.

»Das heißt: Ist mir egal.« *Che me ne frega!* Ich probiere es aus.

»Du musst das ganz locker aus dem Handgelenk machen«, sagt Dino, »und dazu ein gleichgültiges Gesicht machen.«

Ich schaue betont gleichgültig und streiche mir am Kinn entlang.

Dino ist begeistert. *»Ecco!«,* macht er und lacht sich tot.

»Und das?« Dino macht jetzt eine Geste nach der anderen, die man nicht so ohne Weiteres begreift. Wenn man etwa Zeigefinger und Daumen schließt und parallel zum Tisch eine imaginäre Linie zieht, dann heißt das *perfetto,* perfekt, erfahre ich.

»Perfetto«, mache ich und ziehe die imaginäre Linie über den Tisch.

»Nicht über den ganzen Tisch, kürzer!«

»Perfetto«, wiederhole ich.

Worauf Dino auch die *Perfetto*-Geste macht.

Nach ein paar weiteren Gesten und ein paar weiteren Gläsern fahre ich in bester Laune mit dem Moped nach San Lorenzo zurück. Schon tagsüber und zu Fuß ist Rom spektakulär, nachts und mit dem Moped ist es atemberaubend. Ich düse an wirklichen *palazzi* vorbei, die in warmes gelbes Licht getaucht sind, und an der Piazza Venezia ziehen Möwen durch den dunklen Himmel über dem marmornen »Altar des Vaterlandes«, dem »Vittoriano«. In Deutschland würde ich nach einem guten halben Liter Weißwein nie mehr Auto fahren, vermutlich selbst das Fahrrad stehen lassen – hier jedoch soll laut Dino ohnehin niemand kontrollieren. Als ich ihm vorhin erzählte, dass ein Freund von mir 20 Euro wegen freihändigem Fahrradfahren zahlen musste, schüttelte er den Kopf und meinte, dass ich ihn wohl für dumm verkaufen wolle.

Als ich zurück in die WG komme, sitzen Mirco, Sarah und Elisa im gemütlichen Wohnzimmer beim Wein. Alle sind bereits über die Aufregung des Tages – das »Frau-Schulze-Suchkommando« – informiert. Elisa interessiert sich auffallend dafür, für wen ich eigentlich diese angebliche Fotoreportage übers Pantheon mache, doch ich lenke schnell ab. Und als sie die Fotos sehen will, sage ich bedauernd, der Akku sei leider leer.

Puh.

»Du stellst sie aber doch sicher auf Feisbuk-e«, meint sie, und ich sage: »Ja, klar stelle ich sie bei Facebook ein.«

Während wir so sitzen und Wein trinken, läuft im Hintergrund, wie in Italien üblich, der Fernseher, und zwar *Isola dei Famosi*. In den Tagen, in denen ich nicht eingeschaltet habe, hat sich Großes ereignet: Marco und Eleonora haben sich tatsächlich geküsst. *»È vero, è vero«* – es stimmt, es stimmt –, sagt der bisher so skeptische Liebesexperte und dann: »Es gibt *amore* zwischen den beiden.«

Das Publikum applaudiert frenetisch. Ich schaue verstohlen zu Elisa hinüber. Wenn es zwischen Eleonora und Marco doch noch geklappt hat – warum nicht auch zwischen uns?

Kiss! Kiss!
Römische Nacht mit Elisa

Drei Tage bin ich nun schon in der WG. Ich fühle mich wohl, auch wenn Elisa leider immer bis zum späten Abend mit der Touristengruppe von »Huber-Reisen« unterwegs ist. So kenne ich zwar inzwischen Sarahs und Mircos Vorlieben beim Konsum leichter Drogen und höre Mirco im Schlaf reden, Elisa und ich sehen uns aber kaum. Hm. Noch einmal »zufällig« bei einer Führung aufkreuzen will ich nicht, denn irgendwie hat Elisa mir das mit der Fotoreportage nicht abgenommen, obwohl sie sich wahrscheinlich nicht recht erklären kann, woher ich von ihrer Anwesenheit am Pantheon wusste.

Am Morgen des vierten Tages klingelt mein Telefon: Die Bauarbeiter aus meiner Wohnung erklären, das Loch in der Wand sei gestopft. »Morgen kannst du wieder zurück.« Obwohl im Hintergrund weiterhin der Bohrer dröhnt, sage ich zu.

Den Tag verbringe ich im Auslandspresseverband, wo ich mittlerweile einen Arbeitsplatz habe und deshalb so nahe bei der Fontana di Trevi bin, dass ich dort, am Brunnen sitzend, zu Mittag essen kann. Sehr privilegiert für eine ordinäre Arbeitspause, denn für Hunderte, ja Tausende von Touristen ist das hier vielleicht sogar die Hauptattraktion ihrer Romreise – an diesem berühmten Brunnen zu stehen und eine Münze hineinzuwerfen und sich eine Rückkehr zu wünschen.

Während um mich herum die Geldstücke in den Brunnen fliegen und die Fotoapparate klicken, schickt Elisa eine SMS. Es sei der letzte Tag mit der Reisegruppe und sie wolle fragen, ob ich beim Abschlussessen dabei sein möchte – immerhin hätte ich meinen Teil zur »Rettung von Frau Schulze« beigetragen. Die letzten beiden Worte der SMS lauten: »*Bacio,* Elisa.« Wow, denke ich und sage zu.

Dieser Abend wird mein bis dahin glücklichster in Rom. Mir gegenüber sitzt Elisa, rundherum die Reisegruppe. Immer wieder muss ich erzählen. Woher ich den Polizisten Gennaro überhaupt kenne und wie wir Frau Schulze gefunden haben. Je öfter ich davon berichte, desto mehr schmücke ich die Geschichte aus, deklariere Gennaro gar als »alten Freund«: »Wir beide haben schon die tollsten Sachen erlebt …«

Das »Ai Marmi«, eine Pizzeria im mittelalterlichen Viertel Trastevere, ist eines der Lieblingslokale von Elisa: Dort kennt man keine Touristenmenüs und keine separaten Räume, ja, nicht einmal Stofftischdecken oder eine Weinkarte. Es ist in grelles Neonlicht getaucht und wirkt so anheimelnd wie der Kontrollraum eines Atomkraftwerks. »Je ungemütlicher ein Lokal beleuchtet und eingerichtet ist, desto besser das Essen«, erklärt Elisa. Wenn ihre Behauptung stimmt, muss das Essen hier das beste der Welt sein, denn die Pizzeria ist nämlich tierisch ungemütlich.

»Was nimmst du?« Elisa sieht, wie ich aufmerksam die Karte studiere. Es gibt so viele verschiedene Pizzen, dass ich mich nach einem sozialistischen Land sehne, wo nur eine Sorte angeboten wird. Der Kellner nimmt schon die Bestellungen auf, ich murmle immer noch Zutaten und Namen vor mich hin. »Kapern … hm … Salami …hm … Thunfisch … hm … Ich weiß es nicht, ich weiß es nicht.«

»Nimm eine Margherita«, schlägt Elisa vor und nickt mir aufmunternd zu.

Ich schüttle den Kopf. »Na, so schlecht verdiene ich als

freier Journalist nun auch nicht.« Ich denke an Mirco und Sarah, die Armen, die zuletzt ebenfalls nur Pizza Margherita bestellt haben. Wenn schon das Geld nicht für ein paar Pilze reicht, wie bedürftig muss man da sein?

Doch Elisa verändert meine bisherigen Gewohnheiten mit einer lapidaren Feststellung: »Nur bei einer Margherita erkennt man, ob die Pizza wirklich gut ist. Eine sehr gute Margherita ist die beste Pizza der Welt. Eine schlechte Cappricciosa dagegen erkennt man gar nicht als schlecht. Alles wird überlagert vom Belag.«

Zum ersten Mal seit meiner Teenagerzeit, als ich versuchte, Geld zu sparen, verzichte ich auf den Belag und bestelle eine Margherita.

»Vertrau mir«, sagt Elisa.

»Hm.« Mal sehen, denke ich.

Das Zweite, was Elisa durchsetzt, ist, dass ich auf Wein verzichte. Zu Pizza trinke man nur Bier. Wein würden nur die Touristen bestellen. Dass es im »Ai Marmi« nur 0,66-Liter-Flaschen der römischen Brauerei Peroni gibt, trägt dazu bei, dass die ganze Gruppe von »Huber-Reisen« ziemlich rasch ziemlich gut gelaunt ist.

Und was mich angeht: Je mehr ich trinke, desto stärker gewinne ich die Überzeugung, dass es zwischen mir und Elisa knistert. Zumindest kann man sich das leicht einreden mit ein, zwei Peroni intus. Aber ich glaube es wirklich. Zumindest bin ich mir ganz sicher, dass ich sie noch nie so schön gesehen habe wie heute: die Augen schwarz wie starker Espresso, die Haare auf einer Seite mit einer Spange aus dem Gesicht gesteckt.

Als die deutschen Gäste in Sammeltaxis verfrachtet sind, die sie zum Hotel zurückbringen, bin ich zum ersten Mal mit Elisa alleine.

Und jetzt?

Wir stehen unschlüssig da.

Kann ich sie jetzt fragen, ob wir noch was trinken gehen?

Elisa kommt mir zuvor. »Jetzt lade ich dich noch auf ein Glas ein«, sagt sie, »hast du Lust?«

Und wie! Ich strecke das Kinn nach vorne, breite die Arme aus. »Boh!«

»Boh?«, fragt Elisa. »Du magst nicht?«

Oh, da habe ich wohl etwas verwechselt.

»Eeeh natürlich«, lächle ich.

Elisa lacht. »Hat Dino …«

Ich nicke. »Ja. Aber er hat es mir schon richtig erklärt. Ich habe mich bloß geirrt.« Kann ja auch mal passieren bei den ganzen Ausdrücken und Gesten!

Wir fahren mit dem Moped los. Mit den Händen hält sich Elisa an meiner Jacke fest. Immerhin.

»Erst mal gehen wir ein Eis essen. Kennst du den ›Palazzo del freddo‹?«

Elisa lotst mich durch den Verkehr auf dem Lungotevere, wir düsen die Via dei Fori Imperiali hinunter auf das Kolosseum zu, dann links rauf zum Esquilin. Unser Ziel erkennen wir leicht daran, dass Autos und Mopeds nicht nur in erster und in zweiter, sondern zum Teil sogar in dritter Reihe stehen.

O Gott, denke ich, jetzt einen Parkplatz suchen!

Doch Elisa gibt sich ganz unbeirrt. »Wir müssen einen Parkplatz finden.«

Ich muss lachen. Sie sagt »finden«, nicht »suchen«. Klingt das nicht viel dynamischer und optimistischer? Zugegeben, dass Elisa überhaupt so zuversichtlich von »Parkplatz finden« sprechen kann, liegt auch daran, dass es in Rom neben den legalen Parkplätzen eine ganze Menge denkbarer Alternativen gibt. Als Parkplatz gilt nämlich nach römischer Definition nicht nur ein Ort, wo man das Auto gesetzeskonform abstellen darf, sondern jedes winzige Eckchen, in das man sich hineinzwängen kann. Alles, was keine allzu großen Probleme bereitet, ist ein Parkplatz.

»Da«, sagt Elisa und zeigt auf eine papierdünne Lücke zwischen zwei Autos.

»Wirklich?«

»Na klar!« Ich quetsche das Moped in die Lücke. In Deutschland würde ich mir nun größte Sorgen machen, wie die beiden anderen noch ausparken können, in Rom ist einem das egal. *Chi se ne frega?* Wen kümmert's?

Wir kommen kaum in den »Eispalast« hinein, so lange ist die Schlange, die sich quer durch die gigantische Halle windet, die jeder mittelgroßen Stadt als Bahnhof dienen könnte und ähnlich ungemütlich beleuchtet ist wie vorhin das »Ai Marmi«. Was ja ein gutes Zeichen ist, nach Meinung von Elisa. Tatsächlich sind hier nur Römer. Kleinkinder, die selbst um die späte Uhrzeit noch Eis schlecken, Teenagerpärchen, die sich einen Eisbecher teilen und sich *gelato* zulöffeln. Und dann wird mir auch noch ein unerwarteter Triumph zuteil, als mich der Kassierer nicht *»Yes please«* fragt, sondern einfach *»Prego?«* sagt.

Limone … Cioccolato … Fragola … Stracciatella. Aus reiner Vernunft schaffe ich es, irgendwann *»basta«* zu sagen, woraufhin der *Gelato*-Mann mein Eis mit einem gewaltigen Berg *panna* krönt.

Überflüssig zu sagen, dass dieses Eis das beste ist, das ich bisher in Rom gegessen habe. Zum Zeichen meiner Anerkennung bohre ich meinen Zeigefinger in die Backe, so wie Dino es mir gezeigt hat.

»Und jetzt?«, seufze ich. Der Becher ist leider leider leer.

»Boh!«, macht Elisa. »Weiß nicht.«

»Hast du das ›Boh‹ von Dino?«, frage ich.

»Tss«, macht Elisa, schüttelt den Kopf und sagt stolz:

»Eeeh, ich brauche keinen Sprachlehrer ... eeeh ... ich bin Römerin.«

Eine halbe Stunde später parke ich das Moped oben auf dem Gianicolo, dem Hügel auf der anderen, der vatikanischen Seite des Tiber. Elisa hat mich hier hochgelotst. Von hier oben hat man einen überwältigenden Blick auf Rom, und der allgegenwärtige Lärm der Motorini ist hier nur noch eine Ahnung. Eine warme Brise weht den Hügel herauf.

Zweifellos ein romantischer Ort, sogar ein sehr romantischer. Auf dem Mäuerchen, von dem man über die Stadt blickt, sitzen eng umschlungen Pärchen, um deren Aufmerksamkeit sich ein gutes Dutzend Rosenverkäufer bemüht.

Hoffentlich wird es jetzt nicht verklemmt!

»Ich hole uns was zu trinken«, sage ich und gehe hinüber zu einem mit Neonlicht beleuchteten Imbisswagen, der überbordet von Süßigkeiten und Softdrinks. Auf diesen ambulanten Bars sollte eigentlich ein großes Schild stehen: »Vorsicht, Touristenfalle!«, denn sie sind die teuersten Kioske der Stadt. Aber sie befinden sich eben immer da, wo es schön ist. So wie hier.

»Zwei Bier und eine Tüte Chips«, sage ich und rechne im Kopf, was das kosten dürfte. Sagen wir mal 9, maximal 10 Euro. Doch der Verkäufer sagt: »17 Euro, *grazie!*«

Ach ne, nicht schon wieder. Die Kombination von absurden Preisen und *grazie* erinnert mich fatal an die Geldforderung meines Taxifahrers am ersten Tag in Rom. Oder an die Frau im Scheibwarenladen mit ihrem 7 Euro 90 für einen stinknormalen Aktenordner. Je rascher offenbar auf eine Preisangabe *grazie* folgt, umso wahrscheinlicher ist es, dass man übers Ohr gehauen wird. So freundlich es auch klingen mag, dieses *Grazie* – es duldet in Wirklichkeit keine Widerrede. »Ich weiß, dass mein Preis eine Frechheit ist, aber ich will exakt diesen Betrag von dir haben.«

Ich reiche einen 50-Euro-Schein rüber und sage »20«. Eh schon egal. Und außerdem: Wenn es etwas zu feiern gibt, dann diesen Abend.

Elisa und ich setzen uns auf das von der Sonne noch warme Mäuerchen. Schweigend schauen wir auf die Stadt und die Palazzi im warmen Licht. Ein paar Minuten essen wir wortlos Chips und trinken ab und zu einen Schluck aus dem Bierbecher. Ich bekomme Herzklopfen.

Entspann dich, rede ich mir ein und schicke vielleicht übertrieben abwehrend einen Rosenverkäufer weiter. Oder sollte ich doch eine kaufen? Meistens finden Frauen ja Rosenverkäufer furchtbar, aber wenn man keine kauft, sind sie beleidigt.

Aus der Masse der Rosenverkäufer löst sich ein Mann mit einer Polaroidkamera um den Hals, kommt auf uns zu und sagt: »Foto?«

Erst ignoriere ich ihn. Elisa sagt schon: *»No, grazie!«*

Dann denke ich mir, warum eigentlich nicht, und sage: »Okay.« Ein Foto kann man doch gefahrlos machen.

Elisa seufzt, sagt ich sei *»matto«*, aber der Fotograf geht schon in Position, wir recken unsere Hälse in die Bildmitte. Der Mann drückt auf den Auslöser, das Foto springt aus der Maschine. »5 Euro«, sagt der Fotograf, »ein weiteres Bild 2 Euro.«

Das ist nun wirklich mal ein *sconto*.

Ich nicke. Elisa verdreht die Augen, während der Fotograf jetzt die linke und rechte Hand hoch über den Kopf hält und sie aufeinanderzubewegt. *»Insieme«*, zusammen, ruft er, und seine Handflächen drücken gegeneinander. Er zeigt sein schönstes weißes Lächeln. Etwas gehemmt rücken Elisa und ich näher.

Mein Herzklopfen wird immer heftiger.

»*Now kiss!*«, ruft der Fotograf.

Was hat der gerade gesagt. *Kiss?* Wir lachen verlegen. Ich sterbe gleich.

»*Kiss!*«

Was? Ich schwitze vor Aufregung.

»Wir gehören nicht zusammen«, ruft Elisa, und auch ich tue völlig entrüstet. »Also, so was!«

Der Strahlemannfotograf bleibt dabei. »*Kiss!*« Vielleicht kann er kein anderes Wort außer »Foto« natürlich. Oder er ist der Liebesgott Amor persönlich, der jetzt Pfeil und Bogen rauszieht und uns abknallt.

Ich schaue aus den Augenwinkeln hinüber zu Elisa und sehe, wie sie ebenfalls verstohlen zu mir rüberblickt.

Wir drehen unsere Köpfe zueinander und lachen. Na ja, sie hat schließlich vorhin in der SMS sogar was von *bacio* geschrieben.

Wir schauen uns in die Augen.

»*Va beh*«, sagt Elisa gleichmütig

Mein Herz schlägt schneller als der Takt auf einer Technoparty.

Jetzt gleich. Noch ein paar Zentimeter …

»Aah!«

Elisa kreischt, zieht den Kopf von mir weg und springt auf.

Cazzo!

Beim Rüberlehnen habe ich einen der Bierbecher umgeworfen, ein guter Viertelliter ist auf Elisas Rock geschwappt und läuft ihre Beine herunter.

Sie schimpft unverständliches Zeug. Vor allem höre ich mehrfach *stupido!* Dumm!

Nicht mal Taschentücher habe ich. *Stupido* ist wirklich ein treffender Begriff für mich. Schnell hole ich Papierservietten vom Wucher-Kiosk und reiche sie verschämt Elisa.

»Eeeeeeh! Tut mir leid.«

Elisa macht »Boh!«, wringt ihren Rock aus und betupft ihn mit den Servietten.

»Signori?« Der Fotograf gibt uns für 2 Euro das zweite Foto: Der Bierbecher liegt schon schräg in der Luft, darüber sind Elisa und ich einen Zentimeter vom ersten Kuss entfernt.

Die Luft ist raus.

Cazzo!

Elisa ist wegen des nassen Rockes kalt, also fahren wir heim in die WG. Ich könnte mich sonst wohin beißen oder würde mich in diesem Moment freiwillig von Bacione, dem Hund der Lovellos, küssen lassen. Die Nachtstimmung in Rom ist so romantisch wie zuvor, aber unsere Stimmung ist eher neonlichtmäßig abgekühlt. Wir fahren durch den auch weit nach Mitternacht noch absurden Verkehr am Lungotevere. Elisa hält sich nicht mehr an meiner Jacke, sondern an der Seite des Mopeds fest.

»*Buona notte*«, sage ich im Flur der Wohnung.

»*Notte*«, gibt Elisa scharf zurück.

Als ich im Bett liege, mich über mich selbst ärgere und auf die Atemzüge von Mirco lausche, piepst mein Handy. Eine SMS. Von Elisa! Ich muss den Text ein paarmal lesen, damit ich ihn verstehe. »*Communque*, tvb. E.« steht da. *Communque* ist klar, heißt »trotzdem«. »E« steht für Elisa. Aber was bedeutet »tvb«?

Ich schicke eine SMS: »tvb ...??«

Es piepst nochmals. »tvb = *ti voglio bene.*« Aha, eine Abkürzung. So als würde man für »Ich mag dich gerne« der Kürze halber »Imdg« schreiben.

»Ich mag dich auch gern«, antworte ich.

Dann klingelt plötzlich mein Handy, Elisa ruft an. Was soll das denn? Sie weiß doch, dass Mirco schläft!

Ich gehe schnell ran. »*Pronto*? Elisa?«

Ich höre Elisa seufzen. »Martin, *stupido biondo,* warum gehst du ran?«

Ich flüstere, so gut es geht: »Eeeh, weil du mich angerufen hast!«

Elisa lacht. »Das war doch ein *squillo!*«

Ich denke an Massimo, der mir das Moped verkauft hat. Der war auch so sauer, weil ich sein Anklingeln nicht verstanden habe.

»Ach so, okay. Entschuldigung«, sage ich schnell.

»Gute Nacht!« Das Letzte, was ich noch höre, ist ein niedliches Kichern von Elisa.

Wir legen auf. Dann piepst es noch einmal bei mir. »*6 carino.*« Erst verstehe ich nicht, dann kapiere ich schließlich, dass 6 hier *sei* bedeuten soll, »du bist«. Und *carino* heißt süß. Also hat mir Elisa gerade geschrieben: »Du bist süß.« Als Bestätigung, dass ich das umgekehrt ebenfalls so sehe, will ich einen *squillo* machen.

Beim fünften Klingeln geht Elisa ran.

»Martin?«

»Warum gehst du ran?«, schimpfe ich los: »Das war ein *squillo!*«

Elisa seufzt, dann lacht sie. »Madonna, *biondo,* einen *squillo* machen heißt, einmal klingeln zu lassen, nicht fünfmal!«

Noch nachdem sie »*Buona notte!*« gesagt hat, höre ich vor dem Auflegen ihr bezauberndes leises Lachen.

Am nächsten Tag werde ich von einem beleidigten »Miau!« geweckt. Kater Mao springt von meinem Handy. Er hat darauf geschlafen und ist offenbar vom Vibrieren und Klingeln aufgewacht.

»*Pronto?*«, röchle ich müde.

Aus dem Hörer kommt lautes Geklapper von Geschirr, aber keine Antwort.

»*Pronto?*«

Wieder Geklapper, dann eine Stimme. »O Martin, hier ist Dino!«

Dino?

»Die Bauarbeiter aus deiner Wohnung sind gerade bei mir. Sie sind fertig mit den Reparaturen und wollten dich anrufen. Du sollst gleich kommen und es dir ansehen, sonst sind sie weg.«

»Okay«, seufze ich, »bin unterwegs!« Warum habe ich nur mein Handy nicht ausgestellt. Jetzt kann ich schlecht Nein sagen.

Leise packe ich meine wenigen Sachen, die ich für die paar Nächte nach San Lorenzo mitgenommen habe. In der WG rührt sich nichts. Ich hinterlege mit *tanti saluti,* vielen Grüßen, noch einen Dankesbrief und verlasse leise die Wohnung. Mit mehr geschlossenen als offenen Augen düse ich durch die Stadt, den Vatikan-Hügel hinauf und stelle mein Moped vor meinem Haus in eine viel zu kleine Parklücke.

»*Che dici?*« Ja, was sage ich? Der Bauarbeiter und ich stehen in meiner Wohnung vor der Wand hinter dem Esstisch, wo sich vor ein paar Tagen noch die kleine Durchreiche nach nebenan befand.

Jetzt ist das Loch wieder zu und die Wand gestrichen. Es sieht wieder aus wie früher. Eigentlich habe ich diesem Malheur viel zu verdanken. Die aufregenden Tage in San Lorenzo, das Abenteuer mit Frau Schulze, den ersten Beinahekuss mit Elisa.

Der Arbeiter ist sichtlich stolz und erklärt mir, wie er die Wand repariert hat. Ich reime mir zusammen, dass *gesso* »Gips« heißen muss und *cemento* »Zement«. »*Non si vede più niente*«, sagt er, nichts mehr da.

Ich tue ihm den Gefallen, lege Zeigefingerspitze und

Daumen aneinander und ziehe eine imaginäre Linie durch den Raum, um damit *perfetto* auszudrücken, wie Dino es mir gezeigt hat, doch die Geste gelingt mir anscheinend nicht wirklich.

Der Bauarbeiter sieht mich irritiert an.

Also wiederhole ich das Ganze und unterstütze die Geste mit einem überaus deutlich ausgesprochenen: *»Perfetto.«*

Er freut sich. *»Allora a posto«,* dann sei ja alles in bester Ordnung, sagt er, gibt mir die Hand und schließt mit einem offiziösen *»Arrivederci, Dottore!«* die Tür.

Ich bin allein.

Etwas bedrückt stehe ich in meiner Wohnung und fühle mich plötzlich einsam. Keine kiffende Sarah, kein schnarchender Mirco, kein miauender Mao und vor allem keine Elisa im Nebenzimmer. Schon allein das Wissen, dass sie nebenan schlief, war aufregend. Hier sind jenseits der Wände nur die Lovellos mit ihrem offensichtlich schwulen Hund Bacione, die Zahnarztpraxis und oben der kleine Francesco, der schon wieder mit Spitsch spielt. Ziuziuzizizizuuu.

Ich seufze, aber das ändert auch nichts.

Und auch mein Viertel kommt mir jetzt plötzlich langweilig vor: Keine kommunistischen Graffiti, keine Kifferläden, stattdessen das sauteure Schreibwarengeschäft und all die Schönheits- und Friseursalons.

Soll ich einfach wieder in die WG ziehen? Das geht nicht, fällt mir ein, denn Marco soll heute zurückkommen. Das Abenteuer San Lorenzo ist definitiv beendet.

Es piepst, eine SMS von Elisa. »Warum bist du denn so schnell weg?« Sie klingt pikiert.

Besser, ich rufe sie schnell an.

Elisa wirkt ernstlich beleidigt.

Ich erkläre ihr, dass meine Wohnung fertig geworden sei

und ich zur Übergabe gemusst hätte. Außerdem, füge ich hinzu, würde doch Marco heute heimkommen.

Sie geht nicht auf meine Einwände ein. »Und dein Brief war auch nicht gerade herzlich. Hat es dir nicht gefallen bei uns?«

Elisa imitiert die harte deutsche Aussprache: »*Tantttti saluttttti,* Marttttttttin.«

»Ich habe immerhin *grazie* geschrieben«, verteidige ich mich.

»Boh! In Italien schreibt man *bacio* oder *bacione* oder *abbracci* für Ich umarme dich, aber *tanti saluti* schreibt man nicht mal ans Finanzamt.«

Das Gespräch endet komisch. Gestern war ich noch *carino* und Elisa schrieb *tvb* und jetzt klingt sie völlig genervt.

»Wann … sehen wir uns?«, frage ich vorsichtig.

»Boh!«, macht Elisa und sagt, sie wisse es nicht.

Tempo di merda
Rom–München und schnell wieder zurück

Es ist Anfang Juli, als ich am Wochenende in Richtung Norden fahre. Nach dem letzten Telefonat mit Elisa haben wir uns nicht mehr gehört und gesehen. Ein Ortswechsel, die Heimat, das würde mir guttun, dachte ich mir und habe, in München angekommen, auch Uli Bescheid gesagt, dass ich in der Stadt sei.

Jetzt steht sie mir gegenüber, in einer neuen Kneipe.

»Ja, servus!« Uli lacht fröhlich: »Total nett hier, oder?«

Ich nicke. Es ist wirklich nett. Was soll man auch anderes machen? Draußen regnet es ja schon wieder: Kein sich aus der Hitze entladender Gewitterschauer, einfach kalter Regen, als wäre es März.

»Komm ins ›Italia 1990‹«, hatte mir Uli geschrieben, »neue Bar schräg gegenüber vom ›Mezzogiorno‹. Haben heute Eröffnung.« Ich bin extra einen Umweg gegangen, um nicht am »Mezzogiorno« vorbeizukommen. Es wäre peinlich, würde mich Amadeo vorbeilaufen und in einer anderen Bar verschwinden sehen. Außerdem will ich nicht, dass er denkt, ich sei, weil in Rom als Blonder diskriminiert, in die Heimat geflohen.

Also stehe ich im »Italia 1990« und nuckle an einem Getränk, das den anstrengenden Namen »Rom, 8.7.1990« trägt und nach dem Endspiel der Fußball-WM in Italien benannt ist. Das Glas wurde mir am Eingang ins »Italia 1990« in die Hand gedrückt: Müde Schlieren von Holunderblütensirup schwimmen im Prosecco.

»Das machen wir, weil der Holunderblütensirup bio

ist«, erklärt der Barkeeper, »soll einfach ein nachhaltiger Aperitif sein.«

Ich denke an Dino und an das »Papagallo« und frage mich, was passieren würde, wenn ich dort einen Prosecco mit Holundersirup verlange. Er hätte wohl den gleichen Blick wie neulich, als ich ihm mein Fahrrad zeigte, und würde mich wahrscheinlich rausschmeißen: »Das ist eine Bar. Hustensaft kannst du im Krankenhaus in den Prosecco schütten.«

Neulich habe ich mal überlegt, dass es lustig wäre, Dino mit nach München zu nehmen, und ihn gefragt, ob er Lust hätte.

»Eeeh, aber es ist kalt in Deutschland!«

»Dino, auch in Deutschland ist derzeit Sommer.«

»Nicht so wie hier oder?« Darauf wusste ich nichts zu erwidern und Dino machte: *»Ecco!«* Hab ich's doch gewusst!

»Und wie isses?« Uli reißt mich aus meinen Gedanken und nimmt sich den dritten »Rom, 8.7.1990« vom Tablett.

Ich erzähle von den letzten zwei Wochen, vom Loch in meiner Wohnung, den Tagen in San Lorenzo und dem Beinahekuss mit Elisa.

»Bist ganz schön verliebt, oder?« Zum Glück ist mein Verhältnis zu Uli geregelt. Wir kennen uns viel zu gut, als dass einer mit dem anderen zusammen sein wollte.

Ja, ich bin verliebt – und deshalb auch nicht wirklich entspannt. Ich habe nämlich mein italienisches Handy in Rom im Ladegerät stecken gelassen. Was, wenn Elisa mir eine SMS schreibt und keine Antwort bekommt? Keine Antwort ist sicher noch schlimmer als *tanti saluti.*

Eine Bedienung kommt mit einem neuen Tablett Proseccogläser vorbei. »Willst du eins? Heißt ›Semifinale Deutschland – England‹.« Diesmal ist Rote-Bete-Mark im Prosecco. Er klebt am Boden. Ich schlürfe am »Semifinale« und schaue auf die Dias, die ein Projektor an die Wand wirft: Urlaubsbilder von italienischen Stränden von den Siebzigern bis in die Neunziger. Deutsche Kinder, die Sandburgen bauen und Panini-Fußballbilder einkleben.

Bei Amadeo im »Mezzogiorno« fand ich es zwar immer ein bisschen zu schick, aber es war ehrlich: Er bemühte sich immerhin, ein bisschen echtes Italien zu zelebrieren, mit Tramezzini, Spritz und dem *»Prego!«* bei jeder Bestellung. Gut, auch das ist letztlich Pseudo, aber das hier, das ist Oberpseudo. Auf einer Schiefertafel werden »leichte Snacks« angeboten: »Karottenlasagne mit Dinkelnudeln und feinem Gouda« und »Bärlauchfusilli«. Und dazu Proseccco mit Rote-Bete-Mark.

Na Mahlzeit.

Lieber das Original als eine schlechte Kopie. Und zwar schnell!

Die nächsten 24 Stunden in München verbringe ich in nervöser Erwartung meines Nachtzugs, der mich wieder nach Rom bringen soll. Dann, elf Stunden später, gegen 9 Uhr 30 am Morgen, fahre ich endlich wieder in den Bahnhof Termini ein. Ich fühle mich wie am Tag meiner Ankunft: Die gleiche Freude der Touristen, angekommen zu sein; das gleiche Morgenlicht, das einen heißen Tag verspricht; die gleichen finsteren Gestalten am Gleis, die mit den Touristen ihre Geschäfte machen wollen. Selbst der kanarienvogelgelbe Taxifahrer ist da und versucht, mit »Elpe?« Touristen zu seiner Schrottkarre zu lotsen. Ich schaue ihn böse an und gehe weiter.

Heute will ich mal ein normales römisches Taxi nehmen und mache sogleich eine weitere Erfahrung: Auch die Fahrt damit ist reiner Stress, und auch hier beginnt es mit »Yess-e?«.

Ich nenne meine Straße.

»Yesss-e!« Dann fährt er los. Ohne Taxameter.

Ich seufze, zeige auf das Taxameter, und der Fahrer – »Sorri!« – stellt es an.

Während wir über das Kopfsteinpflaster der Via Nazionale hoppeln, überfliege ich einen laminierten Tarifplan, der mit einer Kordel um die Kopfstütze des Beifahrersitzes geschlungen ist:

»*Tariffa 1*: Fahrten innerhalb des Autobahnrings, Kilometerpreis 0,92 Euro.«

»*Tariffa 2*: Fahrten außerhalb des Autobahnrings, Kilometerpreis 1,52 Euro.«

Ich schaue auf das Taxameter. In roten Digitalziffern leuchtet der Fahrpreis und rechts daneben die Ziffer 2. Ich zahle also gerade 1,52 Euro pro Kilometer, so als wollte ich in der römischen Pampa von Latina nach Frosinone fahren.

Ich seufze und mache das, was mir Dino für die Auseinandersetzung mit einem betrügerischen Taxifahrer geraten hat. Ich sage, dass sich mein Fahrtziel geändert habe: »Zu den Carabinieri, Piazza Collegio Romano.« Ich möchte nicht noch einmal von Dino ausgeschimpft werden, weil ich mich habe betrügen lassen.

Dinos Tipp funktioniert. Der Mann schaut prüfend durch den Rückspiegel zu mir nach hinten: Offenbar überlegt er, ob ich das wirklich ernst gemeint haben könnte, und stellt schließlich am Taxameter immerhin schon mal den Tarif 1 ein. »Immer noch zu den Carabinieri?«

Ich schüttle den Kopf. »*Va bene.*« Werde ich es irgendwann einmal erleben, dass ich auf Anhieb und ohne Verhandeln zu müssen, den korrekten Taxi- oder Kaffeepreis zahlen kann?

Hastig stürze ich in meinen *Palazzo* und in die Wohnung. Ich hab's ja geahnt: Mein Handy liegt auf dem Tisch, angeschlossen ans Ladegerät. Es blinkt nervös.

Cazzo!

Drei SMS von Elisa:

Die erste ist noch nett. »Wie geht's? E.«

Die zweite schon weniger: »Martin? Wo bist du? Meld dich mal.«

Die dritte klingt wie ein trotziges *Boh*: »Was ist los? Elisa.«

O Mann, das sieht nicht gut aus. So schnell wie noch nie in meinem Leben schreibe ich eine SMS: »Bin wieder da!!!!! Hatte mein Handy vergessen!!!!! *Scusami.* Martin«

Ich räume meinen Koffer auf und schaue alle zwei Minuten auf mein Telefon. Elisa schreibt nicht zurück. Als ich genug davon habe, nervös in der Bude herumzulaufen, gehe ich runter zum »Papagallo«.

Gott, bin ich froh, Prosecco mit Rote-Bete-Mark und die Bärlauchfusilli hinter mir gelassen zu haben! Erleichtert stehe ich bei Dino an der Theke und erzähle ihm von den pseudoitalienischen Spezialitäten.

»Prosecco mit Holunderblütensirup?« Dino verzieht das Gesicht.

»Karottenlasagne mit Dinkelnudeln und feinem Gouda?« Mein Freund schaut entsetzt. »Hast du wirklich ›Gouda‹ gesagt?«

Ich nicke.

Dino seufzt: »Gouda und Pasta. *Che vergogna!*« Welche Schande. Er kann es nicht verstehen: »Warum macht ihr solche Sachen? Ts!«

Als ob er es schnell vergessen wolle, wischt er mit dem Lappen die saubere Theke ab.

Erst als ein weiterer Kunde das »Papagallo« betritt, hört Dino auf, immer wieder *»vergognoso«* und *»Gouda!!!!«* zu seufzen.

»Buona sera!«, wünscht der Mann und stellt sich an die Bar.

»Buona sera!«, wünscht Dino.

Ich schaue auf die Uhr. Es ist gerade mal 14 Uhr. Nehmen sich die beiden auf den Arm? Offenbar nicht. Sie wünschen sich zwei Stunden nach High Noon »Guten Abend«. Hat das System? Bisher habe ich es in Rom nicht entdeckt: Manche sagen »Guten Abend« wirklich erst am Abend, andere schon vor dem Mittagessen. Und wie ich im Internet nachgelesen habe, diskutiert man in Italien mindestens so erbittert über die richtigen Zeiten für *»Buon giorno«* und *»Buona sera«* wie in Deutschland darüber, ob ein kleines Brot »Brötchen«, »Wecke«, »Semmel« oder »Schrippe« heißt.

Ich beschließe, einen Test zu machen und Dino jeden Tag eine Stunde früher mit *»Buona sera!«* zu begrüßen.

Am ersten Tag sage ich nachmittags um 17 Uhr *»Buona sera«*.

Das geht anstandslos durch. Dino antwortet, den Tresen polierend: *»Buona sera,* Martin.«

Am nächsten Tag begrüße ich ihn eine Stunde früher mit »Guten Abend«.

Er gibt es ganz selbstverständlich zurück: *»Buona sera!«*

Auch 15 und 14 Uhr gehen durch.

Ich finde meinen Test immer spannender. Wie gerne würde ich Elisa davon erzählen, die das sicher lustig fände. Aber sie hat auf meine beiden SMS immer noch nicht geantwortet. Kann man so beleidigt sein? Oder hat Ermanno ihr einen Heiratsantrag gemacht? Muss ich um sie kämpfen?

Unentschlossen, was ich tun soll, widme ich mich mit umso größerer Hingabe meinem Test. Fast muss ich lachen, als Dino selbst mittags um 12 Uhr bei *»Buona sera«* noch mitgeht. Eigentlich ganz sympathisch, denke ich. Um diese Zeit bereits einen guten Abend zu wünschen, klingt verführerisch nach Feierabend

Fast fühle ich mich schlecht. Mein Freund Dino wünscht mir immer treu einen »Guten Abend«, und ich kann mir ein Grinsen kaum verkneifen.

Als Dino drei Tage später Morgenschicht hat, sage ich *»Buona sera«* um 11 Uhr.

Schon scheint er antworten zu wollen, besinnt sich eines Besseren und schaut auf die Uhr über der Bar. Er dreht sich um.

»Oohu? Es ist nicht einmal Mittag! *Ma che buona sera?«* Er hat wieder diesen »Bist-du-eigentlich-noch-ganz-dicht«-Blick drauf.

Ich tue verwirrt. »Eeeeh, stimmt, Dino, ist ja erst 11 Uhr.« 12 Uhr ist scheinbar wirklich die Schmerzgrenze. Ich nehme mir vor, einfach zwischen 12 und 18 Uhr nur noch *»Ciao!«* zu sagen.

»Eeeeh«, macht Dino und schaut mich an: »Wer weiß, wo du mit deinen Gedanken bist.« Er zwinkert mir zu. »Hast du was von Elisa gehört?«

Ich schüttle den Kopf.

»Pazienza«, sagt er, Geduld.

»Klar«, lüge ich. Und stürze mich in den nächsten Tagen zur Ablenkung in die Arbeit. Zwar ist das Wetter so strahlend schön, dass ich mich am liebsten tagelang an den Strand legen würde – aber alleine? Wenn ich an den Strand gehe, dann mit Elisa, nehme ich mir vor.

Basta!

Es mag an der Hitze liegen oder die Sehnsucht nach Elisa hat zu einer gewissen Dünnhäutigkeit geführt – jedenfalls eskaliert in diesen Tagen mein Kampf mit Luigi Zara, dem Gouverneur der Region Venetien. Oder besser gesagt mit seiner Pressestelle, die jeden Tag mindestens drei E-Mails rausschickt, was der Chef gerade so treibt. Egal ob er nun einen Kommentar zum italienischen Haushalt abgibt, ob er seine Meinung zur Schifffahrt auf der Adria äußert: Sofort habe ich eine E-Mail im Postkarten: Zara sagt dies, Zara sagt das. Oft ruft die Pressestelle sogar an und fragt, ob man die Mail bekommen hätte. Oder ob man zu einer Pressekonferenz zum Thema »Venetianischer Biojoghurt« kommen wolle. Alles natürlich wahnsinnig wichtig.

»Ehrlich gesagt habe ich keine Zeit«, sage ich genervt.

Die Pressedame insistiert: »Es würde uns sehr freuen, wenn Sie als Vertreter der deutschen Presse kämen.« Wahrscheinlich wollen sie ihrer Pressekonferenz ein wenig Flair verleihen. Blonde Haare im Bild – das hieße: Schaut her, sogar das Ausland interessiert sich für Luigi Zara!

Irgendwie wimmle ich sie immer ab. Mal simuliere ich einen Feueralarm, mal eine Invasion vom Mars.

Jetzt ist schon wieder eine Mail von Luigi Zara da.

»Zara, Zara, Zara«, grummle ich vor dem Computer, »jetzt reicht's!« Wenn er nur halb so fleißig ist wie seine Presseabteilung, muss er ein Workaholic sein.

Am Montag schreibe ich eine Mail, um die Kommentarflut zu stoppen: »Danke für die Informationen ..., tut mir leid ... Viele Mails ..., deutsche Leser ... nicht so interessiert ... Bitte Namen im Verteiler streichen ...«, doch am Dienstag sind schon neue da. Also versuche ich es mit einem Fax: Bitte meinen Namen streichen!!! Die E-Mails kommen weiter: Es ist, als würde ständig ein Fremder an der Haustür klingeln und sagen: »Hallo, ich wollte nur mal sagen, dass ich gegen schlechtes Wetter bin. Tschüs!« Was tun?

Dann habe ich eine Idee.

Am Mittwoch schlage ich zurück und informiere meinerseits Signor Zara über alles, was ich gerade so mache. In den Betreff schreibe ich, »Zöller geht jetzt joggen«, so wie bei ihm immer im Betreff steht: »Zara fährt nach

Treviso«. Oder Ähnliches. Und im Text der E-Mail drohe ich höflich, aber bestimmt, die Kollegen so lange über meinen Alltag in Kenntnis zu setzen, wie ich meinerseits Post von der Pressestelle erhalte.

Das ist eine gute Idee, denke ich stolz

Doch die E-Mails kommen weiter.

Jetzt geht der Kampf erst richtig los. Wenn Zara zwei Mails schickt, schreibe ich vier, wenn er drei schickt, schreibe ich sechs: »Zöller geht einkaufen«, »Zöller geht zur Arbeit«, »Zöller schaut fern« und vor dem Schlafengehen noch ein »Zöller geht jetzt ins Bett«.

Langsam macht mir das Ganze richtigen Spaß!

Ich fühle mich tierisch gut und schreibe Elisa eine SMS, dass ich im Moment mit Luigi Zara kämpfe. Es ist die erste SMS seitdem ich vor zwei Wochen zurück aus München kam. Wenn ich Zara besiegen kann, dann auch Ermanno und alle anderen Verehrer!

Elisa antwortet ganz verdattert: »*Che cosa?*« Worum es geht, will sie wissen.

Ich schildere kurz gefasst meinen Kampf mit der Pressestelle.

»*Tu sei matto*«, schreibt sie zurück. Schon wieder jemand, der mich für verrückt hät, doch hinter diesen Worten steht ein ☺, »*Bacio,* Elisa« Sowie: »Ich hoffe, wir sehen uns bald. *A presto!*«

Am Freitag kommt die erlösende E-Mail von der Pressestelle von Luigi Zara: »Sie wurden aus dem Verteiler von *Governatore* Luigi Zara gestrichen.«

Ich melde die Nachricht sofort an Elisa weiter: »Habe soeben Luigi Zara besiegt.«

Elisa schickt wieder ein ☺, schreibt: »Wann sehen wir uns? Habe diese Woche Zeit!«, und unterschreibt mit »*Bacio,* Elisa«.

Finalmente un bacio!
Abenteuer in den Abruzzen

Das nächste Wiedersehen mit Elisa kommt schneller als gehofft. Schon am nächsten Tag, es ist jetzt Ende Juli, werde ich von meinem Handy geweckt, nicht vom Weckprogramm, sondern von einem Anruf.

»O Gott«, sage ich schlaftrunken mit Blick auf das Display. Ich habe offenbar verschlafen. Ein Anruf aus der Redaktion, vom Frühdienst.

»Morgen, Kollegen«, rufe ich so gut gelaunt wie möglich.

»Haben wir Sie geweckt? Oder sitzen Sie schon wieder beim Cappuccino in der Sonne?«Der fröhliche Reiseredakteur ist dran.

»Natürlich nicht«, antworte ich wie gehabt. »Es ist kalt, und es regnet.«

Das bringt den Kollegen mal wieder aus der Fassung.

»Ach so ... Na ja, wir machen eine Reiseserie – Sie wissen, Sommerloch! –, und da haben wir an Sie gedacht. Haben Sie Zeit?«

»Klar«, krächze ich.

»Unterschätzte Regionen – Geheimtipps abseits der klassischen Sehenswürdigkeiten. Fällt dir da was ein?« Ich stehe bei Dino im »Papagallo«. Er muss mir mal wieder aus der Patsche helfen. Was würde ich nur ohne ihn machen? Früher hätte ich mich an den Schreibtisch gesetzt, um alleine auf Ideen oder die Lösung von Problemen zu kommen. Abendelang hätte ich Mindmaps gemalt. Jetzt habe ich dafür Dino.

Versonnen sehe ich ihm dabei zu, wie er die Edelstahlkanne mit der aufgeschäumten Milch sachte kreisen und Schaum in meine Tasse schwappen lässt.

»Fahr nach Neapel«, schlägt er vor und stellt mir den Cappuccino hin. »Neapel ist schön!«

Ich schüttle den Kopf und mache mit der Zungenspitze ein »Ts«-Geräusch, was in Dino-Sprache »Nein« heißt. »Zu wenig ausgefallen, die wollen etwas, wo noch nie jemand war.«

Dino zuckt mit den Schultern, hält inne und beugt sich feierlich über die Theke. *»Te lo dico io dove devi andare.«* – jetzt sag ich's dir, wo du hinfahren musst.

Aufmunternd nicke ich ihm zu. Na?

»In die Abruzzen«, sagt Dino feierlich. »In meine Heimat!« Ich erfahre, dass Dino dort geboren sei, in einem kleinen Dorf namens Angolorotondo.

»Angolo del mondo?«, frage ich nach. »Nie gehört!«

»Ts«, macht Dino und hämmert mir den Ortsnamen ein: »Ang-o-lo-ro-ton-do!« – Runde Ecke. Das ist ja mal ein toller Ortsname.

»Meine Heimat«, sinniert Dino, »auch die von meiner Cousine Susanna, Elisas Mutter«, fährt Dino fort, »sie kommt auch aus Angolorotondo.« Dino zwinkert mir zu und grinst. *»A proposito* – Neuigkeiten von Elisa?«

»Nicht wirklich«, klage ich. »Und ins ›Papagallo‹ kommt sie auch nicht mehr.«

Dino sagt »Eeeh. Sie arbeitet zu viel.«

Einen Moment schweigen wir.

»Also Abruzzen«, murmle ich. Hmm. Ich verbinde bislang drei Dinge mit den Abruzzen: Erstens: einen Freund meiner Eltern, der immer von den »Abruzzen« und seinem dortigen Ferienhaus redete und uns Kinder mit dem seltsamen Wort »Abruzzen« amüsierte. Zweitens: das schlimme Erdbeben von 2009 mit den Zerstörungen in und um die Stadt L'Aquila. Drittens: Dinos Bericht über Elisas Verehrer Ermanno, der irgendwo in den Abruzzen darauf wartet, Elisa zu erobern und seine Widersacher zu erschlagen.

Aber die Idee ist gut. »Wie lange fährt man denn dahin, in die Abruzzen?«, frage ich.

Dino macht mal wieder sein abfälliges »Ts«, streckt den rechten Arm weit aus und zeigt vor die Tür des »Papagallo«: *»Biondino, stanno qua davanti.«* Die Abruzzen seien gleich hier vorne. »Ein, zwei, drei Stunden Fahrt. Nichts.«

Ich will gerade nach einer etwas präziseren Zeitangabe fragen, da kommt Dinos Vorschlag des Jahres: »Ruf doch Elisa an. Vielleicht kann sie dir helfen. Alleine verfährst du dich nur.« Er zwinkert mir zu und grinst. *Coraggio!* Nur Mut!

Im ersten Moment ist Elisa wenig begeistert. Nach ein bisschen nettem Vorgeplänkel habe ich die Bombe platzen lassen: Dass ich mit ihr in die Abruzzen fahren will. Jetzt lenkt sie seit zehn Minuten vom Thema ab.

»Elisa, fährst du jetzt mit mir? Ich meine nur wegen des Artikels! Ein Tagesausflug!« Am liebsten will ich morgen los. »Ich würde zum Beispiel auch gerne nach Angolo del mondo fahren«, sage ich unschuldig. Hieß so nicht der Ort, von dem Dino geredet hat? Oder hieß er »Antonio Tondo«?

Elisa ist empört. »Dino hat dir von Angolorotondo erzählt? *Impossibile!* Unmöglich! Das ist eine sehr persönliche Sache.«

Ich weiß schon warum. Ermanno!

»Wir müssen ja nicht dahin fahren«, beeile ich mich zu sagen. Mir ist es eh völlig egal, wohin wir fahren. Hauptsache ein paar Stunden mit Elisa.

Ein paar Sekunden sagt Elisa nichts. Dann, mit einem

Seufzen: »*Va bene.* Aber nur damit du nicht irgendwo in den Bergen verloren gehst. Und wir fahren nicht nach Angolorotondo. Und nur ein Tagesausflug.«

»Wohnen deine Eltern auch da?«, frage ich vorsichtig.

»Nein, die wohnen in Rom. Aber vergiss es einfach wieder, denn wenn eines sicher ist, dann dass wir nicht nach Angolorotondo fahren.«

Gut, die Botschaft ist angekommen.

Am nächsten Vormittag stehe ich mit einem Mietwagen vor Elisas *Palazzo* in San Lorenzo. Ich bin spät dran. 30 Minuten nach der verabredeten Zeit kommt auch Elisa – endlich!

»Ich habe noch recherchiert, wo wir hinfahren«, sagt sie und hechtet ins Auto. Kaum zu glauben, dass ich in meinem deutschen Freundeskreis als ewiger Zuspätkommer verschrien bin – so zu spät kommen wie die Römer kann ich gar nicht.

Von San Lorenzo ist man schnell raus aus der Stadt. Wir fahren auf die *Tangenziale,* eine Stadtautobahn, die ungefähr auf Höhe des zweiten Stockwerks alter Mietskasernen verläuft, die trotz ihres bemitleidenswerten Ausblicks und ihres desolaten Bauzustands ebenfalls beschönigend »Palazzi« genannt werden.

Wir sitzen schweigend nebeneinander und schauen nach vorne auf die Straße. Elisa sucht einen Radiosender: Zur Auswahl stehen Popwellen, Sportradios und Kirchensender.

89,5: »Wenn dein Spieler in der 15. Minute eine gelbe Karte kriegt und dann nicht aufhört zu foulen, musst du ihn als Trainer auswechseln, das sag ich euch.«

Elisa dreht weiter. 91,3, eine Popwelle: »*Ragazzi,* ein Wissenschaftler aus New Orleans hat festgestellt, dass Quallen beim Liebesakt zu leuchten anfangen. Was haltet ihr davon?« 92,0: »Padre Pio war ein großer Zeuge des Glaubens, aber nicht nur des Glaubens, sondern auch der Liebe zum Nächsten und für die ganze Welt, *ecco!*« Wir entscheiden uns schließlich für die Popwelle und einen Moderator, der »U2« zu »U due« macht, »Coldplay« zu »Cold-e-play-e« und die »Red Hot Chili Peppers« zu den »Red-e Otte Chili Peppers-e«.

Immerhin, die Musik trägt zur Entspannung bei. Denn es ist das erste Mal, dass ich selbst in Rom Auto fahre. Aber ich bin allen zu langsam – wer immer uns überholt, schaut kopfschüttelnd zu uns herüber. Erst mit der Zeit verstehe ich das Prinzip, dass es neben den zwei offiziellen, markierten Spuren eine unsichtbare dritte gibt. Mal fahren nur zwei Autos nebeneinander, mal drei, je nach Lust und Laune. Alles ist hierzulande Interpretationssache: Ampeln sind mehr oder weniger rot, Fußgänger, die am Straßenrand über den Zebrastreifen wollen, mehr oder weniger beachtenswert und Spuren eben mehr oder weniger breit.

Wir fahren geradewegs Richtung Osten. Die Autobahn verläuft erst durch die Ebene, bis sie sich hinter Tivoli verengt und in einem Tal inmitten der Berge verschwindet. Es ist das erste Mal, dass ich in Italien von der Nord-Süd-Route abweiche und quer fahre. Denn normalerweise entscheidet man sich als Italienurlauber von Norden kommend, ob man »links« Richtung Adria fährt oder »rechts« Richtung Toskana, aber auf jeden Fall immer in südlicher Richtung. Früher dachte ich, italienische Berge beschränkten sich auf Südtirol, alles andere wäre Strand. Und jetzt? Hinter jeder Kurve wartet ein neuer Blick, ein neuer Hügel, ein neuer Berg. Ich bin echt begeistert. »Und wo ist jetzt Angolorotondo?« Ich recke meinen Hals vor der Windschutzscheibe hin und her, um möglichst viel zu sehen.

»Nicht hier«, sagt Elisa, »und ich sag's dir auch nicht.«

Ein Lächeln huscht über ihr Gesicht. Immerhin erklärt sie sich dazu bereit, etwas von ihrer Familie und von Angolorotondo zu erzählen:

Angolorotondo, der Ort der für mich verboten ist, ist ein auf 900 Metern Höhe liegendes Dorf mit einer Kirche, zwei Dutzend Bauernhöfen und zwei zueinander in herzlicher Abneigung stehenden Gasthöfen. Der eine gehört der Familie Carbone und ist »böse«, der andere gehört der Familie Rossi, Elisas Familie mütterlicherseits, und ist dementsprechend der »richtige« Gasthof. In diesem Gasthaus aus dem 15. Jahrhundert wurde nicht nur Elisas Mutter Susanna geboren, sondern auch alle ihre acht Geschwister, Elisas Onkel und Tanten. Unter den Geschwistern war es Susanna, die dazu auserwählt wurde, den Gasthof der Familie einmal zu übernehmen, und sie hätte es gewiss getan, hätte nicht eines Tages ein Mann aus dem fernen Rom den Gasthof betreten und nach jenem der Familie Carbone gefragt. Dieser Mann war Enrico Bianchi, Elisas Vater, und da Susanna an der Bar stand und sich Enrico sofort in sie verliebte, interessierte er sich nicht weiter für den Gasthof der Familie Carbone, blieb einige Tage bei den Rossis und war nur eine Woche später mit Susanna verlobt.

»Ganz schön schnell«, sage ich anerkennend.

»Una volta era così«, meint Elisa. Früher war es mal so.

Susanna beschloss, Enrico nach Rom zu folgen, wo sie zwei Kinder auf die Welt brachte, Elisa und ihren älteren Bruder Roberto. Seither führt Elisas Onkel den Gasthof und wenn es irgendein Fest innerhalb der Famlie gibt, ist klar, wo gefeiert wird: Im Gasthof in Angolorotondo.

»Und Dino?«, frage ich.

»Ist ein Cousin meiner Mutter«, sagt Elisa, »Sohn vom Bruder von meinem *nonno,* meinem Großvater.« Leider seien aber alle ihre Großeltern schon verstorben.

»Und? Magst du deine Familie?«

»Eeeeeh«, macht Elisa und schaut lächelnd zu mir herüber, »sicher. Wer mag denn seine Familie nicht? Familie ist das Wichtigste. *Anzi,* mehr noch, das Allerwichtigste!«

Nach einer Stunde passieren wir das Schild *Benvenuti in Abruzzo*, das uns in der Region willkommen heißt, biegen kurz darauf von der Autobahn ab und erreichen Talento, das erste Ziel unserer Reise. Sieht ganz nett aus: Hinter einer Brücke über eine tiefe Schlucht, in der unten ein Bach plätschert, Häuser, die zum Teil wie Vogelnester in den Hang gedrückt sind. Hier soll irgendwo die Nudelfabrik »Arcangelo-Pasta« sein, für Elisa die beste in den Abruzzen. Elisa hat dort angerufen.

»Der *Direttore* erwartet uns.«

Nur dass wir den Weg nicht finden. *»Scusi«,* ich kurbele die Fensterscheibe herunter und frage einen Passanten nach »Arcangelo-Pasta«.

Das hätte ich mir sparen können, denn natürlich sagt der Mann genau das, was ich auch in Rom bei ähnlichen Gelegenheiten zu hören bekomme: *»Sempre dritto«*, immer geradeaus. Egal ob sie es wissen oder nur vermuten oder gar keine Ahnung haben, Italiener schicken einen stets geradeaus.

Ich ringe mir ein unechtes *»Grazie!«* ab und fahre *sempre dritto,* und zwar auf einer Straße, die »Straße der Europäischen Union« heißt. Ein bemerkenswertes Bekenntnis zu Europa hier mitten in den Abruzzen.

Doch es kommt noch besser: Die »Straße der Europäischen Union« kreuzt die »Demokratiestraße«, die »Resistenzastraße« und die »Straße des Vertrags von Maastricht«.

»Dieses Talento gibt sich ja ganz schön weltgewandt«, sage ich mit leichter Belustigung.

Elisa erzählt mir, dass Bekannte ihrer Eltern in Rom in der »Fotografiestraße« wohnen und andere in der »Automobilstraße«. Merkwürdige Straßennamen aber schicker als bei uns Maiglöckchenstraßen, Gänseblümchenwege und andere blühende Spießigkeiten.

Endlich ein Wegweiser! Von nun an führen uns Hinweisschilder zur Arcangelo-Nudelfabrik – über Straßen, die an glorreiche oder als groß verklärte Momente der italienischen Geschichte erinnern. Wir fahren die »Via 20. Settembre« entlang, dann die »Via 25. Aprile« und schließlich die »Via 8. Septembre«. Alles Daten bedeutender Siege, Einmärsche und Umstürze.

»Ihr seid aber ein stolzes Volk«, murmle ich.

Elisa meint trocken: »Früher konnten wir's sein.« Die Frage sei nur, nach welchen Ereignissen der jüngeren Geschichte einmal Straßen benannt werden könnten.

»Io non lo so«, sagt Elisa, und um zu unterstreichen, dass sie es nicht wisse, hebt sie die Hände wie jemand, der sagt: »Ich ergebe mich.«

Es ist schon fast 13 Uhr als wir auf einen kleinen Parkplatz vor einem sehr gepflegten Fabrikgebäude halten. Man hat uns offenbar erwartet, denn ein Mann, dünn wie eine der Nudeln, die hier vermutlich hergestellt werden, kommt auf uns zu. *»Eccoci«,* ruft er schon aus der Ferne. Der Spaghettimann stellt sich als »Signor Arcangelo, *Direttore*«, vor. Entweder mag er seine eigene Pasta nicht, oder er hat einen formidablen Stoffwechsel. Wäre ich Direktor einer Pastafabrik, dann sähe ich bestimmt anders aus.

»Enschuldigen Sie die Verspätung«, setze ich an und will ganz aufrichtig erklären, dass wir etwas zu spät losgekommen sind und uns dann noch ein bisschen verfahren haben, doch Elisa fällt mir ins Wort und sagt: »Eeeeh, *il traffico.*«

Das reicht völlig. Signor Arcangelo nickt verständnisvoll, murmelt seinerseits etwas von »*Si, si, traffico!*« und »*Roma!*«, sagt dann »*Andiamo!*«, und wir betreten die Nudelfabrik. Zu meiner Verwunderung empfangen uns nicht dicke Mamas, die O *sole mio* singen und dabei liebevoll von Hand Nudeln drehen, sondern Träume aus Edelstahl, die die NASA entwickelt haben könnte.

»Eeeh, Hygienevorschriften!« Wir setzen weiße Stoffhauben auf, und Signor Arcangelo legt los: vierte Generation, angefangen in der Küche eines Bauernhofs, auch er als Kind schon dabei, dann Wirtschaftswunder, Export und jetzt beliebte Feinschmeckerpasta. Schneller als ich es aufschreiben kann, lässt Signor Arcangelo sich begeistert aus über lange und kurze, dicke und dünne Nudeln, Nudeln mit Loch und Nudeln ohne Loch, gezwirbelte und gebogene Nudeln, grüne, mit Spinat gefärbte Nudeln, Eiernudeln und Suppennudeln. Für Auflockerung sorgt Elisa, die bei den schraubenförmig gewundenen Fusilli sagt, sie »schauen aus wie deine Haare«, und bei den hauchdünnen Spaghetti, die Capelli heißen, sie sähen aus wie meine Haare, »wenn sie gekämmt sind«.

Haha, sehr witzig!

Hinter einem gewaltigen Teigkneter, bei dem ich trotz Geländers panische Angst habe hineinzufallen, treten wir an eine Art Tapeziertisch. »Und jetzt«, sagt Signor Arcangelo feierlich, »werden Sie die ›Pasta 2012‹ kreieren.«

Ich drehe mich suchend nach anderen Leuten um. Sie? Ich? Wer? Wir?

»Die Nudel 2012?«, frage ich. Elisa schaut mich an und zuckt mit den Schultern. Signor Arcangelo strahlt. »Jedes Jahr erfindet ein Prominenter eine neue Sorte, von der wir 500 Kilogramm produzieren – das sind 1000 Packungen, die wir dann an unsere Geschäftspartner und Großkunden verteilen.« Zwar seien wir nicht prominent, aber da seine Firma künftig auch ins Ausland verkaufen wolle … Es folgen Hinweise auf den deutschen Markt und meinen Beruf: »Ein Artikel von Ihnen …«

Ich verstehe. Hier wird gerade Freundschaft geschlossen, die zwar nicht in einen *sconto* mündet, von der beide jedoch irgendetwas haben sollen: Ich darf mich rühmen, eine Pasta kreiert zu haben, und er bekommt einen netten Artikel. Ist das unmoralisch? Na ja, ich hätte ohnehin über die Fabrik geschrieben – und schließlich geht es nur um Nudeln, nicht um ein Rüstungsgeschäft.

Allerdings fühle ich mich wahnsinnig unkreativ heute. Das Einzige, was ich jetzt noch könnte, wäre Nudeln zu essen. Aber Nudeln entwerfen? »Sie haben doch schon 100 Sorten Nudeln oder mehr. Was kann ich denn da noch erfinden?«

»Eeeeh«, macht Signor Arcangelo, was wohl heißen soll: »Dir wird schon was einfallen!«

Mit einem *»Prego!«* führt der *Direttore* uns zu einem weiteren gewaltigen Tisch in der Länge von zwei Tapeziertischen: Zur Inspiration bekommen wir jetzt die Pasta-Kreationen unserer Vorgänger vorgeführt: Nudelpackungen in allen Variationen: vornehme, olivgrüne Pappschachteln, weiß beschriftet wie von der Hand *O sole mio* singender Omas. »Das hier«, sagt Signor Arcangelo und nimmt eine der Packungen in die Hand, »ist die Pasta 2008 von Marco Casta.« Ich nicke – keine Ahnung, wer das ist. Signor Arcangelo drückt mir die Schachtel in die Hand, auf der nachzulesen ist, Marco Casta habe 2007 die lokale Castingshow *Amore abruzzese* gewonnen. Unter einem Foto, auf dem Marco Casta so verführerisch wie möglich schaut, steht der schmalzige Trext: »Mein Herz schlägt für die Abruzzen – und für Arcangelo-Pasta!«

O Gott, so etwas soll ich jetzt auch machen?

Mit einer aufmunternden Handbewegung fordert mich

der *Direttore* auf, in die Packung zu greifen. Ich ziehe eine Handvoll Nudeln hervor und schaue sie mir ungläubig an. Penisse? Der Marco Casta ist anscheinend ein ehrlicher Typ.

Bevor ich meine Mutmaßung äußern kann, sagt der Herr der Nudeln zum Glück: »Er hat für uns eine Mikrofonnudel gemacht«, und zeigt uns weitere Beispiele für seine »Sonderedition Prominentenpasta«. Nudeln, die »Bacio« heißen und Kussmünder imitieren oder einfach eine »1«. Letztere verdankt sich dem Präsidenten des örtlichen Fußballclubs, und der Name soll sich wohl auf den erhofften Tabellenplatz beziehen.

Ein paar Minuten später stehen wir in einem mit Edelstahl ausgekleideten Raum vor einem teppichgroßen, flach gepressten Nudelteig. Wir tragen jetzt nicht mehr nur eine Haube, sondern überdies eine Plastikschürze und Latexhandschuhe.

Neben dem Nudelteig liegt Werkzeug: dünnere und dickere Messerchen, Spachteln, glatte und gewellte Rädchen. Ich nehme mir eines der wie Teppichmesser aussehenden Werkzeuge und fahre einmal quer durch den Teig. Er ist weich, aber fest. Wie Teig für Weihnachtsplätzchen.

»Haben Sie schon eine Idee?«

Elisa und ich schütteln gleichzeitig den Kopf.

Dann legen wir los: Wir schneiden im Teig herum und formen geometrische Figuren: Kreise, die ich zur Sonne über den Abruzzen erklären könnte, und eine 50 Zentimeter lange Nudel, die sich mit viel Fantasie vielleicht als Autobahnstrecke Pescara – Rom deuten ließe. Signor Arcangelo geht um uns herum und feuert uns an. »Lassen Sie Ihre Gefühle sprechen!« Oder: »Ich will Leidenschaft sehen!« – *Passione!*

Wie kann man Ideenlosigkeit und Hunger plastisch darstellen?

Ich schneide schließlich ein Herz aus, Signor Arcangelo schüttelt den Kopf. »Hatten wir schon. Pasta 1997.«

Schließlich ist es Elisa, die eine Idee hat. Sie schneidet einen Halbkreis aus dem Teig und höhlt diesen aus. Jetzt sieht es aus wie ein Halbmond.

Was hat sie vor? Eine türkische Fahne?

Signor Arcangelo und ich geben fast gleichzeitig ein irritiertes »Eeeeeeh?« von uns.

Elisa ist Feuer und Flamme. »Das ist Emotionspasta«, sagt sie.

Der *Direttore* und ich schauen uns an. Spinnt die?

Doch Elisa macht unbeirrt weiter und schneidet zusätzlich noch zwei Punkte aus: »Wenn man gut drauf ist, kann man damit einen Smiley legen: ☺. Und wenn man schlecht drauf ist, das Gegenteil: ☹.«

Elisa strahlt. Und Signor Arcangelo? Er ist begeistert.

»*Fantastico! Grande! Bellissimo!* Diese Pasta spricht die Sprache der Jugend.« Er legt jetzt ☺ und ☺ und dann ein ☹ und sagt: »Das ist die kulinarische Antwort auf die ›Generation Esse-Emme-Esse‹, auf die SMS-Generation, die ihre Gefühle durch genau solche Zeichen ausdrückt!«

Aufgekratzt ruft der Direttore durch die Sprechanlage nach zwei leitenden Angestellten, Pastaingenieure. Staunend verfolgen Elisa und ich, wie Signor Arcangelo mit den zwei Pastaingenieuren auf nudelfachchinesisch diskutiert, unter anderem fallen Begriffe wie »Teigdichte«, »Formstabilität« und »Brechungsrisiko«. Doch das Fachgremium winkt den Entwurf durch und Signor Arcangelo verkündet die Nachricht, als ob Elisa soeben ein Perpetuum mobile erfunden habe. »*Dottore* Martin, *Dottoressa* Elisa. Ihre Pasta 2012 ist realisierbar.«

Jetzt fehlt nur noch unser persönlicher Gruß, der dann auf die Packung gedruckt werden soll.

Dazu wird uns ein Flachcomputer gereicht. Elisa nimmt einen Plastikgriffel und schreibt auf den Bildschirm: »Abruzzen, meine Freude«, und setzt ein ☺ dahinter. Dann unterschreibt erst sie, dann ich.

Das Glück ist mit Händen zu greifen.

»Bello«, sagt Signor Arcangelo und betrachtet den Schriftzug, *»bellissimo.* Wirklich!« Er liest noch mal halblaut, was Elisa geschrieben hat: »Abruzzen, meine Freude«, und sagt schließlich: *»Vero! Verissimo!* Wahr, so wahr! Abruzzen, meine Freude.«

Auch Elisa ist gerührt. Ich bin mir sicher, gleich fangen beide an zu weinen.

»Eeeeh, ich habe die Abruzzen hier tief drinnen«, sagt Elisa jetzt und hält sich die Hand aufs Herz. »Mein Herz schlägt jeden Tag für die Abruzzen.«

»Eeeeh, ich weiß«, sagt Signor Arcangelo, »die Abruzzen sind eine wunderbare Sache, eine Liebe, die nie endet.«

»Vero! Verissimo!«, sagt Elisa sichtlich bewegt. Ich nicke stumm, um nicht unhöflich zu erscheinen. Es ist einfach sagenhaft, wie locker vom Hocker Italiener ihre Gefühle sprechen lassen. Da komme ich noch nicht mit.

»Die Abruzzen sind jeden Tag eine Freude, wie das Lächeln eines Neugeborenen«, sagt Signor Arcangelo, »eine Leidenschaft, die immer da ist.«

Elisa seufzt, ich seufze auch. Jetzt wird es Zeit zu gehen.

»Grazie di cuore«, Danke von Herzen, sagt Elisa, und Signor Arcangelo und sie tauschen Küsschen.

Ich mache es ihr nach, sage *»Grazie di cuore«* und reiche Signor Arcangelo die Hand. Aber natürlich umarmt er mich, gibt mir zwei *baci* auf die Wangen und lässt mich erst gehen, nachdem er mir noch ein Abschiedsgeschenk in die Hand gedrückt hat: Einen gewaltigen Fresskorb von Arcangelo-Pasta.

Die ersten Kilometer im Auto schweigen wir. Elisa hat wohl gerade wieder gemerkt, wie sehr sie den Abruzzen verbunden ist, und wirkt noch ganz beseelt. Ich will sie nicht darin stören. Allerdings bin ich etwas nervös: Die Führung in der Fabrik hat viel länger gedauert als gedacht – jetzt ist es schon halb vier. Doof, dass Elisa sich nur für einen Tagesausflug bereit erklärt hat. Für eine Reisegeschichte reicht das nie. Dann müssen wir zur Not eben noch einen weiteren Ausflug machen.

Wir folgen wieder der Autobahn in Richtung Pescara. Ich bin ganz fasziniert von der leeren Autobahn, den weiten Tälern, den hohen Bergen. So habe ich mir eigentlich Neuseeland vorgestellt.

Da fahren wir an einem Autobahnschild vorbei, das die nächsten Ausfahrten ankündigt. Auf dem Schild steht unter anderem »Bussi«.

»Ist das ein Ort?«, frage ich kichernd. »Bussi?«

Elisa nickt. Großartig! Ein Ort, welcher der Lieblingsbeschäftigung der Italiener gewidmet ist. Schließlich kann man in Rom nicht einmal einen Passanten nach der Uhrzeit fragen, ohne zwei Küsschen zu tauschen.

Doch noch bevor wir Bussi erreichen, lotst uns Elisa in den »Parco Regionale del Sirente Velino« hinein, ein Naturschutzgebiet in den Bergen. Sie will mir dort einen biologisch wirtschaftenden Agriturismo zeigen. Er gehört auch irgendwie zur Familie.

»Hier oben ist das Skigebiet von Campo Felice«, sagt sie, »da fahren die Römer im Winter hin.« Unglaublich, eigentlich! So überraschend ich es schon fand, wie nah Rom an den Bergen liegt, so befremdlich finde ich auch die Vorstellung, dass man hier, so weit südlich der Alpen, im Winter Ski fahren kann.

Die Straße ist wie ausgestorben. Und ausgerechnet hier, in der 20. Kurve einer steilen Serpentinenstraße bewegt sich die Kühlwasseranzeige in den roten Bereich. Viel zu weit in den roten Bereich.

Um so etwas nicht erleben zu müssen, nimmt man sich eigentlich einen Mietwagen.

»*Managgia*«, seufzt Elisa, – Mensch Meier – und schiebt ein »*Che cavolo*« hinterher. *Che cavolo* heißt wörtlich übersetzt »Was für ein Kohl!« und ist die jugendfreie Variante von »*Che cazzo!*«. Solche Wendungen, bei denen jeder weiß, was man meint, obwohl man es nicht sagt, gibt es einige. Das sinnfreie »*Madosca!*« etwa anstelle des Ausrufs »Madonna!« oder »*Porco zio*«, Schweinsonkel, statt »*Porco dio*«, was Schweinsgott hieße und ein schlimmer Fluch wäre.

Mühsam schaffen wir es bis zu einem Parkplatz mit spektakulärem Blick über die Abruzzen. Wir wollen den Wagen abkühlen lassen.

»Oh«, sage ich nur, als ich unser Auto zwischen zwei anderen zum Stehen bringe. Links und rechts in den parkenden Wagen sitzen schmusende Pärchen. »O Gott, wie peinlich«, sagt Elisa und rutscht im Beifahrersitz nach unten.

Eindeutig dient dieser Parkplatz sehr speziellen Zwecken.Verstohlen luge ich nach draußen. Die Jungs und Mädels sind etwa Anfang 20. Wahrscheinlich wohnen alle noch bei ihren Eltern und verlegen deshalb sämtliche weitergehenden Intimitäten ins Auto und auf diesen Parkplatz.

Ich versuche mich auf die Aussicht zu konzentrieren. Schön ist es hier schon, das muss ich zugeben. Aber Elisa kann ich nicht dafür begeistern. Sie ist mit dem Kopf so weit nach unten gerutscht, dass sie jetzt bequem das Handschuhfach besichtigen könnte. Wer weiß, vielleicht fürchtet sie ja, dass jemand sie kennt. Angolo del mondo, nein, Angolorotondo ist schließlich nur rund 50 Kilometer entfernt.

Dann müssen wir eben, ohne die Aussicht zu bewundern und ohne zu schmusen, still hier sitzen und warten. Ich schaue unschlüssig geradeaus in die im Abendsonnenschein liegenden Hügel. Auf ein kleines Mäuerchen, das den Parkplatz vom Abgrund trennt, sind Liebesschwüre gesprüht. *Giulio e Marta per sempre* (Julius und Marta für immer) steht da. *Ti amo Principessa* (Ich liebe dich, Prinzessin). *Tu sei tutta la mia vita* (Du bist mein ganzes Leben). Wer nicht mindestens einmal für seine Liebste irgendein öffentliches Bauwerk beschmiert, gilt offenbar in Italien als völlig unromantisch. Liebesbotschaften an Wände oder auf Straßen zu sprühen, scheint so normal zu sein, wie eine SMS zu schreiben, und ist einfach ein weiteres Medium.

Es ist 18 Uhr, hier in den Bergen wird es selbst im Sommer jetzt schon dämmrig. Wenn das Ganze nur ein Tagesausflug sein soll, müssen wir langsam nach Rom. Ich drehe mich um und inspiziere unseren restlichen Proviant: Nur Cola. Das eignet sich nicht als Kühlwasserersatz.

»Äh, Elisa«, sage ich, »ich glaube, ich gehe mal raus und frage die anderen … Kühlwasser, du weißt schon.«

Sie legt nur die Hände übers Gesicht und sagt nichts.

Ich steige aus, mache ein paar Schritte, dehne und strecke mich völlig übertrieben. Dabei schaue ich verstohlen nach einem Auto, in dem nicht geknutscht wird. Ich finde keines. Bei manchen ist sogar die Windschutzscheibe verhängt, bei anderen ist das Auto einfach von innen beschlagen. Da sollte ich wohl lieber nicht anklopfen.

Als ich zurückkomme, hat Elisa immer noch die Hände vor den Augen.

»Nichts«, sage ich und schlage die Tür zu. »Probieren wir es noch mal.«

Unter gutem Zureden und indem wir die Kühlwasseranzeige ignorieren, schaffen wir es bis zum Eingang des nächsten Ortes, dessen Namen wir einem quer über die Straße gespannten Plastikbanner entnehmen. Sindolini heißt das Dorf, und derzeit findet hier das 15. Hackbällchenfest statt, was immer das bedeuten mag. *Sagra della polpetta a Sindolini.*

Wir fahren weiter auf der »Straße des dritten sardischen Granatwerferbataillons« bis zum Ortsende, wo es einen Automechaniker geben soll. Im Prinzip zumindest, denn heute sind wegen des Festes jene Art von Eisenrollläden heruntergelassen, mit denen sich selbst feine Läden in Rom vor Einbrechern schützen, die ihnen aber im Gegenzug die Anmutung einer Garage verleihen.

In der Pension nebenan verneint man unsere Frage, ob es noch eine zweite Werkstatt gebe, die offen sei, aber man bietet uns an, über Nacht zu bleiben.

»*Cazzo*«, flucht Elisa. Sie hat weder Lust auf Fleischpflanzerl noch auf eine Nacht in Sindolini.

»*Matrimoniale?*«, fragt die Wirtin.

»*No*«, sagen Elisa und ich entrüstet im Chor. »Wir nehmen natürlich zwei Einzelzimmer!«

Natürlich!

Eine halbe Stunde später steuere ich auf dem Dorfplatz direkt auf einen Stand zu, über dem ein Schild mit der Aufschrift *Passione: polpetta* verkündet, dass man hier der Leidenschaft für Fleischbällchen frönt, sinnbildlich dargestellt durch eine stilisierte Kuh, die lächelnd ein Schwein umarmt. Sie sehen nicht so aus, als würden sie ahnen, einmal auf einem *Polpetta*-Fest in einem abruzzesischen Kaff zu landen.

»Ich schlage mich mal durch«, sage ich.

Elisa nickt. Sie ist immer noch nicht sonderlich gut gelaunt, zumal wir nach der Fahrerei durch die Abruzzen eher verschwitzt aussehen, während sich die Dorfschönheiten von Sindolini aufgehübscht haben. Wahrscheinlich glaubt Elisa auch, ich hätte den Wagen absichtlich geschrottet, um den Tagesausflug auszudehnen.

Nach einer Viertelstunde Drängeln und Anstehen komme ich mit zwei Polpette all' Arrabiata, zwei Trüffel- sowie zwei Baslikumpflanzerln zurück, gerade als sich ein junger Mann mit einer Liste von Elisa verabschiedet.

Ich nicke zu ihm rüber. »Wer war das?«

»Ach, niemand«, meint sie, »irgendjemand ... irgendjemand von einem Wohltätigkeitsverein. Einem Tierschutzverein, genau! *Ecco!*«

Wir essen an einem Stehtischchen mit Blick auf die *polpette*. Elisa eineinhalb, ich viereinhalb.

Dann: Bewegung vor uns auf der Bühne.

»Uno, due, tre, uno, due, tre«, ruft ein Mann, den eine grün-weiß-rote Schärpe als Bürgermeister ausweist, und dann: »Ich bin stolz darauf, den Karaokewettbewerb Sindolini 2011 zu eröffnen. Dieses Jahr sind die Männer dran!«

Elisa verkneift sich ein Lachen. Warum auch immer.

»Wie immer geht es um ein Wochenende in einem Luxushotel in den Abruzzen«, sagt der Bürgermeister und zeigt auf einen Mann in der ersten Reihe, der jetzt von seinem Stuhl aufsteht und sich verbeugt. Offenbar der Hotelbesitzer.

Dann überreicht er einem Mitarbeiter eine Liste, und nacheinander werden Teilnehmer aufgerufen. Bei einem Namen gibt es Schwierigkeiten. Der Bürgermeister und seine Mitarbeiter stecken die Köpfe zusammen, schließlich einigt man sich darauf, einen »Emartin Solar« auszurufen.

Warum kann Elisa neben mir das Lachen kaum unterdrücken?

Ich höre es nochmals über den Platz hallen: »Emartin Solar auf die Bühne!«

Kann das sein? Ich bin ja einiges gewohnt, was Aussprache und Schreibweise meines Namens angeht, aber Emartin Solar – das klingt wie ein Putzmittel für Solarzellen. Damit kann ich nicht gemeint sein.

»Emartin Solar ...!«

Nicht zu fassen! Elisa hat mich in die Liste fürs Karaokesingen eingetragen.

»Tschuldigung«, sagt sie und schiebt mich nach vorne. »Ich konnte nicht widerstehen.«

Als ich auf die Bühne steige, geht ein Raunen durchs Publikum. Eine Frau in der ersten Reihe schlägt die Hände zusammen: »Madonna, *un biondo.*« Ihre Sitznachbarin fügt hinzu: »Wirklich, wie ein Engel!«

Dann erklärt der Bürgermeister, es gewinne, wer den meisten Applaus bekomme.

Ich schaue mich um: Die Konkurrenten sehen alle aus wie Marco Casta, der Erfinder der Penis-Mikrofon-Nudeln. Sie werden sich gegenseitig um die 14- bis 25-Jährigen im Publikum streiten, ich rechne mir gute Chancen bei den alten Damen aus. Zumal ich mich kräftig einzuschleimen versuche. »Ich komme aus *Germania* und trete an, um mich bei den Abruzzesi zu bedanken für die Schönheit dieser Region«, sülze ich ins Mikrofon. Hinten sehe ich den erhobenen Daumen von Elisa.

Ich soll als Fünfter dran sein. Der DJ hält mir eine Liste mit möglichen Songs hin. Gibt es hier auch Lieder, die jemand kennt, der nicht aus den Abruzzen stammt? Endlich entdecke ich auf der dritten Seite einen mir bekannten Titel: *Se bastasse una bella canzone* von Eros Ramazotti. Ich singe mich ein, soweit es der Partylärm zulässt, den meine Konkurrenten auf der Bühne entfachen. Wo bin ich denn da hineingeraten?

Dann ruft der Bürgermeister meinen Namen auf. Stille auf dem Dorfplatz. Ich steige auf die Bühne. Die Musik setzt ein, auf dem Bildschirm sehe ich die ersten Textzeilen dahingleiten. »*Se bastasse una bella canzone* …« Mit übertriebenem Näseln mache ich die Stimme von Eros Ramazotti nach. Ich gebe wirklich mein Bestes. Aber reicht das?

Überraschend starker Applaus belohnt meine Präsentation, wohl weil ich mich im Gegensatz zu den anderen Schönlingen fleißig zum Deppen mache. Ich habe den Freakbonus und fühle mich vom Publikum beauftragt, diesen sonst vorhersehbar verlaufenden Abend aufzumischen.

Elisa umarmt mich und gibt mir wie selbstverständlich einen dicken Kuss auf die Wange: »Du warst großartig.« Einer der jungen Schönlinge schaut vom Nebentisch mürrisch herüber – er hat erkannt, welche Gefahr von mir ausgeht.

Zweite Runde: »Emartin Solar« schallt es über den Dorfplatz.

»Emartin Solar auf die Bühne! Emartin Solar.«

Ich atme tief ein. Eine wunderbare Luft. Am klaren Nachthimmel sehe ich die Lichter eines Flugzeugs blinken, ansonsten ist es bis auf wenige erleuchtete Dörfer in der Ferne fast ganz finster. Nur im Westen erahnt man noch etwas mehr Licht auf den Berggipfeln, den Rest der schon untergegangenen Sonne. Was für ein Tag! Ich schreibe eine SMS an Uli: »Viele Grüße aus den Abruzzen, ich gewinne gerade einen Karaokewettbewerb. Sonst nichts Besonderes.«

Kurz bevor ich auf die Bühne gerufen werde, piepst es. Uli. »Waaas? Na, dann leg mal los!«

Ich gebe dem DJ ein Zeichen, und es geht los: »Eins zwei Polizei, drei vier Grenadier, fünf sechs alte Hex, sieben acht gute Nacht.« Der große Hit der Neunzigerjahre! Kein Italiener, der das nicht singen oder sprechen kann! Und jetzt singt es ein Deutscher, hier auf der Bühne. Das Publikum johlt.

Ich gehe in Roboterschritten übers Podium. Beim dritten Mal »Eins zwei Polizei« springe ich ins Publikum und halte meinen Fans das Mikrofon hin: »… drei vier Grenadier, fünf sechs alte Hex, sieben acht gute Nacht …« Mit einer akrobatischen Breakdancenummer überlebe ich den Mittelteil, bevor ich nach dem letzten »gute Nacht« in die Knie sinke, zur Seite falle und – die Musik ist schon aus – atemlos *»Buona notte!«* ins Mikrofon hauche.

Beim Applausometer liege ich gleichauf mit einem jungen Konkurrenten. Nun soll ein Stechen entscheiden: er mit seiner Partnerin, ich mit meiner: Elisa!

Das andere Pärchen fängt an – und zieht eine Waffe, die mir unbekannt ist: Akrobatik. Zu einer Technoversion von *Azzurro* wirbelt mei n Konkurrent seine Tanzpartnerin durch die Luft und knöpft sich an einer ruhigeren Stelle sein weißes Hemd auf, wirft es ins Publikum.

Damit hat er endgültig die Altersklasse bis 59 erobert. Elisa und ich brauchen jetzt den Rest.

Mit einem feindlichen *»Buona fortuna!«*, viel Glück, übergeben uns unsere Konkurrenten die Mikrofone. Drei, zwei, eins – ich gebe dem DJ ein Zeichen, wir singen ins Mikrofon, nichts. Die Musik läuft, der Text auf dem Fernseher auch schon, vor der Bühne sehe ich den Konkurrenten fröhlich winken, in beiden Händen hält er zwei Batterien.

Er hat uns sabotiert.

Ich werfe Elisa eines der beiden zur Sicherheit bereitliegenden Kabelmikrofone zu. Das Lied läuft längst: *Un estate italiana.*

Notti magiche / inseguendo un goal / sotto il cielo / di un'estate italiana.

Bei *»sotto il cielo di un' estate italiana«* laufe ich mit der italienischen Fahne über die Bühne, das Publikum johlt.

Als ich singe, knie ich vor Elisa nieder.

Das kommt an. Ich sehe Frauen im Publikum, die vor Rührung ihre Hände falten.

Jetzt ist Elisa wieder dran:

Notti magiche / inseguendo un goal / sotto il cielo / di un'estate italiana.

Ich laufe ein weiteres Mal mit der italienischen Fahne über die Bühne. Nur merke ich nicht, dass ich mich langsam ins Mikrofonkabel einwickle. Gerade singt Elisa noch *»un avventura in piu, un avventura ... goal«,* da falle ich wie eine Roulade zu Boden.

Autsch!

Dann ist das Lied aus.

Nachdem mich Elisa aus dem Mikrofonkabelwirrwarr befreit hat, können wir uns verbeugen und einen freundlichen Applaus ernten. Das Liebeswochenende in den Abruzzen gewinnen unsere Konkurrenten. Aber wir brauchen ja gar kein weiteres. Wir sind schließlich schon mittendrin.

Als wir uns nämlich verbeugen, drängt sich ein Fotograf der Lokalzeitung nach vorne und ruft: *»Bacio!«* Und als sei es das Normalste von der Welt, geben wir uns unter anfeuerndem Applaus auf dem Dorfplatz von Sindolini unseren ersten Kuss.

Als wir am nächsten Morgen zum »Frühstück« (Espresso und Butterkekse) in die Bar der Pension kommen, empfängt uns die Wirtin mit dem Exemplar der Abruzzenzeitung *Il Centro: »Complimenti«*, sagt sie und schlägt mir auf die Schulter. »Schau!«

Die halbe Zeitung ist voll von uns beiden.

»O Gott«, stöhnt Elisa.

Unter der Überschrift »Der Gesang der Liebe in Sindolini« berichtet die Zeitung über den gestrigen Karaokewettbewerb. Eines der Fotos zeigt Elisa und mich beim Kuss.

Sie wird ganz blass. »O nein.«

Die stolze Wirtin ist irritiert. »Was ist?«

»Erscheint die Zeitung auch in Angolorotondo? Von dort stammt meine Familie.«

Die Wirtin lacht: »Klar, die Zeitung erscheint in der ganzen Gegend! Dann kann die Verwandtschaft euch sehen! Ist doch wunderschön!«

Elisa seufzt. »Das ist nicht wunderschön, das ist ja das Problem.« Sagt es und stellt ihr Handy aus.

Es geht noch weiter: Auf der zweiten Seite von *Il Centro* ist ein Interview mit mir abgedruckt, in dem ich in völlig unglaubwürdiger Weise über Sindolini schwärme. »Das ist der schönste Ort der Welt«, werde ich zitiert. Elisa liest vor und imitiert meine deutsch-italienische Aussprache: »Ich schwöre, ich war schon in vielen Städten Italiens, aber noch nie habe ich so viele gut aussehende Menschen getroffen wie hier.« Besonders amüsant findet sie meine Antwort auf die Frage des Reporters, wie ich denn die gerade beendeten Restaurierungsarbeiten in der Kathedrale fände. »Großartig, Sindolini zeigt einmal mehr, dass es das Schmuckstück der Abruzzen ist«, behaupte ich, ohne die Kathedrale je von innen gesehen zu haben.

In einem neben das Interview gestellten Kasten berichtet *Il Centro* weiter, dass Elisa und ich die Ehre gehabt hätten, die »Pasta 2012« zu gestalten, und dass die gesamte Redaktion sich darauf freue, diese zu probieren. Mit einem Wort: Wir sind an diesem Tag Promis in Sindolini.

Während unser Auto endlich in Reparatur ist, schlendern wir durch die Stadt. Überall, wo wir hinkommen, werden wir erkannt und beglückwünscht. Beim 20. Mal, als uns ein Jugendlicher »Eins, zwei Polizei« hinterherruft, höre ich auf zu zählen.

Als wir aufbrechen, verabschiedet uns die Wirtin unserer Pension mit dicken, feuchten *baci:* »Meine Glückwünsche! *Che bellissima coppia!* Was für ein schönes Paar!« Dann fahren wir, das schöne Paar, los. Keiner von uns beiden spricht es aus, aber uns ist klar, dass dieser Kuss gestern Abend und alles, was danach geschah, kein Zufall war.

Als wir auf einer Raststätte bei Tivoli kurz vor Rom einen Cappuccino trinken, blättere ich im Zeitschriftensortiment. Auch die Klatschzeitung *Novella 2000* aus dem Friseursalon liegt aus – auf der Titelseite bringt sie ein Foto von Marco und Eleonora aus der Sendung *Isola dei Famosi.* Unter dem Foto steht in dicken Buchstaben: *»L'amore c'è«* – ja, es ist Liebe.

»Du liest die *Novella?*« Elisa ist entsetzt. »Und warum grinst du so vergnügt?«

»Ach, nur so«, lüge ich. Sie würde es mir ohnehin nicht glauben, dass unser Schicksal und das dieser C-Promis auf irgendeiner Insel offenbar auf mysteriöse Art verbunden ist.

Al settimo cielo
Im siebten Himmel

Notti magiche / inseguendo un goal / sotto il cielo / di un'estate italiana.

Es ist Mitte August, und immer noch geht mir der Ohrwurm von Sindolini nicht aus dem Sinn. Ich singe das Lied unter der Dusche, ich pfeife es beim Kochen, ich rufe es in den Fahrtwind hinein beim Mopedfahren, so lange, bis mir Elisa auf den Rücken klopft und »*Basta!*« ruft. Doch wenige Minuten später fange ich wieder an zu singen.

Der Kuss von Sindolini hat alles verändert. Elisa und ich sind jetzt ein Paar – und sie wohnt fast nur noch bei mir, sehr zur Freude übrigens auch meiner Nachbarn, der Lovellos, die es ganz toll finden, dass ich jetzt besser Italienisch lernen kann und Elisa besser Englisch.

Wenn sie nicht bei mir ist, um etwa in der WG vorbeizuschauen oder um Reiseführungen zu machen, kommunizieren wir mittels einer für mich neuen Form von *squilli:* Man kann nämlich auch einfach ohne Grund bei jemandem anklingeln, womit man in etwa »Ich denk an dich« zum Ausdruck bringt.

Wir sind, so kann ich das wohl sagen, *al settimo cielo,* im siebten Himmel. Nach und nach beichte ich ihr auch, dass ich tatsächlich absichtlich an jenem Tag zum Pantheon gekommen bin.

»Das habe ich gleich gewusst«, sagt Elisa.

Ich glaube ihr nicht – schließlich war meine Tarnung als Fotograf perfekt.

In den ersten Tagen nach unserer Rückkehr vom »Tagesausflug« nach Sindolini sind wir immer nacheinander im »Papagallo« aufgetaucht und haben so getan, als seien wir nur befreundet, nicht mehr. Doch Dino, der schlaue Fuchs, ließ sich nicht hinters Licht führen, und als er die Frage stellte, ob wir zusammen seien: *»State insieme?«*, da wurden wir beide rot und nickten.

Worauf er uns morgens um halb zehn zwei Gläser Prosecco hinstellte.

»Sag aber nichts meiner Mutter«, bat ihn Elisa und Dino versprach es hoch und heilig.

Aber Dino hätte auch ruhig seine Cousine, Elisas Mutter, anrufen können. Denn durch den Zeitungsbericht in *Il Centro* waren sowieso weite Kreise der Familie frühzeitig informiert. So auch Elisas in Rom lebende Eltern, die ihre Tochter seither jeden Tag anrufen und fragen, wann sie mich ihnen denn vorstellt.

»Er hat viel zu tun«, log sie erst gestern.

»Ich dachte, er sei Journalist«, höre ich die Mama durchs Telefon sagen und wundere mich. Was die so denkt von meiner Zunft!

An einem Freitag, als ich im »Papagallo« die Zeitungen nach einem Thema für eine Reportage durchsuche – die Mails aus der Redaktion klingen zunehmend verzweifelter und dringlicher –, während Elisa versonnen Zucker in den frisch gepressten Orangensaft rührt, sagt sie plötzlich: »Wollen wir ans Meer?«

Meer! Ich hatte schon fast vergessen, wie nah Rom am Meer liegt. Eigentlich ein Skandal, dass ich noch nicht am Meer war.

»Aber es ist doch noch nicht Wochenende.« Ich bekomme schon jetzt ein schlechtes Gewissen wegen der Arbeit.

»Eben«, meint Elisa. »Deshalb will ich ja heute raus. Samstags fahren alle.«

Ein Expertenurteil, dem ich mich nicht widersetzen mag. Und außerdem: Ich hatte mir ja geschworen, dass ich erst mit Elisa ans Meer fahre. Jetzt geht es lediglich um die Frage, wohin.

»Sperlonga im Süden«, sagt Dino. »Zu weit«, sagt Elisa.

»Santa Severa im Norden«, sagt Dino. »Ach nee«, sagt Elisa.

»Santa Marinella bei Civitavecchia«, sagt Dino. »Langweilig«, sagt Elisa.

»Boh!«, sagt Dino.

Elisa legt sich schließlich auf Ostia, genauer gesagt auf die »Cancelli« fest, die südlich von Ostia gelegenen kostenfreien Strandabschnitte.

Eine Stunde später warten wir an der Haltestelle »Piramide« auf den Vorortzug, der uns nach Ostia bringen soll. Obwohl erst Freitagmorgen ist, drängt sich auf dem Bahnsteig halb Rom mit Gummibooten, Taschen, Bällen, Beachballschlägern und Handtüchern. Es sind Schulferien, und nach neun Monaten Schulpflicht gehen die Schüler nun für die Sommermonate anderen Zwängen nach. Eben möglichst jeden Tag am Meer zu verbringen. Wer das nicht macht, gilt als Sonderling, vergleichbar mit Leuten, die alleine ins Kino gehen.

Der Zug fährt ein, mit einem Zischen drücken sich die Zugtüren nach links und rechts, keiner steigt aus, alle quetschen sich hinein. Wo im Herbst und Winter graue Hosen und schwarze Schuhe der Pendler dominieren, sieht man jetzt nur Flipflops.

Elisa erklärt mir gerade, wie eine römische Familie den Sommer verbringt – Mama und die Kinder sind am Meer, Papa pendelt hin und her –, als im vorderen Teil des Wagens, etwa 20 Sitze von uns entfernt, jemand anfängt, Akkordeon zu spielen.

»O nein«, seufze ich.

»Hast du was vergessen?«

Ich schüttle den Kopf. »Hör mal.« *La Cucaracha, la Cucaracha* ...

»Das sind Roma, die gehen einfach durch.«

»Na, du wirst schon sehen!«

Seitdem ich das erste Mal mit meinen blonden Eltern und meinen beiden ebenfalls blonden Geschwistern in Italien war, habe ich ein Trauma hinsichtlich jeglicher Art ungebetener, dafür umso aufdringlicherer Straßenmusik. Egal, ob wir blonden Germanen ein Touristenlokal oder eine einsame Trattoria auswählten: Kaum hatten wir uns gesetzt, spielten Straßenmusiker scheinbar nur für uns. Mein Vater wusste nie, ob und wie viel man ihnen in die Hand drücken musste, damit sie aufhörten, während meine Mutter stets angstvoll ihre Tasche an sich presste. Hinzu kam der Ärger der anderen Gäste, weil durch unsere blonde Präsenz kurzerhand eine kleine, feine Trattoria zu einem Touristenschuppen umgewidmet wurde.

La Cucaracha ist jetzt schon ganz nah.

»*Grazie, grazie.*« Ein kleiner, zweifellos bemitleidenswerter Junge läuft mit einem McDonald's-Becher voraus, gefolgt von einem jungen Mann, der Akkordeon spielt. Als die beiden mich sehen, gibt es ein Privatkonzert.

»Na, hab ich's dir nicht gesagt«, seufze ich.

Der Ältere mit dem Akkordeon spielt jetzt *O sole mio*, zum Glück ohne Gesang. Der kleine Junge hält mir den Becher hin. Elisa schlägt die Augen nieder, die anderen Leute rechts und gegenüber schauen mich auffordernd an. In ihren Blicken lese ich: »Wenn einer was geben muss, dann du! Du bist schließlich blond, und deinetwegen stehen sie hier.«

Elisa flüstert: »Komm, gib ihm ein bisschen Spitsch.«

Ich krame in meinen Münzen und werfe einen Euro in den Becher. Das war wohl mehr, als der Durchschnitt gibt.

Zum Dank stimmt der Akkordeonspieler jetzt noch *Kalinka* an.

Eine Viertelstunde später läuft der Zug endlich in der Endhaltestelle »Cristoforo Colombo« ein. Schon toll: Man setzt sich in eine Art S-Bahn und ist in einer guten halben Stunde am Meer.

Wir durchqueren den Bahnhof. Verglichen mit S-Bahn-Haltestellen, die ich aus der Heimat kenne, ist die Haltestelle »Cristoforo Colombo« spektakulär. Schon vom Bahnhof aus sieht man das Meer, allerdings auch einige tausend Autos auf einem gewaltigen Parkplatz.

»Wir müssen noch weiter«, sagt Elisa.

Wir steigen in einen Bus, auf dem – wunderschön! – schlicht *Mare*, Meer, steht und der uns nicht nur zum Meer, sondern zum »richtigen« Meer bringen soll: Weiter nach Süden nämlich, weg vom überfüllten Ostia hin zu den sogenannten Cancelli, den »Toren«. Diese, so erklärt es Elisa, führen entlang der Küstenstraße auf jene Strandabschnitte, die keinen Eintritt kosten und an denen etwas weniger Trubel herrscht.

Tatsächlich lässt der Bus rasch die gewaltigen Parkplätze von Ostia hinter sich und fährt eine traumhafte Küstenstraße hinab. Links, hinter den Dünen, glitzert das Wasser. An »*Cancello 6*«, Tor 6, steigen wir aus und watscheln durch den heißen Sand über einen Weg durch die Dünen und an einer kleinen Kaffeebar vorbei in Richtung Strand.

Kaum haben wir uns zwei Strandliegen und einen Schirm gemietet und lauschen der Brandung, steuert uns ständig irgendein Verkäufer an, der mir irgendetwas andrehen will und damit meinen Plan – eine Dreiviertelstunde lesen, eine Viertelstunde baden, dann an die Bar – gründlich durcheinanderbringt. Denn zu meinen blonden Haaren kommt am Strand zu allem Überfluss ein weiteres Dilemma hinzu: meine eisbärenweiße Haut, an der man mich schon von Weitem als Ausländer und damit als Kunde für Kokosnussspalten, Eis, Handtücher und geschnitzte Holzelefanten erkennt. Außerdem bin ich hier so ziemlich der einzige Mann, der sich offenbar nicht die Brusthaare ausreißt: Noch vor 20 Jahren trugen römische Männer stolz einen ganzen Dschungel auf der Brust zur Schau, in dessen Tiefen das obligatorische goldene Kreuz sich beinahe zu verlieren drohte. Heute dagegen sehen viele Römer aus wie aufgepumpte Neugeborene – oder wie antike Statuen. Selbst die Augenbrauen lassen sie sich zu einem zahnstocherlangen und -breiten Streifen zurechtrasieren.

Einmal erwische ich Elisa, wie sie etwas zu lange einen Mann betrachtet, der einen wirklich gewaltigen Brustkorb vor sich herträgt und bis zu den hintersten Nasenhaaren komplett rasiert zu sein scheint. Sie schaut mich fragend an.

Selten habe ich so entschlossen »Nein« gesagt.

Nach einem herrlich faulen Tag – der Sonnenbrand hält sich zum Glück in Grenzen – brechen wir bei Sonnenuntergang vom Strand auf. Auf der Straße hinter den Dünen stauen sich die Autos. Es ist ein Vorgeschmack darauf, wie voll der letzte Bus sein wird, auf den wir warten.

»Lass uns trampen«, schlage ich vor.

Elisa schaut wenig hoffnungsfroh: »Dann probier's mal.«

Tramperprobt halte ich den Daumen hoch und erkläre stolz: »Ich habe noch nie länger als zehn Autos gewartet.«

Doch hier geht gar nichts. Im besten Fall ernte ich Desinteresse, meist aber ungläubige Blicke nach dem Motto:

»Was macht der denn da?« Elisa ist das Ganze peinlich, nach ein paar Momenten Schamfrist stellt sie sich weg, als würde sie nicht zu mir gehören.

Es hält niemand. Aber alle schauen doof.

Wir beschließen, zu Fuß zum Bahnhof »Cristoforo Colombo« zu gehen, doch ich gebe meine Versuche nicht auf.

Nach zwei Kilometern haben wir Glück: Ein junges Pärchen, das bereits an mir und meinem ausgestreckten Daumen vorbei ist, fährt rechts ran, die junge Frau geht an den Kofferraum. Ich nutze die Zwangslage schamlos aus. An Trampern vorbeizufahren ist einfach. Aber wegfahren, wenn das Auto doch sichtbar leer ist, das werden sie sich nicht trauen.

Genauso ist es. *»Va bene«*, na gut, steigt ein, sagt der Mann am Steuer, und eine Millisekunde später sitzen Elisa und ich auf der Rückbank.

La Mamma
Kennenlernen bei Bianchis

Am nächsten Tag, dem Samstag, an dem laut Elisa »alle« zum Strand fahren, sagt Elisa, als ich aus dem Badezimmer komme und Ausschau nach meinen Hausschuhen halte: »Sag mal, haben wir heute schon was vor?«

Mit nassen Füßen tappe ich über die selbst im Sommer unangenehm kalten Fliesen. *»Managgia«,* schimpfe ich halblaut. »Warum gibt es in diesem seltsamen Land eigentlich nur Fliesen? Kann man nicht einmal Teppichboden verlegen?«

Elisa, ungeduldig: »Ob wir heute schon was vorhaben?« Die Frage klingt bedrohlich. Weniger nach Frage als nach einer Information. Nach einem: »Du, wir haben heute übrigens etwas vor, nämlich …« Ich schiebe meine Füße gerade in die Hausschuhe, als Elisa mir zuruft: »Meine Mutter hat angerufen und will uns zum Essen einladen. Meine Eltern wollen dich kennenlernen.«

Managgia!

Da klingelt es an der Tür. Der Paketbote.

Post aus Talento von Signor Arcangelo. Auf dem Formular des Boten steht als Inhalt des Päckchens: »Pasta 2012«.

Unsere selbst gestalteten Esse-Emme-Esse-Emotionsnudeln sind da.

Wir reißen das Paket auf: Vier grüne Packungen mit einem Foto von uns und innen drin Elisas Kreation: Gesichter, Augen Münder. Wir reißen eine Packung auf.

»Papagallo?«, frage ich.

Elisa legt ein ☺.

Dann ist sie dran. »Meine Eltern besuchen?«

Ich lege ein ☹.

»Echt?«

Na gut. Ich lege ein ☺.

Eine halbe Stunde später stehen wir im »Papagallo«. Dino schaut mich durchdringend an. *»E cosa porti?«,* will er wissen. Was ich mitzubringen gedenke. Ich schaue vom Cappuccino auf, in dem ich seit einer Minute meditativ rühre: »Wer, ich? Mitbringen? Wem?« Dino, der schon um 5 Uhr zur Frühschicht gekommen ist, hat keine Geduld mit übel gelaunten Langschläfern wie mir. »Na, deinen Schwiegereltern in spe!« – »Ich muss was mitbringen?« – »Natürlich, du bist das erste Mal dort zu Gast, da bringt man etwas mit.« Da Elisa nicht eindeutig genug: »Ach komm, brauchst du nicht« sagt, fahre ich am Nachmittag alleine in die Stadt, um ein Geschenk zu finden.

»Und?«, fragt mich Elisa, als wir uns gegen 8 Uhr abends vor dem Wohnhaus der Familie Bianchi treffen. Sie nickt zu dem hin, was ich in der Hand halte.

»Was und?«

»Na, was hast du denn gekauft?«

»Sieht man das nicht?«, sage ich spöttisch. »Ein Buch!« Ich schüttle etwas zu fest das gewaltige Gebilde in meiner Hand: Einen von einigen Quadratmetern Plastikfolie und weiteren Quadratmetern Papier umwickelten, riesenhaften Blumenstrauß. Zu diesem Sicherheitsgeschenk hatte ich mich schließlich entschlossen, nachdem ich in der Via del Corso in der Innenstadt zwar alle paar Meter einen Unterwäscheladen gefunden hatte, aber kein Geschäft, in dem es vernünftige Mitbringsel für den ersten Besuch bei den Schwiegereltern gab.

»Ha-ha-ha«, macht Elisa und tut amüsiert, »und was sind das für Blumen, *buffone?*«

Buffone heißt so etwas wie Scherzkeks oder Clown.

»Boh«, mache ich. Ich habe ja nur gesagt, dass ich einen Strauß für meine Schwiegermutter bräuchte. Natürlich war der Blumenhändler dann mit einem strahlenden *»Ci penso io«*, Das mach ich schon, in seinem Stand verschwunden und dann mit diesem Monsterstrauß und dem Satz *»Quaranta Euro, grazie«*, 40 Euro, danke!, wieder aufgetaucht.

Elisa schüttelt den Kopf und macht ein missbilligendes »Ts«.

Ich spare mir weitere Kommentare und schaue in den Himmel. Auch das Haus meiner möglichen Schwiegereltern ist ein klassischer römischer *Palazzo*: Von der Fassade bröckelt die beige Wandfarbe in großen Lappen herunter.

»Komm schon.« Elisa zieht mich an der Hand in Richtung Tür. Im großen Hauseingang hängen Strichzeichnungen von Ruinen altrömischer Aquädukte – fraglich, ob es besonders clever von der Immobilienverwaltung ist, ausgerechnet Ruinenbilder ins Erdgeschoss eines sichtbar in die Jahre gekommenen Mietgebäudes zu hängen.

Noch besser gefällt mir der Aufzug. Anders als der in San Lorenzo, der aus der Spätantike stammt, scheint dieser aus der Zukunft zu kommen: ein Traum in Stahl und Glas. Als würde man mit ihm in den Wellnessbereich eines Kreuzfahrtschiffs fahren können oder in den mit Gold getäfelten Frühstücksraum eines Hotels in Dubai. Einziger skurriler Nachteil: Man muss die Nummer des Stockwerks gedrückt halten, damit er nach oben schleicht im Tempo eines Treppenlifts.

Elisa hält fast eine Minute die Fünf gedrückt, bis wir endlich oben sind. Es erwartet uns ein Mann, der in jedem

Detail völlig anders aussieht als ich: dichte, glatte schwarze Haare, ein üppiger schwarzer Schnurrbart, buschige schwarze Augenbrauen und darunter zwei große dunkle, lustig zwinkernde Augen.

»*Ciao, Papà!*«

Signor Bianchi schließt seine Tochter in die Arme. »*Mia figlia! Mia bellissima figlia!*« Er freut sich sichtlich über seine »allerschönste Tochter«, kneift Elisa in die rechte Wange und drückt sie noch einmal an sich. Ja, so ähnlich muss es gewesen sein, wenn früher Mütter ihre Söhne begrüßten, nachdem sie zwei Jahre als Matrosen auf See verbracht hatten.

Elisa hingegen war zuletzt vor einer Woche bei ihren Eltern.

Nach einer gefühlten Dreiviertelstunde lässt Signor Bianchi seine Tochter los, öffnet die Augen und wendet sich zu mir. Er reicht mir eine große, warme Hand und lässt nicht mehr los, bis er nach aus meiner Sicht viel zu langer Zeit endlich sagt: »*Va bene, ragazzi, benvenuti.*« Hereinspaziert!

Als Erstes fällt mir auf, wie gut das Nachrichtensystem in der Familie funktioniert: Im Flur der Wohnung liegt wie auf dem Präsentierteller der Zeitungsausschnitt über unseren Karaokeauftritt in den Abruzzen. Auf einem Post-it neben dem Kussfoto steht in roter Schrift: »Madonna, *un biondo!*« Offenbar haben Verwandte aus Angolorotondo den Bianchis den Zeitungsartikel geschickt und mit diesem treffenden Kommentar versehen.

Bin ich überempfindlich oder liegt in »Madonna, ein Blonder!« ein irgendwie entsetzter Unterton?

»Geh schon mal vor«, sage ich zu Elisa. Ich will in Ruhe die Verpackung vom Blumenstrauß lösen. Gar nicht so einfach: Ich stehe schon inmitten eines Haufens von Papier und Plastikfolie, als ich endlich zu den Blumen vorstoße. Es sind ein gutes Dutzend schönster Gladiolen, umrankt von allerlei Grünzeug. Nur leider haben sie die Fahrt mit dem Moped offenbar nicht gut vertragen: Als ich die letzte Folie löse, knicken sie nach unten weg.

Elisa kommt in den Flur. »Eeeh«, mache ich und halte ihr die Blumen hin. Sie knicken wieder nach unten.

»Eeeeeeeliiiiiiiiiiiiiiisaaaaaaaaaaaaa«, kommt von drinnen, offenbar Elisas Mutter.

Elisa wird hektisch. »Jetzt komm! Wir stellen die Blumen einfach direkt in eine Vase!« Clevere Idee. Dann können sie nicht umknicken.

Aus dem Flur biegen wir nach rechts in eine Wohnküche. Ich halte die Blumen auf Höhe des Knicks.

Elisas Mama steht an der Küchenzeile. Jetzt dreht sie sich um: die gleichen glänzenden, gesunden Haare wie Elisa, das gleiche irgendwie spitzbübische Lächeln.

»Ecco, il biondino«, da ist ja der Blonde, sagt sie, »noch viel blonder als in der Zeitung!« Sie kommt auf mich zu.

Wo bleibt Elisa mit der Vase? Aus den Augenwinkeln sehe ich, wie sie auf Zehenspitzen auf einem Stuhl steht und mit dem Zeigefinger nach einer Vase zu greifen versucht.

Mit einem *»Buona sera, Signora Bianchi«* und einem *»Attenzione!«,* Vorsicht! halte ich die Blumen hin. Doch sie spart sich die Vorsicht, gibt mir links und rechts einen *bacio,* nimmt die Blumen ausgerechnet genau unterhalb des Knicks an sich, und die Gladiolen fallen erneut auseinander, als wäre ein Sturm über sie hinweggefegt.

Jetzt passiert etwas, das mir innerhalb von 20 Sekunden das Wesen meiner Schwiegermutter für alle Zeit erklärt: Signora Bianchi macht »Oh«, lacht fröhlich, legt die Gladiolen auf ein Schneidebrett, nimmt ein Küchenmesser und schneidet sie auf Höhe des Knicks ab. Dann holt sie eine kleinere Vase vom Küchenregal, füllt sie mit Wasser und stellt die Blumen hinein.

»Ich bin praktisch veranlagt«, sagt sie dann, »und darin bin ich die Einzige in der Familie.«

Dann zieht mich Elisa ins angrenzende Wohnzimmer.

Dort wartet Signor Bianchi mit Sektkelchen. Das Wohnzimmer überrascht mich positiv. Es ist freundlich und hell und keineswegs nach der eisernen italienischen Wohnregel möbliert, die da lautet: Was dunkel ist und von der Uroma vererbt wurde, muss schön sein. Unwillkürlich fällt mir der Schwiegersohn meines Vermieters ein, der jetzt irgendwo in Kalabrien auf der alten Couch aus meiner Wohnung sitzt.

Signor Bianchi mischt Aperol, Prosecco und Mineralwasser in Sektgläsern mit dem Volumen eines Bierseidels. Wenn mich jetzt Amadeo aus dem »Mezzogiorno« sehen könnte! Ich bekomme einen Spritz von meinem – wer weiß? – Schwiegervater.

»Conosci Prosecco?« Ob ich Prosecco kenne, will er wissen!

Dankbar für den Einstieg ins Gespräch beschließe ich, mich ganz von der interessierten Seite zu zeigen, doch Elisa kommt mir zuvor.

»*Papà,* Martin kommt aus Deutschland, nicht aus dem Sudan, natürlich kennt er Prosecco, und außerdem wohnt er bereits seit ein paar Monaten in Rom.«

»Gut«, sagt Signor Bianchi. Ich habe den Eindruck, er wird von seinen Frauen ganz schön auf Trab gehalten.

Mir fällt plötzlich auf, wie stark Elisas römischer Akzent ist, wenn sie mit ihren Eltern redet: Wie der Numide im Ausguck des Piratenschiffs bei *Asterix,* der kein R aussprechen kann und immer warnt: »Schiff steu'bo'd vo'aus!« Aus *ragazzo,* Freund, macht Elisa ein prägnantes *raga',* aus *mangiare,* essen, wird *mangia'.* Ins Deutsche übertragen würde nach diesem Prinzip aus dem Satz »Jetzt gehen wir in die Bar Cappuccino trinken« die Lautfolge »Je' ge' Ba' Cappu' trink'«, und »Mädels, was wollen wir heute Abend unternehmen«, hieße verkürzt »Mä' wa' heu' ab' unterneh'«. Man sollte Italienisch in Rom lernen. Man braucht hier nur die Hälfte aller Vokabeln – buchstäblich die Hälfte.

Papa Bianchi verfällt angesichts der Attacken durch Elisa in Schweigen, ich trinke in kleinen Schlucken meinen Spritz und verstecke jedes Mal länger als nötig mein Gesicht hinter dem Glas, um zu entspannen.

Wieder Schweigen, bis er sagt: »Und Aperol? Kennst du Aperol?«

Ich setze einen aufmunternden Gesichtsausdruck auf, der besagen soll: »Egal, Signor Bianchi, erzählen Sie mir was darüber!«

Doch Elisa würgt alles diplomatische Geplänkel ab: »Ja, Papa, er kennt Aperol. Und noch was: Er weiß sogar schon, wie man Babys macht.«

Ich bekomme einen Hustenanfall und sprühe feinen Spritz-Dunst ins Wohnzimmer.

Zum Glück klingelt es in diesem Moment an der Tür, man hört Schritte, dann die sympathische Stimme eines jungen Mannes.

»Mein Bruder«, sagt Elisa.

Roberto stellt sich als Glücksfall von Schwager heraus. Interessiert, freundlich und mit keinem aufdringlichen Beschützerinstinkt gegenüber seiner Schwester ausgestattet. Er sagt »*Ciao,* Martin!«, als würden wir uns schon seit Ewigkeiten kennen, setzt sich aufs Sofa und blättert sofort in einem Band *Sturmtruppen*, einem italienischen Comic, den – so hat mir Elisa bereits erzählt – Vater und Sohn mit ähnlicher Begeisterung lesen. Es handelt sich um Comicstrips, die Wehrmachtssoldaten des Zweiten Weltkriegs aufs Korn nehmen. Aus den Augenwinkeln sehe ich die Vorderseite: Ein grünes Soldatenmännchen mit Knollennase und Stahlhelm rennt wie verrückt, auf seinen Schultern sitzt ein Befehle brüllender Offizier mit Hakennase und treibt den rennenden Soldaten mit der Reitpeitsche an. Darüber steht in gotischen Schrifttypen *Sturmtruppen*. Mir drängt sich der Eindruck auf, dass ich am Deutschlandbild der Herren Bianchi in Zukunft etwas arbeiten sollte. Dann aber muss ich doch höflich mitlachen, als mir Vater Bianchi eine Episode hinhält, in der ein depressiver Soldat namens Otto Ampeln baut, um feindliche Panzer aufzuhalten.

Zum Glück bittet jetzt Signora Bianchi mit einem unmissverständlichen »Wollt ihr kaltes oder warmes Essen?« zu Tisch. Das Menü des Abends – »was ganz Einfaches« – kann sich sehen lassen: Erst Steinpilztortellini, bei denen Signora Bianchi ihren Mann unverblümt warnt, sich zurückzuhalten, wenn er nicht so dick wie ein Steinpilz werden wolle. Als Zwischengang folgt eine kleine Portion Meeresfrüchterisotto. Es duftet wunderbar, aber aus meiner Sicht fehlt etwas beim Risotto, und so stelle ich zum allgemeinen Entsetzen die Frage: »Könnte ich wohl ein bisschen Parmesan bekommen?«

Das sollte man niemals nie, auf keinen Fall, überhaupt nicht und unter gar keinen Umständen in Italien fragen! Denn wenn es auch viele Dinge gibt, in denen sich die einen von den anderen Römern unterscheiden – vor allem in Sachen AS Roma und Lazio Rom – in einem sind sich alle in einem fast unheimlichen Maße einig. Es ist das Gebot: »Du sollst keinen Käse in die Nähe von Fisch kommen lassen.«

»Parmesan?« Ich frage noch mal nach, weil mir das Entsetzen in den Gesichtern zunächst nicht auffällt, und strecke sogar meine Hand nach dem Porzellanschälchen mit dem Parmesan für die Steinpilztortellini aus.

Doch dann springt Signora Bianchi vom Stuhl auf, läuft um den Tisch herum, reißt mir den Parmesan aus der Hand und sagt: »Sorry. Kein Käse mit Fisch.« Sie nimmt die Schale mit einem Gesichtsausdruck, als sei sie fest entschlossen, diese angesichts eines barbarischen blonden, teutonischen Schwiegersohns in spe in einem Tresor zu verschließen. Und zu Elisa gewandt, sagt sie: »Macht er öfter solche Sachen?«

Elisa lässt mich im Regen stehen und macht »Eeeeeeh!«, was ich als »vermutlich schon« interpretiere. Sehr nett von ihr.

Ich seufze. Dann verzichte ich eben auf den Parmesan. O Mann, diese Fisch-Käse-Fundamentalisten! Bei Tramezzini genauso! Wenn ich im »Papagallo« ein Tramezzino mit Thunfisch bestelle und bitte, es aufzuwärmen, kommt immer die Frage: »Bist du sicher? Da ist Thunfisch drin.« Nur mit dem Hinweis »Auf eigene Verantwortung« wird mir das Tramezzino dann schließlich doch aufgewärmt. Ich sollte mir eine Einverständniserklärung meiner Eltern besorgen, dass mein Magen nicht nur Käse und Fisch gemischt aushält, sondern auch erhitzten Thunfisch.

Nachdem sich der erste Schock über meinen Fauxpas gelegt hat, diskutieren wir jetzt über Essensgewohnheiten in Deutschland und Italien. Oder sagen wir so: Ich erzähle von normalem deutschem Essen, und die Bianchis wenden sich angeekelt ab, als würde ich von Kriegsgräueln berichten:

»Morgens esse ich am liebsten Rührei, Aufschnitt und Käse« – stummes Entsetzen.

»Ich kann hervorragenden Gurkensalat mit leckerer

Joghurtsoße machen« – ungläubiges Staunen und vielsagende Blickwechsel. Joghurtsoße!

»Noch vor ein paar Wochen war ich in München zum Essen eingeladen, eine Freundin hatte Vollkornspaghetti mit Kohlrabi gekocht« – die Bianchis schauen sich an, als sei ich verrückt.

»Ein Lieblingsrezept einer ehemaligen Mitbewohnerin sind Sauerkrautspaghetti, verfeinert mit Kümmel, Ananassaft und H-Milch.« Signor Bianchi stammelt: »Du machst doch Witze!«, Signora Bianchi sagt: »Elisa, dein Blonder ist pervers.« Meine Traumfrau bemüht sich darum, das Thema zu wechseln, um nicht von Sauerkrautspaghetti zu träumen.

»Und ihr?«, halte ich gegen diese Phalanx stummen Entsetzens. »Wie kann man ernsthaft morgens mit Pudding vollgeschmierte Hörnchen essen?«

Die Familie greift den Fehdehandschuh nicht auf.

»Boh!«, sagt Signora Bianchi. »*Cosi si fa. È solamente così.*« So macht man das eben. Und nur so.

Ende der Diskussion. Aber nicht des Essens.

Als Hauptspeise folgt Kalbsfilet mit Rosmarinkartoffeln. Die *patate* sind in Würfel geschnitten und in Olivenöl gewendet und im Ofen gebacken. »Kartoffeln«, sagt Signor Bianchi grinsend zu mir auf Deutsch, »Kar-tof-feln!!!« Ja, ja. Dieses Wort kann jeder in Italien.

Zur Freude von Signora Bianchi sage ich zweimal »*si*«, als sie mich wiederholt fragt, ob ich noch mehr essen wolle.

»*Simpatico,* dein Blonder«, sagt sie halblaut zu Elisa.

Nachdem ich vermutlich alles aufgegessen habe, was es an Nahrungsmitteln im Hause Bianchi gibt, stellt Elisas Vater eine Flasche mit brauner Flüssigkeit und ohne Etikett auf den Tisch. »Amaro?« Noch bevor ich Ja oder Nein sagen kann, ist mein Wasserglas schon halb voll. Ich nippe. Er ist warm. Ich wage nicht nach Eis zu fragen, vielleicht ist das genauso schlimm wie Käse mit Fisch und die Bianchis schmeißen mich raus.

»Gut, nicht?«, strahlt Signor Bianchi »das ist der Amaro von Onkel Ferdinando.«

Aha. Ich kenne zwar noch keinen Onkel Ferdinando, aber sein Schnaps hat es in sich.

Wir stoßen an. *Cincin*

»Ich heiße Enrico«, sagt Signor Bianchi und zeigt auf seine Frau, »und das ist Susanna.«

»Martin«, sage ich und stürze die Unmenge an warmen Schnaps herunter.

Vaffanculo! Ausgehen und essen alla Romana

Es ist Anfang September, als ich auf der Suche nach einer Geschichte für meine Zeitung durch einen Rom-für-Insider-Reiseführer blättere und an einer Restaurantempfehlung hängenbleibe. »›La Parolaccia‹ – hier werden Sie beschimpft. Essen mäßig, Atmosphäre einzigartig.«

»Essen mäßig« – na ja. Aber ein Restaurant, in dem man beschimpft wird? Und dafür zahlt? Klingt verrückt. Das muss ich ausprobieren.

Elisa weigert sich, mich zu begleiten. Dieses Restaurant sei so ziemlich die *»cosa più stupida«*, das Dümmste, was sie kenne. Auch Dino hat keine Lust. »Da isst man nicht gut«, meint er und empfiehlt, lieber mit ihm mal wieder zu Leo ins »Delizie antiche« zu gehen. »Leo und ich können dich auch beschimpfen, wenn du willst.«

Meine Neugierde auf das »Parolaccia« ist aber zu groß. An einem Mittwochabend betrete ich also wohl oder übel alleine das schlauchfömig angelegte Lokal im schönsten Teil von Trastevere. Hier sind die Gassen eng und mancherorts hängt tasächlich noch Wäsche zum Trocknen über die Straßen hinweg. Das Lokal ist gut besucht.

Ich drücke die Tür auf, alles schaut zu mir.

Ich habe sie noch nicht hinter mir geschlossen, da weiß ich schon, warum diese Trattoria »Parolaccia«, Das Schimpfwort heißt. Ein Kellner, Mikrofon in der Hand, sieht mich und ruft: »Schaut Leute, da kommt endlich mal wieder ein richtiger Oberidiot.« Er zeigt auf mich:

»Das da ist der hässlichste blonde Kerl auf der ganzen Welt.«

Schallendes Gelächter rundum im Lokal, ich verbeuge mich grinsend und suche mir einen Platz, begleitet von weiteren Kommentaren des Kellners mit dem Mikrofon. »Setz dich endlich, du grauenhafter Dummkopf.«

»Ist da noch frei?« Ich drängle mich auf meine Bank. Meine Tischnachbarinnen – eine Gruppe neapolitanischer Hausfrauen auf Tagesausflug – sind begeistert über den blonden jungen Neuzugang, der verspricht, heute alle Attacken auf sich zu ziehen wie ein Reh früher im Kolosseum die Löwen und Tiger.

Der erste Löwe stürzt sich auf mich: ein dürrer Kellner mit tief liegenden Augen, der mehr tot als lebendig aussieht, knallt mir die Speisekarte hin. »Such dir was aus, Arschloch.«

Alle am Tisch lachen.

Ich bestelle Nudeln und ein Steak. Der Kellner grinst und sagt: »*Vaffanculo, idiota.* Leck mich, Idiot.« Aber immerhin, er hat meine Bestellung aufgenommen. Und man muss ihm eines lassen: Er nimmt kein Blatt vor den Mund.

»*Idiota* meint er nicht ernst«, beruhigt mich eine der Neapolitanerinnen, die sich als Giuseppina vorstellt. »Wer in Rom befreundet ist, beschimpft sich.«

Ich denke an Susanna, meine Schwiegermutter in spe. Wenn die Theorie stimmt, liebt sie ihren Mann abgöttisch.

Dann knallt mir der finster aussehende Kellner den Teller Nudeln mit den Worten auf den Tisch: »Hier die Spaghetti. *Mortacci tua!*«

»Mor… was?« Meine Nachbarinnen kriegen sich kaum mehr ein vor Lachen, darüber, wie ich hier verbal verdroschen werde.

»*Mortacci tua!*«, sagt Giuseppina. »Das heißt ›deine unwürdigen Verstorbenen‹! Der am meisten verbreitete

Fluch in Rom!« Köstlich, dass ich nicht mal weiß, was mir der Kellner alles an den Kopf knallt!

»Mortacci tua!« Hab ich noch nie gehört. Gedanklich gehe ich die verbalen Zusammenstöße der letzten Wochen durch. Tatsächlich hörte ich kürzlich aus einem Autofenster einen ähnlichen Laut, ein *»'cci tua«*, als ich mit dem Moped, ohne zu blinken, rechts überholte. War das *»Mortacci tua«?*

»Es ist ein Fluch gegen die Familie«, erklärt Giuseppina, »mit *Mortacci tua!* wird nicht nur man selbst, sondern die ganze Sippschaft der vergangenen Jahrhunderte verflucht.«

Ich überlege, wie weit ich die Namen meiner Ahnen kenne, und schaffe es nur bis zur einen Hälfte der Urgroßeltern. Ich nehme mir vor, sie ab jetzt nicht mehr verfluchen zu lassen.

Basta!

Als ich das Steak bekomme, kriege ich es wieder hingeknallt, diesmal mit einem: »Iss das und halts Maul!« sowie einem angehängten *»Mortacci tua«*. Doch diesmal schlage ich es mit einem herzhaften *»Vaffanculo«* – du kannst mich mal – zurück. *»Bravo«*, sagt der finstere Kellner und klopft mir auf die Schulter. Er lächelt zum ersten Mal und sieht aus wie ein Fechtlehrer, der sich freut, dass sein Schüler erstmals einen Angriff abgewehrt hat.

Je länger der Abend dauert, desto schlechter schmeckt zwar das Essen im »Parolaccia«, aber desto befreiender wirkt auf mich die Schimpferei: reinigend wie ein Sommerregen, über den man sich erst ärgert und in den man sich dann mitten hineinstellt. Welches Schimpfwort mir auch immer entgegenfliegt, ob zum Nachtisch oder zum Espresso, ich schlage es filigran zurück. (Allein die Vorfahren meines Kellners verfluche ich an die fünf Mal.) Als ich mich am späten Abend verabschiede, adelt der Kellner mich mit dem Satz: »*Vieni a trovarci, stronzo*« – Komm bald mal wieder vorbei, Arschloch! Und dazu drückt er mir zwei Bussis auf die Wangen.

Natürlich bleibt mein Besuch im »Parolaccia« nicht folgenlos. Weil ich mich aber gegenüber Elisa nicht traue, mein neues Schimpfwort-Repertoire anzuwenden, brenne ich darauf, es anderweitig loszuwerden. Es gelingt schon am Abend des nächsten Tages im »Papagallo«: Wir sind um 22 Uhr zum Essen verabredet, wollen aber vorher noch ein Bier trinken – *fare un aperitivo*. Schließlich bekommt man im »Papagallo« zum Bier noch bessere Tramezzini als bei Amadeo im »Mezzogiorno«.

Jetzt stehen wir bei Manuele an der Kasse – Manuele ist jener Kassierer, der sich immer gegen Scheine wehrt, mit dem ich aber mittlerweile ein freundschaftliches Verhältnis habe.

»Was nehmt ihr?«

»Sag du«, sagt Elisa zu mir.

Na gut! Ich probiere jetzt einfach mal aus, was passiert: »Zwei kleine Biere, *stronzo, mortacci tua!*«

Elisa fällt fast rückwärts um. »Was sagst du da?«

»Der *stronzo* soll uns zwei kleine Bier kassieren.«

Manuele verschlägt es fast die Sprache. Er schaut mich groß an. Dann lacht er, schlägt mir freundschaftlich mit der Hand auf die Schulter, reicht mir den Kassenzettel und sagt: »Hier, *pezzo di merda!* Bist ja schon fast ein Römer!«

Mein Gott, bin ich stolz!

Als wir am Tresen stehen und das Bier trinken, starrt mich Elisa abschätzig an: »Ich hätte dich nicht ins ›Parolaccia‹ gehen lassen sollen. Ich hätte dich einfach nicht ins ›Parolaccia‹ gehen lassen sollen.«

»Boh«, sage ich gut gelaunt. »Ich war aber da!«

Aber: Meine gute Laune verfliegt im Laufe des Abends rasch. Denn Elisas Schulfreunde, mit denen wir zum Essen verabredet sind, verspäten sich in einer Art und Weise, die mich geradezu erschüttert. Jetzt warten wir schon über eine halbe Stunde an der Piazza Triulassa in Trastevere. Schön hier. Aber: Hallo? Kommt da mal jemand?

Während mir – trotz Aperitivo – der Magen knurrt, sagt Elisa fröhlich: »Mir macht das nichts aus. Ich kann warten.«

»Und warten lassen«, gebe ich mürrisch zurück.

22 Uhr war ausgemacht, immer noch keiner da. Um halb elf hole ich mir eine Pizza auf die Hand, um meine Überlebenschancen zu wahren. Ich rechne nicht mehr damit, dass wir wirklich essen gehen – um diese Zeit!

Um 23 Uhr kommt die erste Freundin von Elisa und entschuldigt sich mit *il traffico,* dem Verkehr.

Na klar! »*Mortacci tua!* Das kannst du deiner Oma erzählen!«, würde ich am liebsten sagen. Tue es aber besser nicht. So warten wir nochmals eine Dreiviertelstunde auf die anderen Freunde. Einer nach dem anderen trudelt ein und redet von *Il traffico*. Ich fühle mich jetzt eigentlich danach, nach Hause zu gehen – schließlich ist morgen Freitag und Arbeit – doch die Gruppe ist sich auf verrückte Weise einig: Jetzt gehen wir alle Pizza essen!

Ich lache! Guter Witz! »Leute, um Mitternacht Pizza, seid ihr verrückt?«

Doch von allen Seiten ertönt ein »Ja, klar!«, auch von Elisa.

Die spinnen, die Römer!

Und so sitze ich schließlich am Ende der Tafel in der Pizzeria »Dar Poeta« und kann mich nur mühsam zurückhalten, meinen müden Kopf nicht in das weich aussehende, bereitgestellte Brot zu legen.

»*Margherita*«, murmle ich im Halbschlaf meine Bestellung.

Doch bis dahin ist es noch ein weiter Weg: Gegen halb eins schleppt der Kellner einen gewaltigen Berg frittierten Fisch, Reisbällchen und Zucchiniblüten heran. Ich probiere jeweils eins. Sie sind hervorragend, aber jeder Bissen wird später die Schlafqualität um 10 Prozent reduzieren. Wer isst so was schon mitten in der Nacht?

Um 1 Uhr, ich kann die Augen kaum noch offen halten, kommt die Pizza. Ab und zu sticht mir Elisa mit dem Zeigefinger in die Seite. Dann schrecke ich kurz auf und beteilige mich mit einem »Ach ja?« oder »*Interessante!*« am munteren Gespräch der alten Freunde.

Spätestens beim Kaffee höre ich meinen Magen zu mir sprechen: »Jetzt noch Kaffee – bist du bescheuert? Wie stellst du dir das eigentlich vor? Ich sag dir eins: Du wirst die ganze Nacht nicht schlafen!«

Schließlich, es ist mittlerweile fast 2 Uhr, kommt die Rechung und das *Pagare alla Romana* geht wieder los. Wie mir es Dino schon erklärt hat: Man teilt den Gesamtbetrag durch die Anzahl der Esser. Ein System, das so solidarisch daherkommt, in Wirklichkeit aber ein Ausbeutungssystem darstellt, da es nur auf Kosten der Gutmütigen und Großzügigen funktioniert: Derjenigen, die Grissini essen und Leitungswasser trinken und die Trüffel für die anderen mitbezahlen. Für den Wirt ist das praktisch: Der legt – »*Grazie, ragazzi!*« – die Rechnung hin und taucht erst wieder auf, wenn er einen Berg von Scheinen und Münzen auf dem Tisch sieht, den er dann in seinen Geldbeutel schiebt.

So ist das auch hier: Obwohl ich nur eine Margherita hatte und die drei frittierten Bomben, lege ich seufzend den errechneten Pro-Kopf-Anteil von 25 Euro in die Mitte.

Der Wirt sagt noch einmal »*Grazie, ragazzi!*« und zieht ab. Ha! Der macht sich es einfach. Soll er mal in einem Café einer deutschen Universitätsstadt kassieren und jede Saftschorle einzeln abrechnen!

»Hast du gesehen?«, lästere ich, als wir zu Hause sind. »Dein Freund Alfredo hat sicher für 35 Euro gegessen! Und ich für 15! Und wir zahlen beide 25. Das ist doch unfair!«

»Du bist ein Spießer«, meint Elisa.

»Alfredo macht es nämlich immer so. Sein *secondo* wird privatisiert, die Kosten aber werden sozialisiert!«

Elisa will nicht diskutieren. »*Un bacio*«, verlangt sie, dreht sich um und schläft.

Ich liege grübelnd da. Vielleicht sollte ich lernen, mich darüber zu freuen, dass dem anderen das von mir gesponserte teure Steak oder die Seebrasse so gut schmeckt. Nach dem Motto: »Juhu, der isst gerade Trüffelcarpaccio und ich Tomatensoßenspaghetti. Freut mich für ihn, ehrlich.«

Mit Gedanken an Seebrasse und Trüffelcarpaccio schlafe schließlich ein. Es gibt Schlechteres.

Tutta la famiglia
Feiern in Angolorotondo

Schon seit Wochen wurde davon geredet, jetzt ist es da: das Wochenende von Onkel Giacomos Geburtstag.

Normale Menschen erholen sich am Samstag und Sonntag, ziehen sich aus dem Alltag zurück, verbringen auch mal ein paar Stunden alleine. Nicht so Elisas Familie. Die Bianchis packen das ganze Wochenende mit Aktivitäten voll, wobei zu den freiwillig gewählten Rastlosigkeiten natürlich das Pflichtprogramm hinzukommt, bei dem keine Ausreden möglich sind. So wie Onkel Giacomos Geburtstag.

Bei aller Freude, endlich das berühmte, vielgerühmte Angolorotondo zu sehen, empfinde ich die Aussicht: »Da wirst du der Verwandtschaft vorgestellt«, als immer bedrohlicher. Wie wird man mich aufnehmen? Oder wird man mich überhaupt aufnehmen? Wenn doch wenigstens Dino dabei wäre! Doch der hat an diesem Freitagabend leider Spätschicht im »Papagallo«. *Managgia!*

»Was soll ich machen?«, hat er missmutig gesagt. »99 Prozent der Gäste bei Onkel Giacomo kommen aus Angolorotondo und haben kein Problem, am Freitagabend zu feiern. Nur an uns, die Römer, denkt keiner.«

(Das »uns, die Römer« hat mich doppelt gefreut: Dass er mich ebenso schon zur Familie zählt wie zu den Römern.)

Immerhin, morgen früh will Dino nachkommen. »Ich muss was mit deinem Schwiegervater Enrico erledigen.« Was das sein wird, hat er nicht verraten. »Darüber redet man nicht«, hat er verschwörerisch gesagt. Aber dass ich vielleicht mitkommen dürfe. Enrico, Elisas Vater, ist mit Susanna und Roberto, Elisas Bruder, schon vor ein paar Tagen nach Angolorotondo aufgebrochen. Dass es ihm dort so gut gefällt, macht mir Hoffnung. Schließlich kommt er ja auch nicht aus dem Dorf.

An diesem Freitagnachmittag habe ich genug Zeit, darüber nachzudenken, was es wohl sein wird, das ich morgen mit Dino und Enrico unternehmen werde. Salami machen? Wildern? Dem »bösen« Gasthof der Carbones einen Denkzettel verpassen?

Elisa und ich stehen jetzt schon seit einer Stunde im Stau und sind immer noch auf dem Autobahnring.

»Da hätten wir auch gleich morgen früh mit Dino fahren können«, nörgle ich herum. Zugegeben, dass wir jetzt zur blödesten Uhrzeit aufgebrochen sind, Freitagnachmittag, ist meine Schuld: Ich hatte mich zu spät um einen Mietwagen gekümmert und musste ihn schließlich vom anderen Ende der Stadt holen.

»*Managgia!*«, fluche ich und drücke dreimal auf die Hupe. Andere stimmen in mein Frusthupen ein. Nichts bewegt sich. Immerhin haben wir eine gute Ausrede. Heute ist wirklich *traffico* und »*Il traffico!*« nicht nur eine Ausrede für dreistes Zuspätkommen.

Als es endlich weitergeht, fängt es an zu regnen. Es ist Ende September. Der Sommer ist noch da, aber mit jedem Tag wächst die Ahnung, dass es bald vorbei sein wird. Auf Höhe der Ausfahrt Nummer 9 fallen immer mehr Tropfen auf die Windschutzscheibe. Ich ahne bereits, dass ich zu dünne Sachen dabeihabe, und drehe die Heizung auf volle Kraft. Vielleicht schaffe ich es ja immerhin, gesund in Angolorotondo anzukommen, bevor ich dort wegen

Familienstress und Schafskälte einen Nervenzusammenbruch erleide.

»Gehen wir es nochmals durch. Wie heißen die Kinder von Federico?«

Sie will mir ihre ganze Verwandtschaft eintrichtern, bevor ich sie überhaupt kennengelernt habe.

»Am Abend kommst du sonst total durcheinander, es sind sicher über 40 Leute da«, hat sie mich vorgewarnt, »und wenn du die Namen weißt, mögen sie dich gleich.«

Jeden Morgen beim Cappuccino im »Papagallo« musste ich mit ihr Verwandtschaftsnamenauswendiglernen spielen. »Ich kenne doch deine Familie schon«, habe ich gestöhnt, »deine Mutter, deinen Vater, deinen Bruder.« Aber Elisa unterscheidet nicht zwischen eigentlicher Familie und *der* Familie. »Familie sind alle«, sagt sie, »alle gehören dazu.«

»Weiter: Wie heißt das älteste Kind von Onkel Francesco?«

Puh. Onkel Francesco hat vier Kinder oder fünf sogar.

»Emma!«

»Falsch«, sagt Elisa, »aber wessen Tochter ist Emma?«

Ich überlege. »Von Tante Chiara und Onkel Walter.«

»Richtig.«

Ich fühle mich wie beim Ausfragen im Geschichtsunterricht in längst vergangenen Schulzeiten.

Zudem frage ich mich, ob ich überhaupt eine reelle Chance habe, die Sympathien des Dorfes zu gewinnen. Da sind schließlich etliche seit Jahren hinter Elisa her, vor allem dieser Ermanno. Ob der auch heute Abend kommt?

»Äh, 'tschuldigung, was hast du gesagt?«

»Wie meine Cousins und Cousinen nach Alter geordnet heißen.« Elisa ist unerbittlich. Ich jongliere mit ein paar Namen und lande immerhin einige Zufallstreffer. Muss jeder von Elisas Verwandten eigentlich mindestens vier Kinder haben? Konnten die sich nicht ein bisschen beherrschen?

Nach vier Stunden Fahrt, Richtung Pescara und dann irgendwo rechts weg, die letzte halbe Stunde zuweilen steil bergauf durch einen Wald, erreichen wir das Ortsschild von Angolorotondo. Wegen des Regens ist kaum jemand auf der Straße, nur der Betreiber einer kleinen Tankstelle schaut uns neugierig nach. Ein Blonder in seinem Dorf! Erst passieren wir das »böse« Gasthaus der Familie Carbone, dann parken wir zwei Minuten später in einer schmalen Straße vor dem »Albergo Osteria Rossi«.

»Hier im Haus wurden alle meine Tanten und Onkel geboren«, sagt Elisa. Angesichts des nahenden historischen Augenblicks bricht mir der erste Schweiß aus, doch ich versichere, dass alles in Ordnung sei. Aus dem ersten Stock dringt lautes Männerlachen.

Immer mehr Stimmen fallen ein, bis das ganze Haus zu lachen scheint.

Ich frage mich, ob es wirklich eine tolle Idee von Elisa gewesen ist, mich ausgerechnet am 53. Geburtstag ihres Onkels der ganzen Verwandtschaft vorzustellen. Noch mal denke ich an Dino. Wäre er jetzt da, könnte er sagen: Leute, das ist mein blonder Freund, seid nett zu ihm.

Immer noch hört man das laute Lachen eines Mannes.

»Das ist Onkel Giacomo«, erklärt Elisa, »du weißt ja, der Mann von ..., na?« Sie schaut in mein ratloses Gesicht. »Von Tante Stefania! Was ist denn los, du wusstest das doch alles schon!«

Gerade will ich mir mit der flachen Hand auf die Stirn schlagen und sagen: »Mensch! Das Bügeleisen, es ist noch an! Wir müssen nach Rom zurück!«, da stößt Elisa die Tür auf. Wir gehen die Treppe hoch und biegen nach rechts in einen Flur ein.

Noch zehn Schritte, noch acht, gleich wird das Lachen verstummen, und alle werden den *tedesco* mustern, der die schönste Tochter des Dorfes zu entführen droht – und der sie noch dazu in aller Öffentlichkeit auf dem Fest in Sidolini geküsst hat. Noch fünf Schritte, vier, drei, zwei, eins.

Alle Geräusche in dem kleinen, von Neonröhren erleuchteten Saal verstummen schlagartig, und an die 40 unter dunklen Brauen versteckte Augenpaare drehen sich zum Eingang hin. In das Schweigen hinein sagt ein kleiner Bub, vielleicht Cousin Federico: »Was ist das?«

»Schsch«, macht die Mutter, »das ist ein Blonder!«

Jetzt zieht mich Elisa weg, hin zu Onkel Giacomo, der in der Mitte der langen Tafel sitzt. Er ist ein kleiner, jovialer und selbstbewusster Mann. Wie ich gelernt habe, ist er Ingenieur bei einem Autozulieferer und führt – so ganz nebenbei – noch einen Bauernhof.

»O bellissima!«

Onkel Giacomo ist begeistert, Elisa zu sehen. Er drückt ihr einen Kuss links und rechts auf die Wange, flüstert ihr etwas zu, von dem ich nur ein Wort verstehe: »Ermanno.« Ist der etwa hier? Elisa schüttelt den Kopf, Giacomo nickt.

Offenbar ist Verehrer Ermanno nicht eingeladen.

Der Onkel mustert jetzt mich und meine lockige Haarpracht. Er fragt Elisa: »Wie heißt das Jesuskind noch mal?«, und deutet mit einer Kopfbewegung zu mir herüber.

Giacomo quetscht mir die Hand und spricht meinen Namen nach, als sei es eine Zumutung, eine derart komplexe Lautfolge über die Lippen zu bringen. Er sagt: »Martinson.«

»Wenn man an den Vornamen ein O anhängt, ist er nicht anders als im Italienischen, Martino«, versuche ich zu erklären, doch es hilft nichts.

»Wir haben niemanden im Dorf, der so heißt, ob mit O oder ohne.«

Elisa stellt mich jetzt reihum vor, wir gehen von Tisch zu Tisch, von Stuhl zu Stuhl: »Das ist Martin, das ist Onkel X.« – »Das ist Martin, das ist Tante Y.« Am Anfang tue ich noch interessiert, dann schalte ich auf Autopilot, spitze den Mund und halte meine Wange hin: Unrasierten Männern ebenso wie zarthäutigen Damen. Was ich an diesem Abend absolviere, ist die längste Bussiparade meines Lebens. Manche begrüßen mich so stürmisch, wie meine Oma es früher zu tun pflegte. Wobei mir ihre feuchten Küsse ungleich angenehmer waren als die von Elisas männlicher Verwandtschaft.

Nach einer halben Stunde gelangen wir endlich an den Tisch der Cousins und Cousinen, an dem wir sitzen sollen. Roberto, Elisas Bruder, begrüßt mich freundlich mit einem *»Come stai?«* und schlägt mit mir schon ein wie ein alter Kumpel. Doch wer ist der finstere Geselle neben ihm? »Das ist Francesco«, sagt Elisa und stellt mich diesem Bär von Mann vor.

Aha, Francesco, der Lieblingscousin. Jetzt heißt es: einschleimen!

Der Bär legt mir eine gewaltige Pranke auf die Schulter und verkündet ohne jedes diplomatische Vorgeplänkel: »Du weißt, dass ich immer auf Elisa aufpassen werde?«

Ich nicke.

Mir wird klar: Dieser Mann würde mich umbringen, wenn Elisa es von ihm verlangt. Oder wenn er einfach von sich aus glaubt, seine Cousine könnte unglücklich sein.

Francesco lässt mich immer noch nicht los. Mensch, ich habe doch schon genickt!

Doch erst als ich ein entschiedenes »Ja, verstanden, du wirst immer auf Elisa aufpassen« herauspresse, klopft er mir auf die Schulter und sagt: *»Bene, allora mangia.«* Gut, dann iss jetzt.

Als wir uns endlich hingesetzt haben, bietet mir Elisa

Wein an, ich lehne dankend ab. »Erst einmal nicht, danke!« Stattdessen greife ich zu der auf dem Tisch stehenden Flasche Cola und zur Fanta daneben und mische mir einen »Spezi«, wie das in Bayern heißt. Ein Cola-Mix. Natürlich werde ich danach einige Gläser Wein trinken, doch erst mal brauche ich etwas Erfrischendes.

Ich habe vielleicht ein, zwei Schluck getrunken, da merke ich, dass es im Saal leiser geworden ist. Wieder schauen mich ein paar Dutzend Augen an. Habe ich was falsch gemacht? Ich suche Elisas Blick, ihr Gesicht ist vor Scham rot angelaufen.

Francesco findet als Erster die Sprache wieder, eine sehr deutliche zumal: »*Che cazzo fai?*« Was ich da mache, will er wissen.

Was meint er denn? Ich schaue ihn ratlos an.

Er deutet mit dem Kinn auf mein Glas. Ich verstehe langsam. Er findet es anscheinend ohnehin schon befremdlich, dass ich keinen Wein trinke. Aber das Mixen von Cola und Limo irritiert ihn noch mehr.

»Der macht immer solche Sachen«, mischt sich jetzt lachend Signor Bianchi ein, der sich in den Kreis der Staunenden gedrängt hat. »Er isst auch Salat mit Joghurt.«

Ein Raunen geht durch den Saal. Salat mit Joghurt! Habt ihr gehört? Der Blonde isst Salat mit Joghurt!

Man starrt mich weiter an.

»Wollt ihr mal probieren?« Ich hebe mein Glas. »Schmeckt gut!«

Elisa schlägt mir auf den Arm. »Musst du immer irgendwelche komischen Sachen machen?« Ich hatte ja schon geahnt, dass es schwierig wird. Aber so einen miesen Auftakt hätte ich mir nicht erwartet. War's das schon?

In Gedanken klopfe ich bereits an die Tür des »bösen« Gasthauses von Familie Carbone und frage nach Asyl –

doch da greift eine Hand nach meinem Glas. Susanna! Meine Schwiegermutter in spe!

»Ich probiere das jetzt mal«, sagt sie feierlich.

Gespannte Erwartung: Susanna Bianchi gilt als *der* Gourmet in der Familie und hat mich bereits einmal wegen meiner Essgewohnheiten als »pervers« bezeichnet. Segnet sie das Cola-Mix-Getränk ab, ist es gut – und ich werde nicht mehr als ganz so komisch angesehen.

Susanna hebt prüfend das Glas, riecht daran, nimmt einen kleinen Schluck, dann einen größeren.

»Und?«, frage ich nervös.

»Gar nicht so schlecht«, urteilt sie. »Sieht aus wie der Kräuterschnaps von Onkel Ferdinando. Der ist auch immer so dünn. Wahrscheinlich weil er noch Wasser druntermischt.« Alle lachen, ich bin gerettet. Und Elisas Mutter setzt noch einen drauf: »Leute, seid ein bisschen nett zu ihm.« Sie zeigt auf mich.

Ich höre, wie Francesco ein paar Plätze weiter leise murmelt. »Ein bisschen, in Ordnung, ein bisschen schon.«

Tatsächlich bricht mit der Cola-Mix-Geschichte das Eis: Trotz dieser leicht beängstigenden Ouvertüre wird es einer der nettesten Abende seit meiner Ankunft in Italien. Auch der Wein, den ich nach dem Cola-Mix in Wassergläsern herunterstürze, hat daran Anteil.

Irgendwann am späten Abend, ich musste gerade im Anschluss an das Geburtstagsständchen aller noch alleine »Zum Geburtstag viel Glück!« für Onkel Giacomo singen, irgendwann also kommt Elisa zu mir, gibt mir einen Kuss und das größtmögliche Lob: *»Sei bravo«*, sagt sie, gut gemacht.

»Sicher?«, frage ich.

»Si, si!«

Ich schaue im Saal umher, sehe lachende Menschen und

aufgedrehte Kinder, die in Deutschland schon längst im Bett wären, und stürze mit einem zu mir selbst geflüsterten »Auf dich!« ein Gläschen von Onkel Ferdinandos Kräuterschnaps herunter. Wenn mich jetzt Amadeo aus dem »Mezzogiorno« sehen könnte! »Du bist ein-e fremd-e Körper-e in Roma«, hat er mir prophezeit. Ha! Und jetzt sitze ich hier als einziger Blonder inmitten einer oder gar meiner römisch-abbruzzischen Familie!

Allerdings: Bei Licht betrachtet habe ich nicht aktiv die Verwandtschaft für mich gewonnen, sondern bin einfach so etwas wie das Kuriosum des Abends. Wem langweilig ist, der kommt zu mir, klopft mir auf die Schulter und sagt schneidig: »Tschermania« oder »Aktung!« oder »Sturmtruppen!«. Ein anderes beliebtes Thema: das Wetter in Deutschland, beziehungsweise die Mutmaßung, dass es dort 12 Monate Winter gibt. »Ist doch sicher gerade kalt in Deutschland?«, sagen etwa Onkel Walter, Onkel Francesco und Tante Stefania, und irgendwann antworte ich dann einfach: »Ja, es ist schrecklich kalt in Deutschland. Immer. Das ganze Jahr.«

So können sie dann sagen: »Dann sei doch froh, dass du in Italien bist!«

Und ich kann »Ehh, sicher« machen und mit ihnen anstoßen.

Als ich Stunden später im Ferienhaus der Familie Bianchi im Bett neben Elisa liege, ist mir kalt. Der Regen hat die Luft ziemlich abgekühlt, und die kühle Luft kriecht ins Haus und unter das Laken. Ich kuschle mich an Elisa, um mich aufzuwärmen, doch als ich endlich einschlafe, habe ich einen Albtraum: Ich sehe Ermanno, noch bärenhafter als Francesco, wie er Elisa eine haushohe Torte überreicht. Ich höre mich »Halt!« rufen, doch Ermanno nimmt Elisa in den Arm und will sie küssen. Als ich ihn daran zu hindern versuche, brechen aus der Torte plötzlich Tausende Bienen hervor und stürzen sich auf mich, ohne dass ich fliehen kann. Zum Glück wache ich auf.

Was für ein blöder Traum!

Elisa neben mir hingegen schläft seelenruhig wie jemand, der endlich mal wieder in seinem Nest angekommen ist. Ich schaue sie neidisch an. Unten im Haus rumort es schon, und so tappe ich die Treppe hinunter, schlurfe in die Küche und ins Wohnzimmer. Meine Schwiegereltern in spe sitzen bei einem Frühstück mit Kaffee und Keksen. Mit Kaffee und Keksen! Und das an einem Samstagmorgen: Ich könnte heulen. Es gibt wenig Traurigeres auf der Welt als ein italienisches Frühstück.

»Und, wie hast du geschlafen?«, fragt Susanna.

»Gut«, lüge ich, verzichte auf die Erwähnung von Ermanno und beschränke mich auf die Bienen.

»Bienen sagst du? Interessant.« Sie steht auf, verlässt den Raum, kommt mit einem Buch wieder und setzt sich an den Tisch.

An einem Keks herumlutschend, entziffere ich den Titel des Buches: *Smorfia Napoletana*. Was ist das denn? *Smorfia*? Ein seltsames Wort. Klingt nach einem Schnupftabak oder Nasentropfen.

Signora Bianchi klärt mich auf: »Das Wort *Smorfia* kommt vom griechischen Gott Morpheus, Gott des Traumes.«

Ich bin gespannt. Signora Bianchis Finger wandert eine aufgeschlagene Buchseite herunter, dabei »Bienen, Bienen, Bienen« murmelnd. Hoffentlich ist das nichts Anzügliches.

Dann nickt sie befriedigt: *»Ecco!«*, zeigt mir das Buch und sagt »80«.

Ich schaue sie groß an.

Sie wiederholt die Zahl.

Muss ich das jetzt auf der Stelle kapieren oder brauche ich vielleicht noch einen zweiten Kaffee, damit ich verstehe, warum sie »80« sagt?

Meine Schwiegermutter, eine Schnelldenkerin, merkt auf Anhieb, dass ich keine Ahnung habe, wovon sie spricht.

»Dieses Buch«, erklärt sie und klopft auf den Einband, »sagt dir die Lottozahlen anhand deiner Träume voraus.«

Wie? Weil ich jetzt von Bienen geträumt habe, soll ich die »80« ankreuzen?

Ich nehme das Wunderwerk zur Hand. Es sieht speckig aus, als hätten es bereits Generationen der Familie durchgearbeitet, auf den einzelnen Seiten finden sich Spalten über Spalten voller Begriffe.

»Jedes Wort«, sagt Signora Bianchi, »korrespondiert mit einer Zahl.«

Ich lese: Doping 88, Rasierschaum 76, Nachkriegszeit 54, Winterstiefel 90.

Soweit ich mich erinnern kann, habe ich noch nie von Winterstiefeln geträumt, auch nicht von der Nachkriegszeit. Wäre aber sicher mal interessant.

Besonders lang ist die Spalte »Carabiniere«, denn dafür gibt es zahlreiche Untergruppen. Anscheinend träumen viele Italiener von ihren Ordnungshütern.

Carabiniere mit Uniform 60. Zwei Carabinieri 56. Carabiniere auf dem Pferd 33. Carabiniere auf dem Motorrad 25.

Ich weiß gar nicht, wie ich fragen soll. »Haltet ihr das so?«, sage ich zu Elisa Mutter gewandt. »Spielt ihr euren Träumen entsprechend Lotto?«

»Meine Eltern haben das gemacht«, antwortet Susanna, »aber nie was gewonnen. Vielleicht konnten sie sich die Träume einfach nicht richtig merken, glaube ich.«

Daran wird es liegen.

Sie nickt zu Enrico hinüber und schimpft: »Er weiß immer alle seine Träume und kann alles haarklein erzählen, doch der Trottel spielt nicht.«

Ich versuche, meinen künftigen Schwiegervater in Schutz zu nehmen: »Aber ist das nicht vernünftig?«

Susanna schüttelt heftig den Kopf: »Vernünftig? Das Leben ist viel zu kurz dafür. Und außerdem funktioniert es, da bin ich mir sicher.«

Ich mache verlegen »Eeeeh!« und hoffe, damit sowohl freundliches Interesse als auch grundsätzliche Zweifel ausgedrückt zu haben, blättere danach noch eine Weile in der *Smorfia Napoletana.*

Gekochter Reis 61. Sack Reis 78. Reis im Topf 85.

Und da sage noch einer, die Deutschen seien die besseren Bürokraten, wo doch die Italiener sogar ihre Träume katalogisieren.

Ich habe gerade den zweiten Keks gelutscht, einen Kaffee getrunken und will mich wieder zurück ins Bett zu Elisa begeben und von einem Sack Reis oder Winterstiefeln träumen, da fragt mein Schwiegervater, ob ich heute »Programm-e« hätte.

O Mann, hab ich fast vergessen! Jetzt beginnt wohl das Abenteuer, von dem Dino gesprochen hat!

»*Allora vieni*«, sagt er. Also komm. »Und zieh dir feste Schuhe an!«

Un grande segreto
Geheimnisvolle Trüffeljagd

Eine knappe halbe Stunde später stehen wir vor einem mittelgrünen Fiat, der seit zehn Jahren so etwas wie das Gebirgsauto meines Schwiegervaters ist: Durch die engen Gassen von Angolorotondo passt er mit seinem normalen Wagen nämlich nicht durch. Natürlich gäbe es durchaus die Alternative, zu Fuß durch den Ort zu gehen, aber eigentlich auch wieder nicht. Zu Fuß geht man, egal ob in Rom oder in den Abruzzen, eigentlich nur, wenn aus irgendeinem Grund kein Auto zur Verfügung steht. Wahrscheinlich würde Dino sogar sagen, zu Fuß zu gehen sei politisch. So wie Fahrradfahren ja seiner Meinung nach »links« ist.

Müde sitze ich neben Signor Bianchi: »Also«, frage ich, »kannst du mir jetzt sagen, was wir heute machen? Und kommt Dino eigentlich?« Diese Geheimnistuerei geht mir langsam auf den Keks. Ich hätte nichts dagegen gehabt, mich zu Elisa zu kuscheln.

Enrico schaut mich erschrocken an, als hätte ich etwas Unerhörtes gesagt: »Du weißt, dass Dino kommt? Was hat er dir denn gesagt?« Enrico ist sichtlich nervös. Allmählich glaube ich wirklich, dass wir beauftragt sind, einen Plutoniumschmuggel mit einem Schurkenstaat einzufädeln.

»Nichts hat Dino gesagt, gar nichts«, sage ich leicht patzig, »das ist ja das Problem.«

Doch Enrico nimmt das nicht zum Anlass, mit der Wahrheit rauszurücken. »Dann ist ja gut«, sagt er nur. »Ich sage es dir, wenn wir aus dem Dorf hinaus sind.«

Schweigend fahren wir aus Angolorotondo hinaus, mehrfach versichert sich Enrico durch einen Blick in den Rückspiegel, dass uns kein Auto folgt. Dann sagt er flüsternd, als könnte uns hier jemand hören:

»Wir gehen Trüffel suchen!«

Ich fange fast an zu lachen, aber setze eine feierliche Miene auf. »Ah ja! … Und warum konntest du das nicht schon gestern sagen?«

Enrico schüttelt den Kopf und schaut mich an, als sei ich von allen guten Geistern verlassen: »Damit alle wissen, was wir vorhaben? Den Ort, wo man Trüffel findet, den verrät man niemandem. Nicht mal seinen Verwandten.«

Wir schweigen, bis ich es ein paar Kurven weiter wage, die kostbaren Trüffelgewächse als »Wurzeln« zu bezeichnen. Enrico reagiert erschüttert. »Wurzel?«, sagt er. »Du nennst Trüffel eine Wurzel?« Wenn es so weitergeht, wird er mich im Wald zurücklassen und Elisa mit Ermanno verheiraten. »Trüffel sind keine Wurzeln«, belehrt er mich, »sondern Pilze. Die aufregendsten Lebensmittel, die es gibt. Sie schmecken fantastisch, und man muss sie suchen.« Das, so meint er, sei der Witz an der ganzen Sache. Ich verzichte darauf, diesen Witz anzuzweifeln – obwohl ich es wirklich völlig überflüssig finde, an einem Samstagmorgen mit meinem Schwiegervater in spe herumzugurken und auf Trüffeljagd zu gehen.

Immerhin: Wir fahren durch Weiler, deren Namen zauberhaft ungewohnt und nach Urlaub klingen. San Giacomo in Collina, Santa Rita sul Monte, Colle Gredina. Das System »Name eines Heiligen plus geografischer Lage«, hat vermutlich italienweit Zehntausenden Dörfern zu einem Namen verholfen

Auf einem kleinen Parkplatz zu Füßen eines Waldes macht ein Pick-up mit Lichthupe auf sich aufmerksam, hinter der Scheibe sehe ich – Dino! Na also!

»*Eccolo!*«, sagt Enrico. Da ist er!

Dino und ich winken uns freudig zu.

»Dino hat seit Jahren eine Trüffelsuchlizenz für die Gegend«, erklärt Enrico. »Er ist am Morgen in aller Frühe in Rom losgefahren.«

Ich nicke. »Ja. Gestern musste er ja leider arbeiten.« Ich kann eigentlich stolz darauf sein, den Abend auch ohne Dino überlebt zu haben.

Dino fährt uns jetzt voraus und biegt, nachdem er und wir uns vergewissert haben, dass uns niemand folgt, in einen kleinen Waldweg ein. Durch die Heckscheibe seines Wagens sieht man, dass neben ihm ein Hund hechelt. Wo kommt der denn her? Als ich bei Dino in der Wohnung war, habe ich keinen Hund gesehen.

»Das ist Lara«, sagt Enrico.

Fünf Minuten später, nachdem wir die Autos abgestellt haben, hört Lara nicht auf, an mir herumzuspringen.

Dino lacht: »Lara kennt dich bloß nicht.« Dino ist gut: Gerade deshalb müsste der Hund aus meiner Sicht ein bisschen zurückhaltender sein.

Endlich lässt diese Lara von mir ab. Ich behalte sie im Auge, während Dino erzählt, Lara sei zwar sein Hund, lebe aber in Angolorotondo beim Nachbarn seines Elternhauses. »In Rom ist die Luft viel zu schlecht für Laras Nase.«

Und das wäre nicht gut, denn Laras Nase ist für den heutigen Tag von größter Bedeutung. Sie soll die Trüffel finden, die heute Abend mit selbst gemachten Tagliatelle verspeist werden sollen. Die Frauen machen die Nudeln, die Männer jagen die Trüffel. Mir kommen archaische Assoziationen, und ich warte bloß darauf, dass meine beiden Sammler und Jäger erzählen, die daheimgebliebenen Frauen würden gerade die Wohnhöhle mit dem Blut eines gefangenen Eichhörnchens ausmalen.

Der Wald riecht feucht, als wir losziehen. Vorne Dino, in der Mitte Enrico, hinten ich, so stapfen wir los. Wir wollen zu einem Trüffelfundort, den nur Dino und die Hündin kennen und der ganz schön weit weg ist. Gut für die Geheimhaltung, werde ich belehrt.

Den langen Marsch bis zum Ziel vertreiben wir uns mit dem italienischen Gesprächsthema schlechthin: Wir reden übers Essen. Wenn man in Rom zufälligerweise ein Gespräch belauscht, ob Wartende an der Bushaltestelle, ob vorübergehende Passanten – immer geht es um Menüfolgen, Restaurantkritiken und Beilagenempfehlungen. Man kann sogar Jogger treffen, die sich atemlos im Rhythmus des Laufens über »Bu-ca-tini all' Ama-tri-ci-ana« oder »Spa-ghett-i Car-bo-na-ra« unterhalten. Oder man kommt an einer Parkbank vorbei, auf der zwei Männer sitzen und sich über die Zubereitung einer Dorade austauschen.

Essen ist zugegebenermaßen ein sehr schönes Gesprächsthema, es entspannt. Man sollte häufiger darüber reden. Und es vertreibt schnell die Zeit.

Viel schneller, als ich es erwartet hätte, nähern wir uns unserem Zielgebiet. Trüffelhündin Lara hat die Nase schon ganz tief über den Boden gesenkt. Nach unseren Anfangsproblemen finde ich sie mittlerweile ganz amüsant, jedenfalls netter als den Bussis verteilenden Hund der Lovellos. Lara gehört zur Lagotto-Romagnolo-Rasse, die besonders gut für die Trüffelsuche geeignet ist. Wenn mir jemand vor drei Monaten gesagt hätte, ich würde demnächst mit einem italienischen Schwiegervater in spe diese seltsamen Wurzeln, äh, Pilze, suchen, ich hätte ihn für verrückt erklärt.

»*Eccoci!*«, sagt Dino und zeigt auf einen weiten Hang, der sich rechts von einer Senke ausbreitet. Sein bevorzugtes Gebiet.

Jetzt wird's spannend.

Dino nimmt Lara an die Leine, und sie zieht uns prompt zu dem von Laub bedeckten Hang.

Wir drei Männer schweigen.

Ich finde Gefallen daran. Es ist spannend wie eine Schnitzeljagd, nur dass man sich auf einen Hund verlassen muss.

»Achte auf Lara«, sagt Dino zu mir, »sie sucht schon.«

Wirklich: Der Hund läuft hektisch über den Boden, schnüffelt hier, schnüffelt da, zieht an der Leine, schnüffelt wieder.

»Brava, Lara«, ruft Dino, oder *»Bene,* Lara«, oder einfach nur »Lara, Lara«.

Es ist alles etwas verrückt.

Die Hündin zieht uns in eine andere Richtung – ein System kann ich nicht erkennen.

»Was macht sie denn?«, frage ich eine Spur zu ungeduldig.

»Wenn du glaubst, dass du es besser kannst, dann such doch selbst«, gibt Dino patzig zurück.

Jetzt zieht Lara einen engeren Kreis, kratzt schließlich die Erde auf.

»Was gefunden?«, fragt Dino. »Was gefunden?«

Lara kratzt wieder, setzt sich hin und bellt einmal. Woraufhin Dino eine schmale Schaufel in den Boden sticht und die Erde aushebt. Ich spähe über seinen Rücken hinweg, sehe, wie er das Erdreich vorsichtig untersucht, daran riecht, die Probe beiseitelegt. Er sticht noch einmal mit der spitzen Schaufel in den Boden, riecht und betastet.

»Ecco!« Er richtet sich auf, dreht sich zu mir und lässt einen daumennagelgroßen Minitrüffel in meine Hand fallen. Ein erdiger, unverkennbarer Geruch steigt davon auf.

Lara bekommt zur Belohnung einen Hundekeks – ich darf ihn ihr geben, und sie schleckt ihn mir aus der Hand.

Allmählich gefällt mir unsere verschworene Männergemeinschaft. So ähnlich müssen sich die alten Goldgräber gefühlt haben. Wie im Rausch.

Wir sind schon lange hinter Lara hergelaufen, als Dino eine Pause ankündigt. Die Hündin dürfe nicht überanstrengt werden, vor allem ihre Nase nicht.

Pause klingt gut.

Wir setzen uns auf einen umgestürzten Baumstamm, Dino öffnet seinen olivgrünen Rucksack, nimmt eine duftende Salami heraus, einen harten Käse mit schwarzer Rinde, eine Flasche Wein, ein Viertel von einem Brotlaib. Vor uns liegen die Berge der Abruzzen. Ich bin glücklich. Es ist früher Nachmittag, ich bin leicht angetrunken und unglaublich stolz. Als wir Stunden später, nach fünf weiteren Trüffeln, zwei davon groß wie Tischtennisbälle, wieder nach Angolorotondo zurückkehren, fahren wir von der falschen Seite ins Dorf, um unsere Spuren zu verwischen. Niemand darf schließlich wissen, wo wir so erfolgreich Trüffel gesucht haben.

»*Eh certo*«, na sicher, sage ich. Die Geheimnistuerei in Trüffelsuchkreisen ist mir schon in Fleisch und Blut übergegangen.

Als wir das gemauerte, uralte Ferienhaus der Bianchis betreten, legt Elisa in der Küche gerade duftenden Teig in eine Nudelmaschine ein, und noch mehrere flache Lappen Teig liegen bereit. Elisas Mutter Susanna kurbelt an der Maschine, unten kommen Tagliatelle raus – breit wie ein schmaler Finger, aber sehr dünn.

Susanna und Elisa schauen gespannt auf: »Und?«

»Eeeh«, machen Dino, Enrico und ich wie auf ein Kommando und nicken stolz. Und ob wir Trüffel haben!

Die Tagliatelle al Tartufo, die wir an diesem Abend essen, sind wohl mit die leckerste Mahlzeit, die ich in meinem

Leben je zu mir genommen habe. Es stimmt alles: Die Nudeln sind exakt al dente gekocht und in so großer Menge vorhanden, dass sie selbst für mich reichen, die Butter ist selbst gemacht von Onkel Ferdinando, und Dino reibt auf einer schmalen Reibe so viel *tartufo* auf die Nudeln, bis man Stopp sagt. »Das war immer schon sein Job«, flüstert mir Susanna über ihren Cousin zu, »schon als Kind wollte Dino immer die Trüffel reiben.« Woraufhin sie laut über den Tisch sagt: »Dino, einen Barista-Arm hast du bis heute nicht bekommen, aber jetzt kriegst du einen Trüffelarm.«

Dino lacht nur – er ist es so wie Enrico offenbar gewohnt, von Susanna ab und zu eins draufzubekommen. Jetzt schaut er zu mir. »Und, hat es dir geschmeckt?«

»*Perfettamente*«, sage ich und ziehe, die Spitze des Daumens auf die des Zeigefingers gelegt, eine imaginäre Linie durch den Raum. Und stimmt es denn nicht? Die Nudeln sind so perfekt wie dieser Abend hier. Da sitzen sie alle, lachen und reden, und ich mittendrin: Dino, mein Barista, Elisa, meine Freundin, Susanna, Enrico, meine Schwiegereltern in spe, Roberto, mein Schwager.

Erst überlege ich, dann klopfe ich einfach ans Glas: »Auf Bianchis, Rossis und Angolorotondo!«

Dann stoßen wir an.

Was könnte uns noch auseinanderbringen?

Am nächsten Morgen ist die ganze Familie auf dem Weg zur Dorfkirche, die inmitten von Angolorotondo auf einer Anhöhe trohnt und das Dorf stolz überragt. Von hier aus sieht man weit über die Hügel und Berge der Abruzzen. Der Himmel ist leicht bewölkt, es ist warm, aber nicht heiß. Hier in den Bergen scheint der Herbst wirklich schon begonnen zu haben

Drinnen, im Gottesdienst, steht neben der Liturgie wieder dieser Blonde im Mittelpunkt, der da zwischen den

Bianchis in der ersten Bank sitzt. Man schaut mich an, als sei ich auf einem anderen Stern zu Hause. Auch der Pfarrer, Don Giorgio, sieht während seiner Predigt auffallend häufig zu mir.

»Sie kommen aus Rom?« Die Bianchis und ich sind nach der Messe noch auf dem kleinen Platz vor der Kirche stehen geblieben, Don Giorgio ist hastig dazugeeilt. Ich bejahe.

»Sie arbeiten beim Vatikan?«

Ich nicke. »Na ja, ich berichte über den Vatikan!«

Der Pfarrer wird verlegen. »Und wie hat Ihnen die Messe gefallen?«

»Gut, gut«, versichere ich, »wirklich, eine sehr nette Gemeinde!«

»Normalerweise sind natürlich mehr Leute anwesend«, entschuldigt sich Don Giorgio, »aber an diesem Wochenende sind einige Familien aus dem Dorf verreist.« Fürchtet er, ich könnte im Vatikan berichten, wie die Sonntagsmesse in Angolorotondo gelaufen ist?

Ich nicke verständnisvoll.

Der Pfarrer lässt nicht locker: »Beim Madonnenlauf ist natürlich das ganze Dorf zugegen und die Kirche voll.«

»Natürlich«, sage ich. Beim Madonnen... was?

»Vielleicht kommt ja irgendwann sogar einmal der Papst zu uns.«

»Warum nicht«, sage ich aufmunternd, obwohl ich nicht daran glaube. Dann müsste er ja in jedes Dorf Italiens, wenn er nach Angolorotondo käme.

»Nur ..., man müsste ihn einladen«, meint der Pfarrer und schaut mich an, als erwarte er, dass ich gleich mein Handy zücke und Papst Benedikt anrufe. So unter Landsleuten und Bayern dazu.

Mit leichtem Drängeln in der Stimme wiederholt der Pfarrer: »Man müsste ihn einladen ...«

Irgendwie bin ich im Zugzwang. »Schreiben Sie ihm einen Brief«, schlage ich Don Giorgio vor.

Er geht gar nicht darauf ein. Auch er scheint zu glauben, als Deutscher würde ich derzeit nach Belieben im Vatikan ein und aus gehen können. Die Italiener schließen da von sich auf andere: Schließlich brachten in der Renaissance die Päpste aus römischen Familien nach Belieben ihre eigenen Verwandten in der Kurie unter. Ähnlich müssten es dieser Logik zufolge jetzt viele Deutsche nach Rom und in die verschiedensten Ämter des päpstlichen Hofstaats schaffen. Kein Römer würde sich darüber wundern, wenn drei Gärtner aus Marktl am Inn in den vatikanischen Gärten beschäftigt wären und zehn Dorfbewohner aus Pentling (wo Benedikt XVI. lange lebte) in der Poststelle. Die Journalistenkollegen denken da auch nicht anders. Falls ich, was selten genug vorkommt, zufällig einmal mehr weiß als die allwissenden Vatikanreporter, die »Vaticanisti«, dann sagen sie nicht: »Woher weißt du das denn?«, sondern gleich heißt es mit einem ziemlich neidischen Unterton: »Ach so, klar, du bist ja Deutscher.« Sie würden mir jederzeit glauben, dass ich immer freitags mit dem Papst Schach spiele oder so etwas.

Und nun dieser Dorfpfarrer, der genauso denkt und fast ein wenig beleidigt wirkt angesichts meiner mangelnden Hilfsbereitschaft.

»*Va beh*«, sagt er schließlich. Na ja.

Wir verabschieden uns, und ich überreiche ihm meine Visitenkarte, auf die er einen flüchtigen Blick wirft und dann irgendwas von »*Vaticano*« murmelt, beeindruckt und fast ein wenig furchtsam. Dann steckt er die Karte ein.

Als Elisa, ihr Bruder Roberto und ich kurz darauf ins Auto steigen, um zurück nach Rom zu fahren, winkt uns das halbe Dorf nach. Dino, der den Trüffelhund Lara wieder abgegeben hat, fährt uns in seinem Auto hinterher, Elisas Eltern wollen noch ein paar Tage in Angolorotondo bleiben.

Irgendwann auf der Autobahn, inmitten Tausender anderer Familien, die ihr Wochenende in den Heimatdörfern verbracht haben, frage ich Elisa: »Was ist denn der Madonnenlauf, von dem der Pfarrer erzählt hat?«

Das, was Elisa und Roberto dann berichten, klingt spektakulär: Der Madonnenlauf ist das größte Fest des Jahres in Angolorotondo, eine Art Staffellauf über vier Berge, bei dem Läufer sich Madonnenstatuen übergeben. Und es rennen vier Dörfer gegeneinander, außer Angolorotondo also drei weitere.

Elisa schaut mich von der Seite an: »Darf ich raten? Du willst dir den nächsten Madonnenlauf anschauen?«

»Ja klar!«

Dass ich sogar selbst mitlaufen würde und das schon in wenigen Wochen, kann ich da noch nicht ahnen.

Bella Calabria!
Regen, Sonne, Traufe

So sommerlich warm es zumindest unten in Rom noch in der letzten Septemberwoche war, so plötzlich kommt jetzt, Anfang Oktober, eine erste Kältewelle über die Stadt. Viele Tage lang ist es merkwürdig wechselhaft – mal kalt, mal heiß –, und ich bin immer falsch angezogen. An einem Tag schleppe ich eine Jacke durch die Stadt und begegne nur T-Shirt-Trägern; am nächsten Tag laufe ich im Hemd herum, während alle anderen schon Jacken tragen. Ich habe mir gar nicht vorzustellen vermocht, dass es in Rom wirklich so sein könnte, wie ich es immer den Kollegen am Telefon erzähle: »Es ist kalt, und es regnet.«

Nicht nur wegen des Wetters und glitschiger Straßen fahre ich an diesem Morgen besonders vorsichtig zu meinem Arbeitsplatz im Auslandspresseverband. Auch aus einem anderen Grund: Ich will nicht der Polizei auffallen. Sollte mich die Polizei nämlich anhalten und nach Fahrzeugschein und Versicherungskarte fragen, dann stünde ich dumm da, denn beides ist derzeit unauffindbar. Vollkommen unauffindbar.

»Wo habe ich bloß die Ausweise?«, murmle ich seit Tagen immer wieder, um erneut alle Jacken und Schubladen zu durchwühlen. Habe ich sie versehentlich in den Klingelbeutel von Don Giorgio in der Kirche von Angolorotondo geworfen? Mir lässt das keine Ruhe.

Elisa hält das für albern. »Wird dich schon keiner kontrollieren. Und wenn ja, stell dich einfach doof. Da brauchst du ohnehin nicht viel zu tun.«

Eine große Hilfe!

Denn es kommt ja gar nicht auf einen selbst an – sondern auf die Art »römischer Polizist«, die einen kontrolliert. Die Chancen stehen da *cinquanta-cinquanta,* 50 zu 50 also: Der eine ist strenger als ein deutscher Kollege, der andere superlocker drauf.

Zu Typ 1, dem superstrengen Gesetzeshüter, gehört exemplarisch jener Käpt'n Iglo, der seine Freude daran hat, vor dem »Papagallo« Falschparker aufzuschreiben und vor dem ich ganz am Anfang unserer Bekanntschaft Elisa bewahrt habe. Er sorgt selbst für ungeahnte Disziplin an der Fußgängerampel. Kürzlich kam ich zu Fuß vom Supermarkt, wollte die Ampel bei Rot überqueren, als mich die Hand eines anderen an der Schulter packte und mich warnte: *»Stai attento, c'è lui!«* Pass auf, er ist da! Er, der strenge Polizist! Also warteten ich und einige andere Fußgänger an der roten Ampel brav wie die deutschen ABC-Schützen. Nein, einem Vertreter der Kategorie »strenger Polizist« möchte ich lieber ohne Papiere nicht begegnen. Käpt'n Iglo schon gleich gar nicht.

Eine Begegnung mit Typ 2 sollte ich dagegen besser überstehen können. Diese Polizisten sind alle ähnlich locker wie mein Polizistenfreund Gennaro. Man kann mit ihnen reden – denn sie reden auch gern und gehen zu einem originell geparkten Auto, in dem zwei jungen Frauen sitzen, niemals in der Absicht, die Verkehrssünder zu verwarnen, sondern bestenfalls, um ins Gespräch zu kommen. Und ein Typ 2 in einem Polizeiwagen der *Guardia di Finanza* bleibt ganz entspannt, wenn man vor seiner Nase über Rot fährt – als Finanzpolizist wird er schließlich nicht für die banale Tätigkeit bezahlt, Verkehrssünder zu jagen. Seine Aufgabe ist es, Steuervergehen aufzuspüren, Geldwäscher zu schnappen. Die harten Sachen. Rote Ampeln? Kinderkram.

Doch wieder habe ich Glück an diesem Morgen: Weder Typ 1 noch Typ 2 halten mich auf der Fahrt in die Stadt auf. Puh!

Als ich meinen Computer hochfahre, liegt hinter dem Fenster ein bewölkter Himmel, die Luft scheint zu dampfen.

Managgia! So ein mieses *tempo!* Mistwetter.

Gähnend schaue ich meine E-Mails durch. Nachdem Luigi Zara aufgegeben hat, mich zu nerven, bombardiert mich derzeit die Pressestelle einer italienischen Whirlpool-Firma mit Mails über ihre neue Produktionsstätte in Padua. Wahnsinnig wichtig! Was denken die sich eigentlich dabei?

Ohne genau zu schauen, klicke ich alles an, wo »*Ufficio stampa*« draufsteht, um es – *Arrivederci!* – in den Papierkorb zu schieben, da fällt in letzter Sekunde mein Blick auf das Reizwort »Kalabrien«. »Den Regionalpräsidenten begleiten« steht im Betreff einer Mail. Ich mache sie auf. »Letzter Aufruf: Wegen der Regionalwahlen in Kalabrien haben Journalisten die Möglichkeit, den Präsidenten der Region Kalabrien einen Tag lag im Wahlkampf zu begleiten.« Anreise, Kost und Logis werden übernommen. Ich schaue noch mal aus dem Fenster und dann auf die Wettervorhersage im Internet für Reggio Calabria: 24 Grad, Sonne.

Warum eigentlich nicht? Elisa ist ohnehin mit einer Reisegruppe für eine Woche in einem Hotel in Rom untergebracht, und in Kalabrien war ich noch nie. Und den Politikbetrieb im Süden kennenzulernen, kann auch nicht schaden.

Als ich Dino von meinem Plan erzähle, druckst er erst herum und hält dann den Zeigefinger unters rechte Augenlid: »*Occhio!*« Aufpassen soll ich.

»Diebe?«

»Ragazze!«

Ich schüttle den Kopf. Mädchen?

»Eeeh«, macht Dino. »Die Mädchen im Süden …« Er erzählt von Leo, dem Wirt im »Delizie Antiche«: Er habe eine Norditalienerin für eine Frau aus Kalabrien verlassen. »Er sagt, sie habe mehr *energia*«, sagt Dino und zwinkert mir zu.

Nicht für mich. Ich muss nur an die eindeutigen Worte von Cousin Francesco denken, ja nicht zu vergessen, dass er immer auf Elisa aufpassen werde. Ganz abgesehen davon bin ich wie am ersten Tag in Elisa verliebt.

Entrüstet sage ich: »Dino, niemals!! Für mich gibt es keine andere *ragazza* als Elisa!«

Bei der telefonischen Anmeldung für die Reise versuche ich, meinen Namen möglichst korrekt durchzugeben, aber das ist nicht einfach.

»Emartin Solar?«, fragt die weibliche Stimme freundlich am Telefon. Emartin Solar? So haben sie mich auch in Sindolini genannt, beim Karaoke-Wettbewerb.

»No, Signora, no!« Ich seufze. Ich sollte einfach schnurstracks Elisa heiraten und ihren Namen »Bianchi« annehmen. Vielleicht sogar ohne meinen Vornamen mitzunehmen. So hieße ich einfach nur noch »Bianchi«, wie »Pelé«. Dann habe ich nie mehr Probleme mit meinem Namen in Italien.

Aber noch ist eine Hochzeit ja nur ein Traum.

»Pronto?«, fragt die Signora. »Sind Sie noch dran? Wie ist Ihr Name?«

»Un momento!«, sage ich müde. Ich schlucke, feuchte meine Lippen an, drücke die Zähne aufeinander und stoße überdeutlich meinen Namen hervor. Zugegeben, all die Konsonanten mögen für italienische Ohren bedrohlich klingen.

Auf der anderen Seite höre ich einen Moment nichts, dann: »Madonna, was war denn das?«

»Mein Name«, sage ich kleinlaut.

»Sicher?«

»Eeeh«, mache ich. Was meint sie denn mit »Sicher«?

»Ich dachte, es wäre ein Fluch«, sagt die Signora in aller Offenheit. Süditaliener sind sehr abergläubisch, muss man wissen.

O Mann! »Nein, nein!«

Ich greife zur nächsten Möglichkeit: »Mein Name ist wie Rudi Völler nur mit Z!« Doch anders als in Rom, wo Rudi Völler nicht nur von meinem Kotelett-Metzger hoch geschätzt wird, kann die junge Dame aus Reggio Calabria nichts mit dem ehemaligen Spieler des AS Roma anfangen.

Also greife ich zum Lexikon und lese von der Umschlagseite das italienische Buchstabiersystem ab: »Zara Otranto Empoli Livorno Livorno Empoli Roma.«

»Bene«, sagt die Signora.

Geschafft!

Auf nach Kalabrien.

Zwei Tage später, ein neuerlicher Friseurbesuch ist relativ glimpflich verlaufen, fliege ich mit 20 Kollegen der Auslandspresse die wunderbare Küstenlinie südlich von Rom entlang: Man sieht Sperlonga, Gaeta und dann das weitläufige Neapel. Ich klebe mit der Nase an der Scheibe. Der Vesuv wirkt gewaltig von oben. Nur vom Feuerspeien, wie es die Bilder im »Delizie Antiche « zeigen, ist nichts zu sehen. An der Amalfiküste sehe ich Sorrent, Positano und Amalfi wie Schwalbennester an den Felsen kleben, bevor bei Salerno das Cilento beginnt. Wie schön wäre es, jetzt Elisa neben mir sitzen zu haben und nicht anstrengende Kollegen. Ich blättere in den Zeitungen, die uns beim Start gereicht wurden. Die *Novella 2000* berichtet wieder von

Marco und Eleonora und der *Isola dei Famosi.* Die beiden sind vom C-Promi-Status mittlerweile in die B-Liga aufgestiegen. Doch über dem Artikel steht die Überschrift »*Tutto finito?*« Alles aus? Auf dem Foto schaut Eleonora nach links und Marco nach rechts, beide sind sichtlich unglücklich. Was da wohl passiert sein mag?

Mit einem komischen Gefühl falle ich in einen unruhigen Schlaf.

Ich wache auf, als das Flugzeug kalabresischen Boden berührt. Die Journalisten werden vom Rollfeld weg mit Bussen und Polizeieskorte in die Stadt gefahren. Es soll jetzt erst einmal etwas zu essen geben – ein *pranzo,* ein üppiges Mittagessen. »Anschließend findet eine Pressekonferenz statt«, steht auf dem Reiseplan

Na, die werde ich wohl eher verschlafen, ahne ich schon jetzt. Denn wenn das *pranzo* so ist, wie ich vergleichbare Mittagessen aus Rom kenne, dann guten Appetit, aber auch: Gute Nacht! Nach einem opulenten italienischen Mittagsmahl folgen nämlich unweigerlich zunächst der Verlust jeglicher Konzentrationsfähigkeit, danach Müdigkeit und Schläfrigkeit, bis sich die Frage einstellt: »Was mache ich hier überhaupt?«, die letztlich nur mit »Es geht nicht mehr« und einem sofortigen Mittagsschlaf auf dem Schreibtisch oder dem Bürosofa beantwortet werden muss. Zur Not sogar während einer Pressekonferenz.

Auch hier in Reggio Calabria kommt es, wie es kommen muss. Natürlich schaffe ich es auch bei diesem *pranzo* nicht, eine der vielen Köstlichkeiten abzulehnen, die mir angeboten werden. »Also, was haben wir denn Schönes … Wir haben Saltimbocca alla Romana, Lasagne al forno, Minischweineschnitzel mit Zitronensoße, frische Dorade vom Grill, Rinderfilet mit grünem Pfeffer …« Wer sagt da schon Nein?

Der Kaffee nach dem *pranzo* ändert nichts daran, dass ich mich jetzt eher nach Mittagsschlaf fühle. Denn was sollen die vielleicht zwei Dutzend vom Espresso aufgeputschten Körperzellen ausrichten gegen Millionen andere, die »Wir wollen schlafen« skandieren? So lasse ich mich willenlos von einer hübschen Mitarbeiterin der Pressestelle in den Saal eines Hotels schieben und die Wahlkampagne des Regionalpräsidenten über mich ergehen.

O Gott, ist das langweilig.

Ich lasse es einmal auf dem Handy von Elisa klingeln (*Squillo*-Funktion »Ich denk an dich«), sie lässt es ebenfalls einmal bei mir klingeln, schreibt aber noch eine SMS: »tv1mdb. *Chiamami* dmn.«

Kann man sich eine seltsamere SMS vorstellen?

Noch vor Monaten hätte ich das für einen geheimen Code der CIA gehalten, doch inzwischen kann ich ihn dechiffrieren. *Chiamami* ist klar: »Ruf mich an.« Und der Rest? tv1mdb heißt ausgeschrieben *ti voglio un mondo di bene* – ich mag dich wahnsinnig gerne. Man spart glatte 17 Buchstaben und sagt trotzdem dasselbe. Bei dmn für *domani* sind es immerhin noch drei Buchstaben. Manche ägyptische Hieroglyphe auf einem römischen Obelisken sagt mir manchmal mehr als eine SMS von Elisa.

Nach Pressekonferenz und kurzer Stadtbesichtigung mache ich mich abends um sieben bereit für das große Abendessen »mit Tanz«. Elisa schreibt eine SMS. »Wie geht's?« Ich will gerade antworten, da gibt mein Handy drei schluchzende Töne von sich und geht aus.

Als ich unten ankomme, ist der Saal schon halb voll. Unter einem Plastikbanner mit der Aufschrift: »Die Jugend für die Entwicklung Süditaliens« schenken ausgesucht attraktive junge Männer und Frauen Prosecco aus.

Ich erkenne die hübsche Signorina, die mich schon vorher zur Pressekonferenz geführt hat.

Dino hat schon recht, denke ich. Aber ein Gedanke an Cousin Francesco vertreibt alle Hirngespinste.

Der große Saal ist wunderschön hergerichtet: Das Dutzend runder Tische, jeder für zehn Personen, ist mit schweren goldenen Kerzenleuchtern geschmückt, von der barocken Decke hängen auf mattes Licht gedimmte Lüster.

In meinem nächsten Leben werde ich Politiker in Süditalien, beschließe ich.

»Prego« – ein Saaldiener führt mich an meinen Platz neben einer Korrespondentin aus Frankreich, links sitzt noch niemand. Bis die hübsche Signorina kommt, sich als Mitarbeiterin der Pressestelle und als »Deborah« vorstellt und reihum *»Buona seeeeera«* wünscht. Hier sagen sie überall *»Buona seeeeera«* ist mir schon aufgefallen. Und noch früher als in Rom.

Die junge Dame hat zweifellos eine kommunikative Ader. Anders gesagt: Sie kennt keinen Punkt und keine Pause. Schon nach ein paar Minuten weiß ich so ziemlich alles über die Wohltaten des Regionalpräsienten und die der ewigen Heiligkeit Silvio Berlusconi und erfahre darüber hinaus, dass Deborah gerade erst 22 ist und schon ihr Juraexamen macht.

Toll, Deborah, wirklich toll! Ich sehne mich bloß nach meiner Wohnzimmercouch und nach Elisa:

Warum bin ich nicht in Rom geblieben!

Dann tritt ein gemütlich aussehender Mann im dunkelbraunen Anzug an unseren Tisch. »Giulio Fughetta, Winzer aus Cosenza. *Buona seeeeera.*«

In der einen Hand hält er eine schwere Rotweinflasche, in der anderen zwei Gläser. »Wer will probieren?«

Na und ob!

»Wein trinken heißt leben«, sagt er und reicht mir das

Glas, einen schweren Rotwein. Ich nippe nicht nur, sondern kippe alles in einem Zug hinunter. Anders weiß ich Superdeborah nicht zu ertragen. Wie konnte ich die überhaupt nur attraktiv finden?

Dann das Essen. Die Vorspeise wird von Musik begleitet, beweglicher Musik: Drei Männer gehen durch den Raum, einer mit Gitarre, einer mit Akkordeon, der dritte, ein dicklicher grauhaariger Zwerg, singt dazu. Ein schneller Rhythmus, eine lustige Melodie, ich verstehe kein Wort. Außer *ciccio*. Deborah neben mir lacht jedes Mal, wenn der Sänger bei »*ciccio*« auf mich zeigt, und klärt mich auf. »Ein Lied über einen rothaarigen, dicken und kleinen Jungen mit einer langen Nase, der 100 Spitznamen hat, bis man sich auf einen einigt: *Ciccio*.«

Vielleicht gar keine schlechte Idee! *Ciccio* finde ich grundsätzlich besser als *biondo, biondino, pezzo di merda* oder Emartin Solar. Gut, warum nicht Dickerchen, auch wenn es nicht stimmt.

»*Ciccio!*«

Der kleine Sänger zeigt auf mich.

Deborah lacht.

Ich trinke noch mal ein bisschen Wein nach.

»*Ciccio, cincin!*« Deborah schaut mir tief in die Augen. Je weniger sie über Politik spricht, desto schöner ist sie.

Nach dem Hauptgang betreten zwei Kamerateams den Saal, alle im Anzug wohlgemerkt, von denen eines ganz nach vorne geht, wo jetzt an der Wand eine große Leinwand hängt, während das andere direkt an unserem Tisch stehen bleibt.

»Weißt du, was jetzt passiert?«, frage ich Deborah.
»Wirst schon sehen«, sagt sie geheimnisvoll.

Vorne greift der Regionalpräsident nach dem Mikrofon. »An dieser Stelle freue ich mich ankündigen zu dürfen, dass sich auch Norditalien heute Abend bei unserem Fest die Ehre gibt: Der *Cavaliere*, Silvio Berlusconi!«

Wie?

Was?

Das Saallicht wird auf ein Minimum gedimmt, ein von der Decke heruntergelassener Beamer springt an, und ein paar Sekunden später ist Berlusconi auf die Wand projiziert.

»*Ciao a tutti!*«

Tatsächlich, da vorne klebt Berlusconi auf der Leinwand.

»Liebe Freunde, ich wäre gerne bei euch, aber ich muss leider noch arbeiten.« Szenenapplaus. »Ihr seid alle da, um ein großes Fest zu feiern, für das Volk der Freiheit und für Kalabrien! *Tanti baci!*«

Grappa- und Amarogläser machen die Runde, Deborahs und mein Unterarm berühren sich eine Sekunde zu lang. Ich denke an Elisa. Soll ich sie anrufen? Na, wenn ich sie jetzt sturzbetrunken anrufe, wird sie auch nicht gerade froh sein. Und eine SMS geht ja auch nicht – Akku leer.

Ein paar Minuten später stehe ich am Rande eines Kreises und klatsche mit all den ausländischen Kollegen den Rhythmus für den wilden, süditalienischen Tanz, die Tarantella. Bisher tanzen nur die Leute aus Reggio Calabria, da zieht mich Deborah in den Kreis hinein. Ich versuche, es so zu machen wie die anderen, rudere mit ausgestreckten Armen und hüpfe mit den Füßen, als würde ich von einer glühenden Herdplatte zur nächsten springen. Deborah fasst mit beiden Händen ihr Kleid, zieht es beim Tanzen nach links, nach rechts und wieder nach links. Es sieht ausgesprochen gut aus.

Das Tanzen im Kreis hat endgültig dafür gesorgt, dass ich sternhagelvoll bin. Es ist etwa 1 Uhr nachts, als der

Regionalpräsident an sein Glas schlägt. »Nun bitte ich Sie alle darum, nach draußen auf die Terrasse zu gehen.« Nach ein paar Schritten sehe ich bereits hoch am Himmel das Feuerwerk, und schon wieder läuft ein Kellner mit einem Tablett Prosecco durch die Gegend. Ich nehme zwei Gläser, eines halte ich Deborah hin. »*Cincin.*« Wir schauen uns in die Augen.

»*Ciccio,* in Italien küsst man sich beim Feuerwerk«, sagt sie.

Hätte ich jetzt nicht die Augen geschlossen, würde ich bemerkt haben, dass auch die Kamerateams auf die Terrasse gekommen sind, um das Feuerwerk zu filmen.

Che disastro!
Katerstimmung

»Elisa?«

Im Halbschlaf taste ich im Bett umher, doch die andere Seite ist leer.

Ich öffne die Augen, richte mich ein wenig auf und sehe mein Hotelzimmer in Reggio Calabria.

Mein Kopf fällt schwer nach hinten aufs Kissen.

So langsam kehrt die Erinnerung an gestern Abend zurück: Daran, dass ich Elisa nicht angerufen habe, an die Berlusconi-Verehrerin Deborah, an die »*Ciccio*«-Geschichte, an den vielen Wein und die explodierenden Raketen am Himmel – und an die Worte: »In Italien küsst man sich beim Feuerwerk.«

Und was war dann?

Immerhin liege ich alleine im Bett.

Das schlechte Gewissen drückt schlimmer als der Kater hinter meiner Stirn.

Ich läute bei Elisa an, doch sie meldet sich nicht.

Ich taste mich ins Bad, in dem ein zusätzlicher Fernseher steht, und schalte ihn ein.

In wenigen Minuten die Nachrichten auf Rete 4. Unter anderem mit folgenden Themen: Silvio Berlusconi greift in den Wahlkampf in Kalabrien ein. Gleich auf Rete 4…

Regungslos starre ich auf den Fernseher, als sei da eine Giftschlange, die sich vor mir aufbaut.

Ich stelle mich unter die heiße Dusche. Nach zwei Minuten beginnt der Beitrag.

Ein Abendessen in Freundschaft und Respekt. Der Prä-

sident der Region Kalabrien hat gestern Abend einen großen Galaempfang für ausländische Journalisten gegeben, unter anderem aus Deutschland.

Da, unser von Kerzen erleuchteter Tisch. Ich! Deborah!

Auch Silvio Berlusconi hat per Videoschaltung zu den Gästen gesprochen.

Bilder der Journalisten, ich sehe mich klatschen, neben mir jubelt die hübsche Deborah.

O Gott.

Um die ausländischen Gäste für die Schönheit Kalabriens zu begeistern, wartete Silvio Berlusconi mit einem besonderen Geschenk auf – einem Überraschungsfeuerwerk über den Dächern von Reggio Calabria …

Jetzt sieht man die Feuerwerksraketen am Nachthimmel explodieren.

Die Schönheit Kalabriens entdecken – ein echtes Vergnügen für alle.

Bilder eines tanzenden Pärchens.

Deborah und ich!

Das Pärchen küsst sich.

Das Bild wird unscharf, der Kameramann schwenkt auf den Himmel, wo man eine letzte gewaltige Rakete explodieren sieht.

O Gott. Ich springe aus der Dusche und versuche es erneut bei Elisa. Hoffentlich hat sie nicht ferngesehen!

Sie geht ran. Gott sei Dank! Doch schon ihr »*Pronto!*« klingt anders als sonst. Weint sie?

»Hallo, *tesoro*«, Schatz, sage ich. Meine Stimme soll normal klingen, tut es aber nicht, und mein Herz klopft wie verrückt.

Elisa gibt keine Antwort.

Ich höre ein Schniefen, dann ist Elisa weg.

Verdammt! Sie hat den Beitrag gesehen. Seit wann schaut sie denn Rete 4?

Ich klingle Sturm bei ihr, sie geht nicht mehr ran. Ich schreibe eine SMS: »Ich kann dir alles erklären! Es ist gar nichts passiert.« Glaube ich zumindest.

Elisa antwortet nicht mit »Ja« oder »Nein«, sondern mit etwas viel Schlimmerem: »Ich wollte die Berlusconi-Nachrichten nur anschauen, um dich zu sehen. Jetzt habe ich dich gesehen.«

»Können wir reden?«

»Bitte schreib mir nicht mehr.«

Wenige Stunden später bricht die Reisegruppe endlich aus Reggio Calabria auf! Ich muss jetzt dringend nach Rom! So dringend wie noch nie! Als wir endlich dort gelandet sind, endlich in die Stadt gebracht wurden und ich endlich vor meinem »Palazzo« stehe, renne ich in die Wohnung.

Ich bin zunächst erleichtert, denn ich höre den Fernseher.

»Elisa?« War alles nur ein schlechter Traum?

Aber der Fernseher läuft, ohne dass jemand zuschaut. Es läuft Rete 4. Ein Zettel mit Elisas Handschrift klebt auf dem Bildschirm: »Versuch nicht, mich anzurufen, ich gehe sowieso nicht ran. Elisa.«

Ich reiße die Schranktüren auf und ziehe Schubladen aus der Kommode. Alle Kleidungsstücke, die sie in den letzten Wochen bei mir eingelagert hat, sind weg. In der Küche steht ein blauer Müllsack, in den sie sämtliche Packungen mit »Pasta 2012« geschmissen hat.

Ich nehme sie wieder heraus und räume sie in den Küchenschrank zurück. Auch wenn's im Moment gar nicht danach aussieht: Vielleicht wird ja doch wieder alles gut.

Am nächsten Tag bewege ich mich durch Rom wie in Trance. Aus dem blauen Himmel schreit es mich an: Du hast nicht nur Elisa, sondern ganz Rom verloren.

Sie geht nicht ans Telefon, und sie antwortet nicht auf meine SMS. Als ich schließlich bei ihren Eltern nachfrage, meldet sich ihre Mutter Susanna.

»Ist Elisa da?«

»Sie will dich nicht sprechen.«

Also fahre ich zur Wohnung der Bianchis und warte: eine Stunde, zwei Stunden. Nach zweieinhalb Stunden sehe ich Enrico, den ich schon als meinen Schwiegervater betrachtet habe, zur Mülltonne gehen. Er sieht mich, hebt den Deckel, schmeißt den Restmüll rein und schüttelt den Kopf. In seinem Blick lese ich: »Kannst gleich hinterherspringen.« Dann schließt er den Deckel und kehrt zurück ins Haus.

Deprimiert laufe ich zum »Papagallo«. Ob Dino schon etwas weiß? Wenn ja, wie wird er reagieren?

Als ich die Bar betrete, ruft er über die ganze Theke hinweg: »Geh zurück nach Deutschland, hier tut man so was nicht«, und macht eine Geste, die er mir neulich erst gezeigt hat: Er streckt die rechte Hand aus und schlägt mit der linken aufs Handgelenk der rechten. Was bedeutet, dass ich abhauen soll.

Ich bin fast schon aus dem »Papagallo« raus, da höre ich ihn hinter mir herrufen.

»Martin!«

Ich drehe mich um.

»Ich war bei Toni, dem Friseur. Er hat gesagt, dass er nie einem blonden Deutschen die Haare geschnitten hat.«

»Dino …«

»Eeeeeh, Freunde belügt man nicht.«

Am Boden zerstört gehe ich nach Hause. Als ich die Wohnungstür aufschließe, tritt gerade Signor Lovello aus der Tür.

»*Good evening*«, sage ich.

Er schaut mich verächtlich an.

»Du brauchst nicht mehr Englisch zu reden. Ich weiß jetzt, dass du aus Deutschland kommst. Sie haben es doch im Fernsehen gesagt. Wie kommt man dazu, sich als Engländer auszugeben?«

Ich bin völlig verwirrt. »*Sie* waren es doch, der mich immer als Engländer bezeichnet hat«, stammle ich.

Signor Lovello macht »Boh!« und sagt »*Buon giorno!*«, wendet sich ab und geht zur Treppe.

So viele Tiefschläge – das halte ich nicht aus. Zwei Stunden später löse ich eine Fahrkarte für den Liegewagen nach München.

Allora vai!
Von München zum Madonnenlauf

Anfangs finde ich es großartig in München: keine Taxifahrer, die nach blonden Opfern Ausschau halten, keine verdreckten Bahnsteige, S-Bahnhöfe, die ausschauen wie Museen zeitgenössischer Kunst, Busse, die pünktlich kommen. Und auch meine erste Leberkässemmel nach Monaten schmeckt mir ganz außerordentlich. Ich will ein paar Tage Heimaturlaub machen, um den Kalabrien-Fauxpas zu vergessen.

Als ich an einem der ersten Tage ziellos durch die Stadt laufe, treffe ich am Marienplatz einen Studienfreund. Erst als ich sehe, wie komisch er mich anschaut bei der Begrüßung, merke ich, dass es hier unter Jungs nicht üblich ist, einzuschlagen wie Tennisspieler und Bussi-Bussi zu machen. In einem S-Bahn-Untergeschoss kaufe ich mir an einem mobilen Kaffeestand einen Cappuccino für 2 Euro 70. Als mir die Verkäuferin zusätzlich zwei Portionen Kaffeesahne anbieten will, lehne ich dankend ab. Auch Sonderwünsche wie »in heißer Tasse« oder »mit extra Schaum« versteht sie wohl nicht. Sie reicht mir schon den Pappbecher herüber.

Alles ist halt anders hier. Niemand kennt einen *squillo* – auf einfache Fragen antworten meine Freunde mit okay oder einem Ja, anstatt komplizierte Klingelaktionen mit dem Handy zu starten. Mopeds gibt es in München ebenfalls so gut wie nicht, und wenn man mal eines sieht, tragen die Fahrer einen uneleganten Kompletthelm, aus dem bestimmt kein aufklappbares Handy herausschaut.

»*Cazzo*«, murmle ich vor mich hin. Ich weiß einfach nicht mehr, wo ich hingehöre.

Ich lasse mich von einem Freund zu einer Bergtour überreden. Drei Tage wandern und abends auf einer Hütte ohne Handynetz würden mir sicher guttun. Gerade als ich in einem Sportgeschäft das x-te Paar Wanderschuhe anprobiere, klingelt das Telefon. Einmal.

Dino! Ein *squillo* von ihm?

Ich gehe davon aus, dass Dino die *squillo*-Funktion »Ruf mich zurück, ich habe kein Geld mehr auf der Handykarte« benutzt hat.

Eilig lasse ich die Wanderschuhe liegen und rufe ihn pflichtbewusst an.

Er hält sich nicht lange auf: »*Cazzo,* wo bist du? »du dummer Junge, du musst unbedingt nach Angolorotondo kommen!«

Ich erkläre Dino, dass ich gerade in München bin, weil mein römisches Leben in Trümmern liegt.

»Ts«, macht Dino. »Ich sag's dir, alles wird gut, aber jetzt musst du erst mal zum Madonnenlauf antreten.«

Zum Madonnenlauf? Zu dieser Geschichte, von der Don Giorgio gesprochen hat? Das ist doch Wahnsinn! »Dino …«, fange ich an.

Er lässt sich nicht darauf ein. »*Allora:* Kommst du oder kommst du nicht?«

So schnell geht das nicht. »Dino«, sage ich, »ich ruf dich zurück!«

Leise höre ich Dino »*Managgia!*« flüstern, dann legt er auf.

Was soll ich bei diesem Madonnenlauf? Mich zum Deppen machen?

Einen Moment später klingelt schon wieder das Telefon: Uli ist dran. Sie klingt außer Atem.

»Hat Dino dich erreicht?«, fragt sie.

»Ja!« Ich bin verdutzt. Woher weiß sie das denn?

»Und? Fährst du?« Dino scheint Uli angerufen und auf mich angesetzt zu haben. Haben die beiden in Rom Nummern getauscht? Sie lässt mich nicht zu Wort kommen.

»Ich weiß nicht, ob ich fahre«, sage ich wahrheitsgemäß.

»Was? Du weißt es nicht? Bist du verrückt?« Uli klingt echt entsetzt. »Du musst fahren! Du musst kämpfen!«

»Meinst du?«

Uli macht nur ein seufzendes »Oooooooaaaaaaaaaah! Madonna! Mach schon!!!!! *Vai!*«

Als Dino mit einem *»Pronto?«* ans Telefon geht, sage ich nur: »Dino! Ich komme! Morgen früh!« Ich habe zwar nur noch eine geringe Chance, Elisa zurückzubekommen – aber die muss ich nutzen.

Als der Nachtzug in Rom ankommt, renne ich am kanariengelben Taxifahrer und den ähnlich schlimmen normalen Taxifahrern vorbei zu meinem Moped und düse zum »Papagallo«. Ich halte es vor Spannung kaum noch aus: Was ist mit Elisa? Was mit dem Madonnenlauf? Hat Dino mir verziehen? Fragen über Fragen.

Es sieht gut aus. *»Eccolo!«* Dino kommt um den Tresen herum, wir schlagen ein und machen Bussi-Bussi. Er umarmt mich wie einen verlorenen Sohn und stellt mir umgehend einen Cappuccino hin.

Wie ich den vermisst habe!

Ich nehme rasch einen tiefen Schluck. »Dino! Bitte! Jetzt sag sofort, was los ist!« Ich will auf der Stelle wissen, ob es noch Hoffnung auf Elisa gibt.

Dino hält im Putzen des Tresens inne. »Du kennst Mirco«, setzt er an. Ich nicke. Natürlich kenne ich Mirco, schließlich haben wir eine Weile ein Zimmer geteilt.

»Du weißt auch, wo Mirco arbeitet?« Dino schaut mich fragend an. Ich überlege. Mirco? »Irgendwas beim Fernsehen, glaube ich.«

»Ecco«, sagt Dino, und als ich nicht reagiere, fügt er hinzu: »Bei Rete 4.«

Stimmt. O Gott, bei dem berlusconieigenen Sender, der mir das alles eingebrockt hat. Oder der mich dabei filmte, wie ich mich selber in diese Situation gebracht habe.

»Als Mirco von Elisa hörte, was passiert ist, hat er das Material durchgeschaut, das von dem Beitrag über diese Veranstaltung in Reggio Calabria ...« Dino schüttelt wie von Ekel erfasst seine rechte Hand aus. »Und da hat er gesehen, dass das alles gar nicht so schlimm war zwischen dir und diesem Mädchen ...« Dino grinst vergnügt. »Ein *bacio rubato,* mehr nicht.«

Ein was?

»Diese *ragazza* hat sich von dir einen Kuss geklaut, sozusagen.«

Na ja, ganz so war's vielleicht nicht, aber wir können es gerne so auslegen.

»Und Elisa?«

»Eeeeeh!« Dino breitet die Arme aus. »Mirco hat ihr gesagt, dass alles ganz harmlos war, doch sie ist dir schon noch böse.« Und traurig sei sie, meint er, habe die letzten zwei Wochen ihre Augen immer hinter einer Sonnenbrille versteckt. Und nach einer Pause: »Sie vermisst dich.«

Ich fühle mich unglaublich erleichtert, schwebe zwar nicht auf Wolke sieben, aber immerhin nahe dran. Sagen wir Wolke sechs. Und Mirco! Wer hätte das gedacht, dass mein schnarchender Zimmergenosse, der zudem für Berlusconis Mediengruppe arbeitet, mein Leben, mein Glück retten würde!

Wirklich und endgültig gerettet ist allerdings bislang

nichts. Und vor Francesco habe ich auch noch Angst. Und ich fürchte, berechtigterweise.

Dino langt über die Theke und kneift mir in die Wange. »Wenn du jetzt noch beim Madonnenlauf mitmachst, kannst du vielleicht die Wogen glätten und auch die Familie besänftigen.«

Meine Euphorie schwindet ein wenig – ich falle zurück auf Wolke fünf.

»Eeeeeeh! Auf dem Dorf weiß es jeder. Francesco hasst dich. Und Ermanno glaubt, Elisa habe mit dir ein für alle Mal abgeschlossen.«

Wolke drei, aber die Hoffnung bleibt.

»Was ist denn überhaupt dieser Madonnenlauf?«

»Später.«

Um Punkt 15 Uhr, zum verabredeten Zeitpunkt, stehe ich vor Dinos »Palazzo« und mache wie verabredet einen *squillo* – ich lasse es also einmal auf seinem Handy klingeln, nicht mehr. Einen Moment später erhalte ich zur Anwort von ihm einen *squillo,* den ich als »Komme gleich runter« interpretiere. Hoffentlich liege ich damit richtig. Wirklich verstehen werde ich diese komplizierte Art der Kommunikation, die nur auf Klingeltönen basiert, wohl nie.

Diesmal stimmt es zum Glück. Dino kommt tatsächlich aus dem Haus. Bevor wir losfahren, fragt er, ob ich alles dabeihabe, was er mir vorhin aufgetragen hat: »Joggingschuhe?«

»Ja!«

»Jogginganzug?«

»Ja-ha!«

»A posto.« In Ordnung.

Wir fahren los.

Dinos Auto ist ein Pick-up, dessen Stoßstangen anschaulich Zeugnis dafür ablegen, wie sportlich die Römer einzuparken pflegen und dass ihnen keine Parklücke zu klein ist. Um den Rückspiegel hängen drei Rosenkränze, zwei Paar Plüschwürfel, ein Plastikfernglas und eine kleine, plastikgerahmte Ansicht von Rom. Durch diesen Verhau den Verkehr zu beobachten oder sicher die Spur zu wechseln, ist eigentlich unmöglich. Für Dino anscheinend nicht.

Während der Fahrt überlege ich, ob ich eigentlich das Richtige tue, aber es fällt mir nichts Besseres ein. Ich muss alles daransetzen, um Elisa zurückzuerobern. Habe ich denn eine Wahl, wenn ich nicht zulassen will, dass mein Leben in Scherben geht? Diese *grande amore?*

Was kann schon passieren? Entweder Elisa, ihr Schwiegervater oder Ermanno jagen mich sofort aus Angolorotondo, sobald sie mich sehen, von Francesco ganz zu schweigen, oder ich habe Glück, und die Familie verzeiht mir.

Als wir hinter Tivoli in den Bergen verschwinden, erzählt Dino endlich, was es mit dem Madonnenlauf auf sich hat und warum ich mitlaufen soll.

Am 24. Oktober 1581 lagerte ein Hirte in der Nähe der Marienkapelle oberhalb von Angolorotondo, als ein Blitz ins Dach einschlug und ein Feuer verursachte. Daraufhin rannte der junge Hirte in die brennende Kapelle, rettete trotz bereits einstürzenden Gebälks die Madonna aus einer Nische im Hochaltar, rannte hinaus – und hörte der Legende nach nicht mehr auf zu laufen. Konnte es nicht. Seine Füße bewegten sich unentwegt weiter, bis er mit der Madonnenstatue im Arm die drei anderen Marienheiligtümer auf den benachbarten Hügeln besucht hatte.

»Ach Dino«, sage ich, »und das soll so passiert sein?«

»Eeeh«, sagt er, »*si.*«

Insgesamt, so Dino, lief er folgende Strecke:

Start: Kapelle der Madonna dell'Angelo, oberhalb von Angolorotondo.

Erste Station: Kapelle der Madonna della Corona, oberhalb von Casariccia.

Zweite Station: Kapelle der Madonna del Rosario, oberhalb von Roccavento.

Dritte Station: Kapelle der Madonna delle Vittorie, oberhalb von Venosa.

Ziel: Kapelle der Madonna dell'Angelo, oberhalb von Angolorotondo.

Mir schwirrt der Kopf vor so viel Madonnen, doch Dino erzählt begeistert weiter: »Da blieb er vor der abgebrannten Kapelle stehen, hielt die Madonnenstatue in die Luft, stellte sie auf einen Stein, fiel um und schlief sieben Tage und sieben Nächte. Inzwischen begannen die anderen Dorfbewohner, um den Stein herum eine neue Kapelle zu errichten.«

Ich schaue Dino von der Seite an. Mir schwant Übles. »Und was hat das mit mir zu tun?«

»Na ja«, setzt Dino an, »jedes Jahr am 24. Oktober wird dieser Lauf aufs Neue gemacht ...«

»Ein Hirte wandert innerhalb von ein paar Tagen um die Kapellen herum?«

Dino druckst herum. Das macht mir Sorge.

»Eeeh, jedes Dorf«, erklärt Dino, »stellt für die vier Wegstrecken jeweils zwei junge Männer, die laufen müssen. Es ist eine Art Staffellauf.« Acht Burschen pro Dorf also, die Helden sein wollen.

»Und ich ...« Ich weiß ohnehin schon, was jetzt kommt.

»Und du ...«, sagt Dino, »bist einer von den acht für Angolorotondo. Weil der Hirte damals 32 Jahre alt war und ledig, dürfen nur 32-jährige, unverheiratete Männer an dem Lauf teilnehmen. Und das bist du doch beides.«

Stimmt. In Gedanken sehe ich schon meine Todesanzeige: »Er war 32 und ledig und opferte sich für die Kapelle der Madonna dell'Angelo.«

»So, jetzt weißt du, was es mit dem Madonnenlauf auf sich hat«, sagt Dino zufrieden. »Ach ja, noch ein Detail. Deine Gruppe wird von Francesco angeführt, Elisas Cousin.«

Mich trifft fast der Schlag. Dann werde ich nicht unter den Strapazen des Madonnenlaufs, sondern schon vorher durch Francesco sterben!

Managgia!

Bei einer Pause, mehr als 20 Kilometer vor Angolorotondo, sehe ich auf dem Parkplatz ein Plakat, auf dem das Großereignis ankündigt wird.

»Der Madonnenlauf – Emotionen und Leidenschaft!«

Höchst dramatisch gezeichnet, zeigt es ausgelaugte Jungmänner, teilweise mit einer Madonnenstatue in der Hand, die durch eine sternenklare Nacht rennen. Einer scheint unter der Last der Statue fast zusammenzubrechen, Schweißtropfen stehen ihm auf der Stirn.

Worauf habe ich mich da nur eingelassen?

Spettacolare!
Der Wettstreit der Madonnen

Noch sechs Stunden bis zum Beginn des Madonnenlaufs. Um 18 Uhr abends halten wir am Dorfplatz von Angolorotondo. Schon jetzt haben sich hier Bürger des Dorfes Angolorotondo auf Klappstühle gesetzt, um den Start des Laufs um Mitternacht zu verfolgen. Es ist ziemlich kalt. Hätte der Blitz damals im Jahr 1581 nicht einfach im Sommer einschlagen können? In einer Juninacht könnte ich mir eher vorstellen, durch die Abruzzen zu rennen.

Dino schiebt mich in ein »Caffè 2000« am Dorfplatz. Hier soll das Treffen mit Francesco und den anderen Läufern, die mit mir für Angolorotondo starten, stattfinden. Hoffentlich haut mir Elisas Lieblingscousin nicht gleich eine rein.

Noch ist keiner der Läufer da. Dino bestellt einen Cappuccino und beäugt neugierig die Kaffeemaschine, ich ordere ebenfalls einen und betrachte interessiert die größte Auswahl an Rubbellosen, die ich bisher in einer italienichen Bar gesehen habe.

»Nimm eins«, ermuntert mich der Barmann. Auch Dino sagt: »Nimm eins!«

Na gut. Bevor ich sterbe, entweder durch Laufen oder durch Francesco, kann ich ja noch schnell Millionär werden. Ich schaue mir die Lose genauer an: Eines heißt tatsächlich *Milardario,* Milliardär. Der Barmann sieht meinen irritierten Blick und sagt: »Man kann eine Million gewinnen« – offenbar soll der Name den Italienern auf die Sprünge helfen und den Absatz steigern: »Mensch stell dir vor! Das waren mal eine Milliarde Lire.« Ich deute auf ein Los mit der Bezeichnung *Turista per sempre,* Tourist für immer. Wenn ich jetzt zweimal ein Kästchen freirubble, auf dem diese Worte stehen, dann bekomme ich 200 000 Euro sofort, 6000 für 20 Jahre und am Ende noch mal 100 000. Sofern ich überhaupt noch ein paar Tage zu leben habe.

Dino drängelt: »Fang schon an!«

»Geduld«, sage ich. So eine Investition will gut überlegt sein. Früher kaufte ich selbst bei Tombolas für wohltätige Zwecke höchstens ein Los für eine Mark, und jetzt soll ich 5 Euro einfach so wegrubbeln? Ich fange an – und unter dem zweiten Kästchen steht tatsächlich *»Turista per sempre«*. Super! »Bereite schon mal die Lokalrunde vor«, sage ich zum Barmann.

»Vediamo«, sagt der, Schaun mer mal. Und rührt sich nicht.

Ganz langsam rubble ich Feld für Feld frei – Dino wird wahnsinnig angesichts meiner Langsamkeit. »Lass mich mal«, fordert er, nimmt das Los und beginnt hastig zu kratzen. Ratzfatz sind zwei Felder weg. *»Niente!«* Nichts also, ich reiße ihm das Rubbellos weg. »Dino, das ist mein Los!«

Jetzt sind noch drei Felder übrig, dann zwei. Vielleicht sollte ich sie jetzt gar nicht aufrubbeln, sondern lieber nach dem Madonnenlauf? Dann kann ich zumindest noch dran glauben, gewinnen zu können. Eine gute Idee!

»Basta«, sage ich also zu Dino und lege die Münze in meinen Geldbeutel zurück. Er schaut mich entgeistert an.

»Tu sei matto!« Blitzschnell nimmt er mir das Rubbellos aus der Hand, rubbelt die verbliebenen zwei Felder auf, reicht es mir rüber und sagt *»Niente«,* nichts.

»Managgia, Dino!«, rufe ich. *»Mortacci tua!«*

Zum ersten Mal bin ich richtig sauer auf Dino. Ich will gerade das ganze Arsenal vom »Il Parolaccia« abfeuern, da betreten einige Männer die Kaffeebar und setzen sich an drei quadratische Tische. Es sind die anderen Läufer, die mit uns starten werden. Sie begrüßen Dino – »*Bello, come stai?*« – und geben auch mir die Hand.

Als »Ermanno« stellt sich keiner vor. Das ist schon mal gut.

Als Letzter kommt Francesco, ich ziehe den Kopf ein.

»*Ciao*«, sagt er von der Tür aus in die Runde, bevor er bis auf eine Nasenlänge zu mir herantritt: »Das, was du mit Elisa gemacht hast, wirst du noch büßen. Ich empfehle dir nur, schnell zu laufen.«

Zu den anderen gewandt, sagt er: »Das ist Martin, ein Freund von Dino. Er joggt jeden Tag in Rom zehn Kilometer, das sollte uns nutzen.«

Was für ein Märchen hat Dino da schon wieder erfunden? Jeden Tag zehn Kilometer? Ich schaue zu ihm rüber. Dino macht verlegen »Eeeh« und schaut weg.

Irgendetwas läuft hier ganz falsch. Doch bevor ich die Sache richtigstellen kann, nicken alle, und Francesco erteilt einem der jungen Männer das Wort.

»Ich bin Saverio«, sagt der junge Mann mit Dino-Kiwi-Frisur, »du läufst an meiner Stelle.« Sein rechter Fuß ist eingegipst. »Motorradunfall, vor drei Tagen.« Saverio sieht so durchtrainiert wie zerknirscht aus, und Francesco flüstert mir zu: »Du kannst mir glauben, dass ich lieber Saverio oder irgendjemand anderen genommen hätte.« Aber es gibt eben keinen anderen 32-jährigen ledigen Mann, der – mehr oder, im Moment, weniger – zum Dorf gehört.

Francesco zeigt jetzt auf ein Plakat an der Wand, auf dem vier Punkte die Ecken einer Raute bilden: A (für Angolorotondo), C (für Casariccia), R (für Roccavento) und V (für Venosa). »Also gehen wir es noch mal durch.« Noch mal? Ich weiß noch von gar nichts!

Francesco verbindet A und C und schreibt darüber die Namen der Läufer auf dieser Strecke: »Antonio und Bruno.« Er deutet auf zwei durchtrainierte Glatzköpfe, die offensichtlich Zwillinge sind. »Ihr lauft die erste Strecke von Angolorotondo nach Casariccia.« Für sie geht es um Mitternacht hier auf dem Dorfplatz vor dem »Café 2000« los. »Cesare und Damiano«, sagt Francesco und verbindet C und R, »ihr lauft die zweite Etappe von Casariccia bis Roccavento.« Sie müssen gegen 2 Uhr nachts starten, je nachdem, wie schnell die ersten Läufer sind. Wieder ein Nicken, und Francesco deutet auf zwei weitere durchtrainierte Burschen: »Ihr lauft von Roccavento nach Venosa.« Ich erfahre, dass dieser Teil der technisch schwierigste ist, weil Roccanvento und Venosa die beiden am höchsten gelegenen Dörfer und zudem durch ein tiefes Tal getrennt sind. Die Namen der Orte klingen aufregend und mittelalterlich: Roccavento, Venosa. Wahrscheinlich muss man auch damit rechnen, auf der Strecke von einer italienischen Version des Räubers Hotzenplotz überfallen zu werden.

»Und wir«, sagt Francesco finster und schaut mich an, »wir laufen die letzte Strecke von Venosa zurück nach Angolorotondo.« Zwischen den Zähnen hindurch sagt er zu mir: »Ich werde dich ganz persönlich dazu bringen, schnell zu laufen.« Vermutlich muss ich davon ausgehen, dass Francesco eine Schrotflinte mitnehmen wird.

»Denkt daran, euch beim Laufen regelmäßig mit dem Tragen der Madonnenstatue abzuwechseln, um Kraft zu sparen. Es müssen nicht beide Läufer als Erste im Ziel sein, aber der mit der Statue.«

Francesco gibt einem der Zwillinge ein Zeichen, woraufhin dieser im Nebenraum verschwindet, um kurz darauf mit einer armlangen Madonnenstatue zurückzukommen.

Die Madonna dell'Angelo! Die wichtigste Statue in ganz Angolorotondo!

Es ist eine wirklich schöne Figur. In ein einfaches, bäuerliches Gewand gehüllt, sitzt die Madonna auf einem goldverzierten Schemel, die Hände ineinandergelegt, und schaut zur Seite, als würde sie zuhören.

»Das Original, das der Hirte im Jahr 1581 so glorreich gerettet hat, steht natürlich in der Kapelle«, erklärt Francesco an mich gewandt.

Ich nicke. »Eeeh, *certo!«* Natürlich!

»Wir laufen mit einer Kopie aus dem 19. Jahrhundert.« Vorsichtig übernehme ich die Statue aus den Händen des glatzköpfigen Zwillings. Hinter der Schulter der Figur und an der Bodenplatte sind Griffe angebracht. »Du trägst die Madonna immer und ausschließlich an diesen Griffen«, sagt Francesco, »und sie muss stets nach vorne schauen.«

Schade. Ich dachte gerade daran, einen Rucksack zu organisieren. Probehalber laufe ich mit der Statue ein paar Schritte durch den Raum. Sie wiegt in etwa so viel wie mein Laptop, müsste also zu schaffen sein. Andererseits habe ich meinen Laptop nie weiter als bis zur Bushaltestelle getragen. Und erst recht nicht über Bergpfade und im Lauftempo.

Francesco macht jetzt auf Motivationstrainer und holt aus einer Umhängetasche einen Bilderrahmen hervor, mit einem großformatigen Foto, das acht ausgelassen wirkende Männer zeigt, die inmitten einer großen Zuschauermenge auf dem Dorfplatz von Angolorotondo die Madonnenstatue in die Höhe halten. Rechts steht eine Jahreszahl. »Das war 1992«, sagt Francesco, »das letzte Mal, dass wir den Lauf gewonnen haben. Schaut euch die Augen dieser *ragazzi* an und folgt ihrem Beispiel.« Als das Bild zu mir durchgereicht wird und ich es betrachte, sehe ich vor allem Schweiß und Erschöpfung.

Nach der Versammlung der Madonnenläufer kommt Dino zu mir:

»*A posto?*«, fragt er. Alles in Ordnung?

Über ein »Boh« komme ich nicht hinaus.

Dann umarmt er mich: »*Biondino,* das wird schon!« Als er sich schon abwendet, rufe ich ihm hinterher: »Dino! Kommt Elisa eigentlich auch?«

»Eeeh, natürlich«, sagt Dino. Und ruft dann dramatisch: »Wir erwarten dich mit der Madonnenstatue morgen als Ersten auf dem Dorfplatz!«

Weil ich wegen des Deborah-Rete-4-Skandals natürlich nicht im Ferienhaus der Bianchis schlafen kann, hat Francesco für mich ein Zimmer organisiert – nicht einmal im Gasthof »Rossi«, sondern bei den »bösen« Carbones.

Ich bin wirklich tief gefallen. Immerhin hat dieser Gasthof den Vorteil, dass er nicht so nah am Dorfplatz liegt. So sollte ich vom Trubel rund um den Start des Laufes um Mitternacht nicht allzu viel mitbekommen und kann wenigstens ein paar Stunden schlafen – Francesco will mich um 4 Uhr morgens abholen.

Um mich nicht mit der Frage zu martern, was ich hier eigentlich soll, zappe ich vor dem Einschlafen durchs Fernsehprogramm – das Gerät im Gasthof Carbone ist uralt – und verfolge die Neuigkeiten von der *Isola dei Famosi.* Es scheint, dass der gute Marco wieder Hoffnungen auf ein glückliches Ende mit der schönen Eleonora hegt. »Ich habe große Pläne«, sagt er jetzt von der Insel weg im Interview mit dem »Liebesexperten« im Studio. »*L'amore c'è!*«, ist er sich sicher. Die Liebe ist da.

Marco sieht dabei ziemlich zuversichtlich aus. Das Publikum applaudiert begeistert, und ich werte es als gutes Omen.

Um halb 5 Uhr morgens fahren Francesco und ich im Auto los in Richtung Venosa, wo wir die Madonnenstatue wie einen Staffelstab übernehmen und nach Angolorotondo tragen sollen. Im Moment haben wir keinen Zwischenstand, an welcher Position die Läufer von Angolorotondo stehen.

»Hoffen wir, dass sie die Ersten sind«, sage ich. Ich bin aufgeregt, aber guter Dinge. Dino hat zwar übertrieben mit den zehn Kilometern täglich, doch auf der Langstrecke war ich immer schon zäh und schnell. Allerdings nie zuvor so früh am Morgen.

»Speriamo bene«, sagt Francesco. Hoffen wir, dass es gut geht.

Als wir durch die Gassen von Angolorotondo fahren, kommen uns auf Höhe des »Albergo Osteria Rossi« schon Massen an Dorfbewohnern entgegen, die zum Hauptplatz eilen. Als einige von ihnen Francesco erkennen, trommeln sie aufs Dach.

»Buona fortuna!« Viel Glück!

Das brauchen wir bestimmt.

Kurz vor Venosa hat die Polizei die Straße abgesperrt. Francesco hält zwei gelbe plastikbeschichtete V.I.P-Karten aus dem Fenster – der Polizist winkt uns durch. Wir, die Läufer, dürfen neben dem Start auf einen reservierten Parkplatz fahren. Francesco steuert unser Auto durch eine beachtliche Menschenschar, die dem Dorfplatz zustrebt, um dort die ersten Läufer zu empfangen und weiterzuschicken Richtung Angolorotondo.

Einige Minuten später stehen Francesco und ich auf dem mittelalterlichen Dorfplatz. Durch eine Lücke in der Bebauung sind in der Ferne die Lichter von Angolorotondo zu sehen.

»*Mamma mia*«, murmelt Francesco.

15 Kilometer lang ist die Strecke, es geht zum Glück größtenteils auf einer Höhe. An einigen Stellen brennen Feuer, hier haben sich Menschen aus den Dörfern postiert, um ihre Läufer zu unterstützen und sich selbst aufzuwärmen: Es ist kalt in dieser Nacht. Immerhin trage ich jenen NASA-geprüften sündteuren Thermo-Jogginganzug, der schon seit Jahren ungenutzt bei mir im Schrank hängt. Fraglich ist nur, ob das patentierte Wärmeaustauschsystem des Anzugs noch funktioniert. Über meiner Brust hängt ein gewebter Teppich mit dem Bildnis der Madonna von Angolorotondo. »Ist über 50 Jahre alt«, raunt mir Francesco zu, »hat meine Großmutter gewebt.«

In Venosa bin ich als der Blonde in der Mannschaft von Angolorotondo ohne Übertreibung mal wieder die Attraktion. Zumal sich viele fragen, was ich hier mache. Ich erfahre, dass das Organisationskomitee mich, einen Fremden, eigentlich gar nicht zulassen wollte, bis der Pfarrer von Angolorotondo, Don Giorgio persönlich, ein gutes Wort für mich einlegte. Vielleicht hofft er immer noch auf Kontakte zum Vatikan.

Ich mache gerade ein paar Alibi-Dehnübungen, da betreten die Schlussläufer der anderen Dörfer den Dorfplatz: Breitschultrige Hünen, ebenfalls mit Madonnen-Überwürfen, mit konzentriertem, ja grimmigem Blick. Ein Läufer, einen Kopf größer und noch mal kräftiger als die anderen, fällt mir sofort auf. Mit stolzem Blick trägt er mit der linken Hand eine Fackel und leuchtet sich den Weg, während er mit der rechten fortwährend ins Publikum winkt, das ihn johlend auf dem Dorfplatz empfängt.

Irgendetwas sagt mir, dass ich weiß, wie dieser Mann heißt.

»Das«, sagt Francesco und beugt sich zu mir, »das ist übrigens Ermanno.«

Ich schaue ihn entsetzt an. »Ermanno?« Ich lasse alle Diplomatie hinter mir. »Der, der hinter Elisa her ist?«

»Eeeh«, macht Francesco. »Ich hab es dir bis jetzt nicht gesagt, dass du gegen ihn läufst, dachte mir aber schon, dass es dich motiviert.« Francesco grinst. »Ermanno läuft für dieses Dorf hier, Venosa.«

Ich bin ganz verdattert.

Francesco klopft mir auf die Schulter: »Eeeh, du und Ermanno, ihr habt einiges gemeinsam: Ihr seid beide 32, beide bescheuert und habt beide Elisa nicht verdient.« Zum ersten Mal schaut mich der Lieblingscousin nicht völlig verächtlich an.

Ermanno hat sich den Weg durch die jubelnde Menge gebahnt und kommt auf uns zu. Zum Zeichen der Fairness müssen sich die jetzt gleich startenden Läufer die Hand geben. So sehen es die Regeln vor.

Als Ermanno und ich uns die Hand geben, schauen wir uns finster an.

»Ah«, sagt er, »du bist diese Ratte, die sich bei der Familie Bianchi eingenistet hat. Hab's schon gehört.«

»Eeeeh«, grinse ich ihn an, »tut mir leid, *stronzo, mortacci tua*. Elisa und ich sind ein glückliches Paar – und du hast sie nicht bekommen.«

Ermanno setzt ein hämisches Grinsen auf und lacht wie ein verrückter Böser im Film: »Glücklich? Ha! Ich habe schon gehört, was passiert ist. Elisa hast du verloren, und jetzt machst du noch das ganze Dorf lächerlich.«

Ermannos Mitläufer, ein Winzling, der ihm bloß bis zu den Schultern reicht, lacht dümmlich: »Stimmt, Ermanno, stimmt!«

Was soll's, Ermanno weiß also, dass es für mich heute um Leben und Liebe geht.

Ich mache »Boh!«, grinse ihm ins Gesicht und streiche mir mit dem Handrücken am Kinn entlang: Dinos Geste für »Ist mir völlig egal«. Fast flüsternd setze ich noch nach: *Vaffanculo*, Ermanno!« Du kannst mich mal!

Francesco lacht, Ermanno knurrt.

Nur noch ein paar Minuten. Francesco wird nervös: Unter drei Stunden hat noch niemand die Strecke geschafft, doch jetzt hören wir ein paar Gassen weiter Applaus aufbranden. Wessen Läufer werden das sein? Unsere?

Dann biegt jemand um die Ecke. Ein Läufer mit Madonna! Es ist eine gespenstische Szene: Auf den mittelalterlichen Dorfplatz rennt früh am Morgen ein Mann mit einer Madonnenstatue. Auf der Stirn trägt der Läufer eine leuchtende Stirnlampe, der Schweiß rinnt ihm vom Gesicht, die Statue trägt er feierlich und ehrfürchtig hoch über dem Kopf. Aber es ist nicht die Madonna aus Angolorotondo. Diese hier sieht ganz anders aus: goldfarben, mit einem Strahlenkranz hinter ihrem Rücken, die Madonna delle Vittorie aus Venosa.

Francesco und ich zischen fast gleichzeitig: *»Managgia!«*

Ermanno breitet theatralisch die Arme über dem Kopf aus, als würde er dem Himmel danken: Venosa, sein Dorf, liegt also in Führung. Der Dorfplatz flippt aus.

Noch wenige Meter, dann übergibt der verschwitzte Läufer seine Statue an Ermanno, und er und der Winzling rennen los.

Als sich Ermanno noch einmal umdreht, streiche ich erneut mit dem Handrücken am Kinn entlang, das Zeichen für »Du kannst mich mal«. Ich bin von meinem eigenen Mut überrascht, mich mit diesem Hünen anzulegen.

Ermannos Augen glühen vor Hass auf mich.

Na, das kann ja was werden. Toll, dass ich jetzt diesem Verrückten zwei Stunden lang im Wald hinterherlaufen darf.

Eine gefühlte Ewigkeit später sind auch Francesco und ich endlich unterwegs. Venosa liegt schon hinter uns, Angolorotondo vor uns, irgendwo dahinten und wohl mehr als zwei Stunden entfernt.

Unser Läufer kam leider erst zehn Minuten hinter dem aus Venosa auf dem Dorfplatz an, schweißüberströmt, mit aufgeschlagenen Knien und vor Anstrengung blutunterlaufenen Augen. Aber immerhin war er Zweiter! »Schneller, schneller«, rief Francesco, bevor er die Statue übernahm, und dann rannten wir los, angefeuert von den vielen Schaulustigen.

Jetzt sind wir alleine und laufen hintereinander, Francesco voran mit der Madonnenstatue. Alle 20 Minuten wollen wir uns mit Tragen abwechseln. Von Ermanno und seinem Mitläufer vor uns ist nichts zu sehen. Auch hinter uns rührt sich nichts, keiner aus den anderen beiden Dörfern. Es scheint ein Zweikampf zu werden: Venosa gegen Angolorotondo.

Wir laufen und laufen und laufen, während langsam die Sonne aufgeht.

Es ist eine Stunde vergangen, ich trage die Statue jetzt zum zweiten Mal, im Laufen hat sie mir Francesco herübergereicht. Die Eisengriffe, obwohl mit Schaumstoff umwickelt, schlagen hart gegen meine ohnehin schon schmerzenden Daumen und Zeigefinger. Ich laufe bereits wie in Trance.

Was-mach-ich-hier?

Weitere 30 Minuten später hält ein erster Streckenposten Wasser bereit, ich greife mir zwei Becher, schütte erst mir einen unterm Laufen in den Mund, dann Francesco, der gerade die Madonna trägt, den anderen.

»Venosa ist drei Minuten voraus«, ruft uns der Posten hinterher: Wir haben also auf der ersten Hälfte der Strecke sieben Minuten aufgeholt. Da müssten doch drei auf dem Rest zu schaffen sein!

»Dai, dai, dai«, ruft Francesco wieder. Los, los, los.

Ich habe gerade zum vierten Mal die Statue übernommen, als die beiden Läufer aus Venosa in Sicht kommen. Ermanno versucht jetzt das Tempo zu steigern, dreht sich alle paar Meter nach uns um.

»Gleich haben wir ihn!«, ruft Francesco begeistert.

Die Strecke führt jetzt in ein Waldstück und folgt einer steil abfallenden Serpentinenschotterpiste. Gefährliches Terrain. Francesco läuft ohne Madonnenstatue voraus und verschwindet hinter einer Kurve. Er will Ausschau halten, wie weit Ermanno und sein Kompagnon noch entfernt sind.

Plötzlich wird das monotone Geräusch der Schuhe auf dem Schotter und mein Hecheln durch einen Schrei unterbrochen.

»Aaaah!« Und dann schallt durch den ganzen Wald der Ruf: *»Bastardo!«*

Das war Francesco.

Ich flitze los, so schnell ich kann. Als ich um die nächste enge Kurve biege, liegt Francesco neben einem umgestürzten Baumstamm.

»Occhiooo«, ruft er gedehnt. *»Attenzione!!!«* Pass auf! In letzter Minute springe ich über den Baumstamm hinweg und komme hinter ihm zu stehen. Ich schaue zurück auf Francesco. Aus seinem Knie läuft Blut, der Knöchel ist merkwürdig verdreht. Ermanno und sein dümmlicher Winzling müssen den Baumstamm hinter die Kurve gelegt haben, um uns aufzuhalten.

Ich will gerade die Madonnenstatue absetzen und zu

ihm hingehen, doch Francesco fuchtelt abwehrend mit den Armen: »*Vai!* Lauf, lauf! Schnapp dir Ermanno, diesen *bastardo! Tocca a te!* Jetzt liegt es an dir!«

Ich nicke, drehe mich um und jage los. Eine Kurve weiter höre ich Francesco rufen: »Das Glück von Angolorotondo liegt in deinen Händen!« Wenn's weiter nichts ist! Warum müssen die Italiener immer so dramatisch sein? Drei Kurven weiter höre ich Francesco erst anfeuernd »*Vaiii!*« und dann schmerzverzerrt »Aaaah!« schreien.

Mit seinem unfairen Manöver hat Ermanno wieder ein wenig Zeit gutgemacht. Wie viel, weiß ich nicht, zu sehen ist er jedenfalls nicht mehr. Auch habe ich keine Ahnung, wie weit es noch ist bis Angolorotondo. Zu allem Überfluss ist der Schaumstoffschutz an den Griffen weg, sodass die rostigen fingerdicken Eisen sich bei jedem Schritt tiefer ins Fleisch drücken. Das ist sehr, sehr unangenehm.

Die Schotterpiste geht in eine weite Rechtskurve. Schon sieht man durch die Bäume hindurch in der Ferne Angolorotondo.

Es sind noch etwa drei, vier Kilometer.

Und da vorne, kurz vor dem Ausgang aus dem Wald, läuft Ermanno, der sich erneut hektisch umdreht.

Was jetzt wohl kommt, frage ich mich.

Plötzlich bleiben er und der andere auf einen Schlag stehen, rund 100 Meter von mir entfernt. Sie drehen sich zu mir um und stellen die Madonna von Venosa auf den Boden.

Was mögen sie vorhaben?

Wollen sie mich aufhalten?

Verprügeln?

Angst einjagen?

Umbringen?

Ich laufe etwas langsamer. Wieso stehen hier eigentlich noch keine Schaulustigen, so kurz vor dem Dorf?

Managgia! Das muss es sein!

Es gibt nur eine Erklärung: Ermanno und sein Kompagnon haben mich auf einen falschen Weg gelockt. Ein schlauer Fuchs dieser Ermanno – ist ja auch *avvocato,* wie Dino mir verraten hat: Er weiß, dass er es nicht mehr schaffen kann, dass ich früher oder später an ihm vorbeilaufen würde. Und er weiß auch, dass er auf dem richtigen Weg kurz vor dem Dorf keine Baumstämme ausreißen und auf mich werfen kann. Also hat er nur noch ein Ziel: Er will verhindern, dass ich Erster werde. Lieber soll ein anderes Dorf gewinnen als der *biondino,* der ihm Elisa weggeschnappt hat.

Und jetzt?

Ich schaue mich um. Weit kann doch der echte Weg gar nicht sein. Vielleicht ist er schon da oben?

»Na, blonde Ratte, was hast du vor?« Ermanno geht einen Schritt in meine Richtung. Jetzt ist er nur noch 99 Meter entfernt.

Um Zeit zu gewinnen, sage ich: »*Ciao,* Ermanno! Ein schöner Tag, nicht?« Ich schaue mich um. Ja, da rechts oben, den Hang hinauf, zwischen den Bäumen hindurch, da oben müsste der richtige Weg verlaufen.

»Ein schöner Tag zum Sterben!«, ruft Ermanno. Sein Winzling lacht sich kaputt. Eine skurrile Szene inmitten eines wunderschönen erwachenden Abruzzenwaldes.

Mir bleiben zwei Möglichkeiten:

Ich laufe zurück und suche den richtigen Weg. Oder ich komme irgendwie an den beiden vorbei und schlage mich zum richtigen Weg durch. Dann habe ich vielleicht noch Chancen zu gewinnen.

Na, dann los!

»Also, Madonna von Angolorotondo, jetzt steh mir

bei.« Eigentlich wäre das jetzt der passende Moment, dass mein Leben an mir vorüberzieht. Aber dafür habe ich keine Zeit.

Ich renne auf die beiden los.

»*All'attacco*«, schreit Ermanno und stürmt ebenfalls auf mich zu, der Winzling hinterher.

Jetzt trennen uns noch 70 Meter, 50, 40. Ermanno reißt den Mund auf und schreit: »*Mortaaaaacccccciiiiiii tuuuuuuuuuuuuaaaaaaaaaaaa!*« Er will mich jetzt fressen.

Wir sind noch 20 Meter voneinander entfernt, da breche ich scharf nach rechts aus, so scharf, dass ich zu stolpern drohe. Ich fange mich und krabble und renne auf allen dreien – in einer Hand die Madonnenstatue – den Hang hinauf.

Ermanno, völlig überrascht von diesem Manöver, rastet aus. »*Cazzo! Cazzo! Cazzo!*«

Er und der Winzling machen sich auf, mir hinterherzuklettern. Doch ich bin schon oben. Schon auf dem richtigen Weg. Denn dass es der richtige ist, weiß ich jetzt. Kurz bevor ich dort war, sind zwei Läufer mit Madonnenstatue hier in Richtung Angolorotondo gelaufen.

Sollte es Ermanno geschafft und meinen Sieg verhindert haben?

Was soll's, jetzt renne ich einfach weiter. Ich laufe aus dem Wald hinaus. Angolorotondo vor mir! Es liegt da wie ein Dorf im Märchenfilm, mit dem stolzen Kirchturm, um den die Vögel auf der Suche nach Frühstück kreisen.

Immer mehr Menschen stehen jetzt am Wegesrand. War das da gerade Ferdinando? Und hier: Ist das Emma? Die Tochter von – äh – Tante Chiara? Sie winken. Ich höre sie »*Forza!*« rufen. Nur Elisa? Wo ist Elisa?

Jetzt kann ich mich nicht mehr verlaufen. Ein großes Banner mit *Benvenuti* hängt am Dorfeingang quer über die Straße, Kinder, Alte, alles jubelt. Ich drehe mich um:

Hinter mir auf der Strecke ist keiner, vor mir keiner. Das gilt alles mir!

Das Spalier der Menschen führt mich auf den Dorfplatz. Er ist schwarz vor Menschen, obwohl es vielleicht 9 Uhr morgens ist. Über den Platz sind auf Dutzenden Schnüren dreieckige Fähnchen gehängt, rote und blaue im Wechsel. Die Farben von Angolorotondo. Aber sie sehen aus wie eine Farbe. Ich sehe alles verschwommen vor Müdigkeit, Anstrengung und zu viel Adrenalin.

Was bin ich jetzt eigentlich? Erster? Zweiter? Dritter? Vierter? Aber würde man hier so feiern, wenn ich Letzter wäre? Habe ich die anderen noch überholt, ohne es zu merken?

Da! Das Podium!

»*Managgia!*«

Da steht schon einer der beiden, die gerade über mir hinwegliefen, als ich mich vor Ermanno auf den richtigen Weg flüchtete. Es ist der Läufer von Casariccia mit der Statue der Madonna della Corona. Und sein Mitläufer ist auch im Ziel.

Wir haben es nicht geschafft.

Ich habe es nicht geschafft.

Wir sind nur Zweiter.

»*Mortacci tua,* Ermanno!«

Ich kämpfe mich die letzten Stufen hoch, Dorfpfarrer Don Giorgio umarmt mich, obwohl ich völlig verschwitzt bin, wie einen verlorenen Sohn. Mit einer Geste bringt Don Giorgio den ganzen Platz zum Schweigen.

Stille. Ich schaue mich verstohlen um. Da, da ist Susanna! Und Enrico! Und Roberto! Und neben ihm Elisa! Und Dino! Mein Lieblingsbarista zwinkert mit dem rechten Auge, macht die *Perfetto*-Geste und lächelt mir zu.

Don Giorgio sagt nun auffordernd »*Prego!*« und weist auf einen Säulenstumpf auf dem Podium. Alles blickt zu mir. Ich stelle die Madonna von Angolorotondo darauf. Es ist ein Moment wie der, als ich am ersten Tag mit dem Zug in Rom ankam und beim Aussteigen etwas Bedeutendes denken wollte. Damals fiel mir nichts ein. Jetzt schon: Ich bin fix und fertig. Aber glücklich.

Als die Madonna del'Angelo auf dem Säulenstumpf steht, nimmt Don Girgio einen Kübel mit Weihwasser und besprengt die Statue, mich selbst und so weit es geht auch die Menge.

Stille.

Der Dorfplatz jubelt.

Mir wird schwarz vor den Augen.

Bravissimo!
Am Ziel

Als ich wieder zu mir komme, fühle ich kühlen Wind, der über meine Haut streicht, und als ich mühsam die Augenlider öffne, sehe ich zwei Gesichter.

Dino – und daneben Elisa! Ich kann es kaum glauben. Ist es ein Traum? Ich habe sie nicht gesehen, seitdem ich diese verfluchte Reise nach Reggio Calabria unternommen habe.

»Wie geht's?« Sie schaut mich an. Ich sehe ein leichtes, feines Lächeln.

Mühsam bringe ich heraus: »Wie schön, dass du da bist.«

»Geht's dir gut?« Sie nimmt meine Hand und streichelt sie.

»Boh«, sage ich und bringe so etwas wie ein Lächeln heraus, »meine Hände und Füße brennen, und meine Knochen schreien.«

Elisa drückt die Lippen zusammen und macht »Hmmm«, als würde sie nachdenken.

Warum das jetzt?

»*Biondino,* wenn du solche Schmerzen hast, dann wird dir das auch nichts mehr ausmachen.«

Sie hebt ihre rechte Hand, und einen Moment später klatscht sie auf meine rechte Wange. »Das, *biondino,* war für Reggio Calabria!«

Dann küsst sie mich. »Und das ist für den zweiten Platz für Angolorotondo.«

Sie küsst mich noch einmal. »Und das ist, na ja, einfach so.«

»Eeh«, macht Dino verlegen, der die ganze Szene verfolgt hat. Elisa lächelt mich an und legt den Kopf an meine Seite. »Ich habe dich vermisst, auch wenn du ein *stronzo* bist! Jetzt ruh dich aus.«

Als Dino und Elisa gehen, schreibe ich eine SMS an Uli: »Du wirst es nicht glauben, ich habe den zweiten Platz im Madonnenlauf geholt! Alles ist wieder gut! Auch mit Elisa! *Baci!*« Hätte mich Uli nicht gedrängt, ich hätte diese Chance wohl verstreichen lassen.

Elisa und Dino schauen den ganzen Tag über nach mir und versorgen mich mit allem, was unten in der Küche des Ferienhauses von Familie Bianchi für den *biondino* gekocht wird. Manchmal schaut auch Susanna selbst zu mir rein, um mir einen frischen »Ricotta-Wickel« aufzulegen, der meine Krämpfe lindern soll. Enrico und Roberto versorgen mich mit einem Stapel ihrer *Sturmtruppen*-Hefte. Einen schöneren Tag kann man sich nicht vorstellen: Ich werde bestens unterhalten.

So erzählt mir Elisa unter anderem, dass sich Frau Schulze schon wieder für eine Romreise angemeldet habe – »*In vino veritas,* auf den Spuren antiker Genießer« –, und Dino berichtet von der neuen Kaffeemaschine in der Bar »Caffè 2000« am Dorfplatz von Angolorotondo, die anlässlich des Madonnenlaufs angeschafft worden sei. Don Giorgio habe sie sogar geweiht und der Barista sie – wie die im »Papagallo« – »Rosa« getauft.

Vor allem brenne ich darauf zu erfahren, wie es weitergegangen ist mit dem Madonnenlauf. Aus den verschiedenen Versionen meiner neuen Verwandtschaft reime ich mir Folgendes zusammen:

Gewonnen hat Casariccia, dessen Läufer mich überholten, als Ermanno mich in die Falle lockte. Angolorotondo wurde Zweiter, Roccavento mit der Madonna del Rosario

Dritter und – hahaha! – Ermanno mit dem Winzling für Venosa Letzter. Darüber freuen sich anscheinend alle am meisten: dass Venosa geschlagen wurde. Doch nicht nur das: Venosa darf wegen Ermannos unsportlichem Verhalten, das übrigens aus der Ferne von Zuschauern beobachtet worden war, in den nächsten drei Jahren nur mit zwei statt vier Läuferpaaren antreten. Was anscheinend gleichbedeutend ist mit dem sicheren letzten Platz. Und die beste Nachricht: Der superstarke Super*avvocato* Ermanno hat sich überdies eine Ohrfeige von Elisa eingefangen, weil er und sein Spießgeselle sich über mich lustig machten: ich sei dem »Zweikampf« ausgewichen und vor ihnen davon ins Dorf gelaufen.

Das freut mich. Ich weiß ja, wie sich die Ohrfeigen von Elisa anfühlen.

Neuigkeiten über die Attacke auf Francesco und seine Verletzung überbringt mir Elisas Lieblingscousin am Nachmittag dann persönlich. Er hat leichte Prellungen abbekommen, hinkt etwas und richtet mir viele Grüße von den anderen Läufern aus, die sich ebenfalls alle erholen. Als Francesco kommt, schaut er mir fest ins Gesicht: »Ich will dir gratulieren, gib mir die Hand.«

Ich zögere und strecke behutsam meine von den Griffen der Madonna geschundene Rechte hervor. Susanna hat mir die Hand während der Ohnmacht verbunden und wechselt auch dort stündlich die Ricotta-Wickel.

»Aber vorsichtig«, mahne ich. Irgendwas gefällt mir nicht.

»Sicher.« Francesco grinst.

Dann drückt Francesco mit seinen Riesenpranken so fest zu, als müsste er bei einem Feuerwehrschlauch den Wasserzufluss unterbrechen.

»Das ist ein Glückwunsch und zugleich eine Warnung. Mach meine Cousine nie mehr traurig!«

Auf den Schrei, den ich loslasse, stürzt sogar Elisa ins Zimmer.

»Was ist denn los?«

Es muss gerade ein Güterzug über meine Hand gefahren sein. Eine Dampfwalze. Oder ein Elefant hat mich getreten.

Francesco lässt meine Hand los. »*Cose tra maschi*« – eine Sache unter Männern.

Elisa schaut mich an.

»Eeeeeeh!«, mache ich verlegen. Ich tue so, als ginge es mir blendend.

Francesco nickt zufrieden, legt die Spitze des Zeigefingers auf die Daumenspitze und zieht eine horizontale Linie durch die Luft: »*Perfetto!*« Dann klopft er mir – jetzt behutsamer – auf die Schulter: »*Sei stato bravissimo!*«

Es folgen glückliche Tage. Elisa, Susanna, Enrico und ich haben uns entschieden, noch etwas länger in Angolorotondo zu bleiben. Nur Dino und Elisas Bruder Roberto sind schon wieder nach Rom gefahren. Ich bin froh, mich noch ein bisschen erholen zu können – jeden Tag wird der Muskelkater vom Madonnenlauf noch schlimmer. Trotz der Ricotta-Wickel von Susanna.

Als Elisa einmal bei mir am Bett sitzt, traue ich mich zu fragen:

»Was war eigentlich mit … Ermanno? Wart ihr mal … ein Paar?«

Elisa verschüttet fast den Tee. »Ich und Ermanno? *Managgia!*«

Ich verstehe nicht: »Aber alle haben immer gesagt, Ermanno würde dich so verehren …«

»Hat er ja auch«, sagt Elisa trocken, »aber das war *passione in senso unico.*« Einbahnstraßenleidenschaft.

Nur gut, dass ich mir solche Sorgen gemacht habe und Ermanno der Albtraum meiner Nächte war.

An einem dieser Tage klingelt mein Telefon – die Redaktion. Ich habe mich als krank, aber durchaus ansprechbar abgemeldet.

»So, so. Sie haben also bei einem lokalen Wallfahrtswettlauf eine Madonnenstatue über die Berge getragen?« Ich höre den Redakteur lachen und den Kollegen zuflüstern: »Hört mal zu.«

Der Klang seiner Stimme verändert sich deutlich, er hat offenbar auf Lautsprecher umgestellt: »Und darüber wollen Sie was schreiben?« Er klingt skeptisch.

»Klar!«, sage ich.

»Na, dann schreiben Sie mal«, sagt der Kollege. »Und, ach ja, wie ist übrigens das Wetter?«

Ich schaue durch den Vorhang an meinem Bett im Ferienhaus der Bianchis. Es ist Ende Oktober. Draußen ist es kalt und es regnet.

Managgia, che freddo!
Römischer Winter

Einige Wochen und Abendessen mit Elisa und Dino bei Leo im »Delizie Antiche« später ist das kalte, nasse Wetter, auf das wir in Angolorotondo am Ende schon einen Vorgeschmack bekommen hatten, auch in Rom angekommen. Es ist so zugig und klamm in unserem »Palazzo« und unserer Wohnung, wie man es sich gar nicht vorstellen kann, wenn man als Tourist in einem schönen, beheizten römischen Hotel ein Wochenende mit allem Drum und Dran verbringt. »Ach Quatsch«, sagen die Freunde in der Heimat, wenn ich mich beschwere, »in Rom ist doch immer schönes Wetter.« Dabei kann man nirgends so frieren wie im Winter in südlichen Ländern.

Ein Zeichen für den kommenden Winter ist auch, dass schon zweimal Blumentöpfe von den beiden über uns liegenden Stockwerken auf meine Terrasse geknallt sind, so heftig hat der Sturm ums Haus gepfiffen. Zum Glück ist nichts passiert, weil weder Elisa noch ich in diesem Moment draußen waren. Gut, beim kleinen Ficus im Plastikbecher wäre man mit einem blauen Fleck davongekommen. Aber auf eine Begegnung mit einem fallenden Olivenbäumchen im Terrakottatopf lege ich keinen Wert.

Das Schlimmste ist die Kälte in der Wohnung. Wenn wir am Computer sitzen – ich für die Zeitung, Elisa für »Huber-Reisen« –, sind unsere Hände kalt, als hätten wir stundenlang Schneebälle geformt, und ich trage im Haus Mütze und zwei Pullover übereinander.

Was für ein Unterschied! Von Deutschland bin ich es

gewohnt, im T-Shirt am Schreibtisch zu sitzen und dem Schneesturm zuzuschauen. Das finde ich auch immer besonders gemütlich: Drinnen warm, draußen eiskalt. In Rom ist es, egal wo, eiskalt. Das mit der Kälte in der Wohnung liegt daran, dass sie zentral beheizt wird. »Nur der Hausverwalter darf die Heizung anstellen, morgens zwischen 7 und 9 Uhr, abends zwischen 18 und 21 Uhr.« Bravo! Es ist mir ein Rätsel. Von März bis Oktober laufen die Römer im T-Shirt herum, weil es so warm ist, und dann akzeptieren sie es stillschweigend, monatelang zu frieren wie Schnittlauch im Tiefkühlfach. Der Rekord der Niedrigtemperatur liegt an einem Novembernachmittag bei 15,7 Grad. In der Wohnung wohlgemerkt. »Stell dich nicht so an«, sagt Elisa, ich aber schalte den Heizlüfter der Marke »Super Calor« noch eine Stufe höher. Ich würde mich jetzt sogar an Bacione, den Hund meiner Nachbarn, kuscheln, um nicht zu erfrieren.

Natürlich bin ich ein paar Tage später krank – ausgerechnet als Elisa mit einer Reisegruppe im Hotel wohnt. Als ich mich einmal aus dem Bett quäle, um ein wenig frische Luft zu schnappen, winkt mich Dino ins »Papagallo«.

»Was ist los? Ich sehe dich ja gar nicht mehr.«

Ich schildere meine Beschwerden.

»Geh in die Notaufnahme und frag nach Bexter«, meint Dino. Mit einem simplen Schnupfen die Notaufnahme zu bemühen, ist in Italien ganz normal, weil die Behandlung dort nichts kostet.

»Und wer ist Bexter?«

»Das sind Tabletten«, erklärt Dino. »Du nimmst eine und bist ein paar Stunden später gesund.«

Ich sage: »Super, Dino«, verzichte aber darauf, seinen Rat zu befolgen. Die Römer haben nämlich ein sehr unverkrampftes Verhältnis zu Brachialmitteln. Dino hat mir vor einiger Zeit einmal einen Abflussreiniger empfohlen, ein verdächtig giftgrünes Gel namens »Mr Muscolo«, das dann auch prompt zischend und dampfend in mein Waschbecken quoll und die Armaturen verätzte. In jeder italienischen Putzmittelabteilung bekäme der Despot eines Schurkenstaats leuchtende Augen angesichts des dort aufgebauten Chemiewaffenarsenals.

Statt Bexter hole ich mir Hausmitteltipps aus der Verwandt- und Nachbarschaft.

»Nimm ein Glas Essig und gurgle damit«, empfiehlt mein Kotelett-Metzger, als ich Zutaten für eine Hühnersuppe kaufe. Der Gemüsehändler aus Ägypten, bei dem ich Zitronen gegen meine Erkältung erstehe, schwört auf eine Knolle Ingwer mit Salz bestreut, während Leo vom »Delizie Antiche« mich auf jeden Fall vor Milch warnt, die Francesco, der schwarzgebrannte DVDs verkauft und deshalb der Held meines Stadtviertels ist, wiederum für das Allheilmittel schlechthin hält.

Als ich wieder gesund bin, aber vorsichtshalber noch Schal trage, winkt mich Dino ins »Papagallo«. »Und? Hast du Bexter genommen?«

Kleinlaut schüttle ich den Kopf.

»Ecco!«, schimpft Dino. »Und deshalb trägst du noch einen Schal.« Er dreht sich um, nestelt an einer Schublade, nimmt einen Plastikbecher, füllt ihn mit Wasser und wirft eine Tablette hinein.

Ich sehe die Packung von Bexter.

»Bevi!«, sagt Dino. Ich soll trinken.

»Wirklich Dino, der Schal ist nur zur Vorsicht …« Ich zögere.

Dino wiederholt, diesmal lauter: *»Bevi!«*

Verschreckt trinke ich den Becher in einem Zug aus.

Zufrieden nickt er. »Heute Nachmittag wirst du ganz gesund sein.«

Wahrscheinlich eher wegen meiner Hausmittelchen als wegen Bexter bin ich tatsächlich wieder gesund, als Elisa an einem Samstagnachmittag in der ersten Novemberwoche von ihrer Reisegruppe zurückkommt. Normalerweise ist sie immer ganz müde und muss drei Tage schlafen nach einer Tour mit »Huber-Reisen«. Doch jetzt will sie einen Ausflug machen.

»Bei dem Wetter?« Es ist eiskalt. In Deutschland würde ich jetzt Bratäpfel machen.

»Ja, komm!«

Als ich hinter Elisa auf dem Moped sitze, ist mir schon kalt. Immerhin, es regnet nicht.

Wir fahren die Via Aurelia hinauf, am »Delizie Antiche« vorbei, die Via Olimpica entlang nach Norden, den Tiber hinauf. Elisas Fahrstil erinnert mich an den von Dino. Zwar bekreuzigt sich Elisa nicht bei jeder Kirche, an der wir vorbeifahren, aber sie redet und gestikuliert ununterbrochen. Mit der rechten Hand gibt sie Gas, mit der linken fuchtelt sie im Fahrtwind herum. Schließlich biegt sie auf einen Parkplatz auf der Westseite der Ponte Milvio ein.

»*Eccoci*«, sagt sie, und als sie ihren Helm abnimmt, fallen darunter ihre glänzenden schwarzen Haare voll und schwer hervor wie bei einer Shampoowerbung.

»*Vieni!*« Elisa nimmt mich bei der Hand. »Komm!«

Wir gehen auf die Ponte Milvio. Und über der Brücke und der ganzen Stadt wölbt sich ein wunderschöner blauer Winterhimmel.

Selbst der Tiber, der sonst, von Einfassungsmauern gedemütigt, eher grau und unbemerkt durch die Stadt schleicht, glitzert jetzt, als habe er sich zur Feier des Tages geschmückt und sieht in diesem Licht stolz und ehrwürdig aus.

Doch was ist das? Überall hängen Vorhängeschlösser!

An den Mauerringen des Brückenkopfs, an den Laternen, am Brückengeländer. Hunderte, Tausende Vorhängeschlösser, manche von ihnen vom Rost angefressen, die neuesten jedoch messingfarben oder silbern glänzend. Auf den meisten ist mit rotem Filzstift ein Herz gemalt, im Vorbeigehen lese ich Namen über Namen: Carlo e Sabina, Giulia e Roberto, Stefano e Cristina, Matteo+Deborah, Giulio + Marta.

»Das ist die *ponte degli innammorati*«, sagt Elisa. Die Brücke der Verliebten. Auf der Mitte der Ponte Milvio bleiben wir stehen, Elisa holt eine kleine Plastiktüte hervor und daraus ein handtellergroßes silbernes Vorhängeschloss.

Darauf stehen unsere Namen und das heutige Datum.

Sie dreht den Schlüssel, das Schloss springt auf.

»Kitsch-e?« Sie lacht verlegen.

Ich kann gar nichts sagen. Ich bin zutiefst gerührt. Mal wieder.

»Wohin?«

Es gibt kaum noch Platz. An einer Eisenstange finden wir noch eine Lücke zwischen »Irene+Manuele« und »Gregorio e Caterina«. Mit einem Klick rastet das Schloss an einer Eisenstange ein.

Elisa zieht den Schlüssel ab und gibt mir den zweiten, den Ersatzschlüssel.

»Und jetzt?«, frage ich.

»*Nell'aqua!*«, ins Wasser!

Wir drehen uns mit dem Rücken zum Brückengeländer. »Bereit?«

Elisa zählt:

»*Tre!*«

»*Due!*«

»*Uno!*«

»*Via!*«

Die Schlüssel fliegen los, wir drehen uns um. Sie steigen erst hoch in den blauen Himmel und wenden sich dann nach unten, bis sie, immer schneller werdend, die Wasseroberfläche zerteilen. Das Wasser spritzt nur ganz wenig auf, fließt weiter – und die Schlüssel sind verschwunden.

Tutto bene. Tutto!
Alles bestens

Am nächsten Tag, es ist Samstag, der 26. November, schlafen wir aus. Vor allem Elisa. Auch wenn sie sich gestern noch aufgerappelt hat, um die Vorhängeschlösser an die Ponte Milvio zu klicken, steckt ihr die Woche mit »Huber-Reisen« augenscheinlich ganz schön in den Knochen.

Als sie um 11 Uhr immer noch schläft, stehe ich vor ihr auf und mache einen ersten Kaffee. Denn Dino hat uns eine *caffettiera* von 1979 aus seiner Sammlung geschenkt: »Eeeeh, jetzt seid ihr fast eine *famiglia*«, meinte er, erläuterte uns ungefragt all die Vorzüge genau dieses Modells – »Sie ist noch wie neu« – und beschwor uns, trotz eigener *caffettiera* weiterhin ins »Papagallo« zu kommen.

Der Kaffee blubbert, die Milch ist geschäumt. Ich schalte meinen Heizlüfter »Super Calor« an und setze mich mit meiner Tasse davor. Herrlich. Gemütlich schreibe ich eine Mail an Uli nach München und schicke ihr – »mit vielem Dank, *grazie e baci*« – Fotos vom Madonnenlauf. Dass sie mich ziemlich energisch runtergeschickt hat – »Mach schon! *Vai!*« – dafür werde ich ihr immer dankbar sein.

Als Elisa aufsteht, ist der Kaffee so kalt wie unsere Fliesen im Wohnzimmer. Wobei, wahrscheinlich etwas wärmer. Wir beschließen also, Dino im »Papagallo« zu besuchen. Als wir die Haustür aufziehen, liegt Post von Signor Lovello auf der Fußmatte: Einmal der Hinweis auf eine »Spezialitäten-Woche« zum Thema *Germania* beim italienischen Feinkostgeschäft Castroni – Signor Lovello versorgt mich jetzt, da er weiß, dass ich Deutscher bin, mit Tipps zu *Germania* – zum anderen ein Zeitungsausschnitt aus dem *Messaggero*. An den Rand hat er mit seiner eigentümlichen Heinzelmännchenschrift notiert: »Endlich geschieht mal was, zum Glück ist Ihnen das nie passiert.« »Ihnen« ist unterstrichen. Was wird wohl »endlich geschehen« sein. Und was soll mir nie passiert sein? Wo mir doch schon fast alles passiert ist in Rom!

Das »Papagallo« ist ungewohnt leer heute, und durch die Scheibe sehe ich Dino, der mit dem Rücken zur Theke mit einer Dose Cola und einer Dose Fanta hantiert. Dino macht Spezi?

»Schau«, flüstere ich aufgeregt Elisa zu. Sie schüttelt ungläubig den Kopf.

Als Dino uns sieht, schiebt er die Dosen weg, setzt das Glas ab und beginnt sich sofort zu rechtfertigen. »Deine Mutter«, Dino zeigt auf Elisa, »hat mir das gezeigt. Ein Mix aus Cola und Orangenlimonade.«

Ich bin verdutzt. »Das trinkt Susanna?«, frage ich. In all den Tagen in Angolorotondo hat sie das aber gut verheimlicht.

»Manchmal«, sagt Dino. »Weiß auch nicht, woher sie das hat. Aber mir schmeckt's. Es ist ... erfrischend!«

Ein Gast ist hereingekommen, und Dino wendet sich wieder seiner Kaffeemaschine namens Rosa zu.

Elisa schaut mich grinsend an.

»Jetzt bist du aber stolz, oder?«

Ich kann es nicht leugnen. Vielleicht dauert es ja nicht mehr lange, und Familie Bianchi spaziert in Dirndl und Lederhosen durch Rom.

Elisa zieht ungeduldig an dem Zeitungsartikel, den die Lovellos uns hingelegt haben. »Jetzt lies schon!«

Ich nehme Elisa in den Arm und lese.

Überschrift: *Razzia gegen Touristenbetrüger*

Nach zahlreichen Anzeigen von Touristen und Bürgern ist der Polizei der Stadt Rom ein Schlag gegen zahlreiche betrügerische Taxifahrer gelungen. Beginn der Operation war am frühen Morgen am Bahnhof Termini zur Ankunfszeit des Nachtzugs aus München!

»Na, den kenn ich«, seufze ich.

»Weiter!«, fordert Elisa.

Im Zug fuhren auch 30 junge Polizisten aus Apulien und Sizilien mit, die bei einem außerplanmäßigen Halt kurz vor dem Bahnhof Termini in den Zug einstiegen und sich als Reisende und als deutsche Touristen verkleidet hatten.

»Clever«, sagt Elisa. »In Apulien und Sizilien gibt es viele Blonde und Rothaarige.« Sie stößt mir in die Seite. »Eigentlich solltest du da wohnen! Nicht hier!«

Die jeden Tag an den Bahnsteigen wartenden illegalen Taxifahrer gingen in die Falle und drängten den verkleideten Polizisten ihre Dienste in dem Glauben auf, diese seien Touristen, die sie mit horrenden Fahrpreisen betrügen könnten.

»Na, das kenn ich«, seufze ich.

Ein besonders unverfrorener illegaler Taxifahrer verlangte dabei für die Fahrt von Roma Termini bis zur Fontana di Trevi 40 Euro. Sein Auto wurde inzwischen beschlagnahmt, im Kofferraum stellten die Beamten kulinarische Spezialitäten aus Deutschland sicher, offenbar von einem Reisenden gestohlen.

Was? Der kanariengelbe Taxifahrer? Und er hat Ulis Fresskorb mit der Leberwurst in der Dose den ganzen Sommer im Kofferraum gelassen?

Ein Teil der jungen Beamten aus Apulien und Sizilien nahmen normale Taxen und stellten weitere Verstöße fest – die meisten hatten einen falschen Tarif eingestellt.

»Na, und das kenn ich auch«, seufze ich.

Auf einer Pressekonferenz kündigte der Einsatzleiter der Aktion, Ufficiale Gennaro Montuori vom Komissariat Collegio Romano …

»Gennaro!«, rufen Elisa und ich fast glechzeitig aus.

… weitere Einsätze mit den hellhäutigen und oft blondhaarigen Beamten aus Apulien und Sizilien an. So sei unter anderem geplant, diese bei der verdeckten Überprüfung von Kaffeebars einzusetzen, wo Touristen aus aller Welt Cappuccino zu Wucherpreisen verkauft wird. Gegen ein gutes Dutzend dieser Bars im Stadtgebiet von Rom werde bereits seit einigen Wochen ermittelt.

Elisa und ich schauen uns an und fangen an zu lachen. Und das alles soll mir nicht passiert sein! Die Lovellos haben ja keine Ahnung!

Dino stellt uns die Cappuccinotassen hin. Er hat in höchster Konzentration daran gearbeitet und von dem erstaunlichen Zeitungsartikel nichts mitbekommen.

»Wisst ihr, was seltsam ist?«, sagt er und wischt über die saubereTheke.

»Was denn?«

»Ich bin heute Massimo, dem Barmann vom ›I Soliti Ignoti‹, begegnet.«

Das »I Soliti Ignoti«, die Bar, wo sie mich am ersten Tag abkassierten, weil ich mich hingesetzt habe.

»Und?«

Jetzt hält er im Putzen inne. »Na ja, normalerweise macht Massimo morgens um 6 Uhr auf und um 19 Uhr abends zu.«

Wir schauen Dino gespannt an.

»Heute habe ich ihn um 9 Uhr morgens gesehen, wie er seine Bar absperrte und ein Schild aufhängte: Vorübergehend geschlossen.«

»Und?«

»Ich habe ihn gefragt, was denn los sei. Massimo hat nur gesagt: ›*Devo andare*‹, dass er weg muss.«

»Kannst du dir erklären, warum?«

Dino überlegt. »Er hat irgendwas von einem Zeitungsartikel gesagt und von verdeckten Ermittlungen, welche die Polizei angeblich in einigen Kaffeebars gemacht habe. Boh!«

Dino wendet sich achselzuckend ab und poliert weiter die Theke.

Eilig schreibe ich meinem Polizistenfreund Gennaro eine SMS, um ihm zu dieser Aktion zu gratulieren: »*Complimenti, Gennaro!* Martin«.

Kurz darauf piepst mein Handy. »Danke! Aber immer: *Attention!*«

An diesem Nachmittag gehe ich zum dritten Mal in Rom zum Friseur. Ich will den dritten der nebeneinanderliegenden Salons ausprobieren Zweimal ging es ja schon ziemlich daneben. Elisa kommt mit zum Händchenhalten. Sie hat mir geraten, einfach »Stopp!« zu rufen, wenn ich befürchte, der Friseur könnte mir einen Kahlschlag verpassen.

»Ist doch nicht so schwer«, sagt sie. »Stopp, mehr nicht.«

Die hat gut reden. Sie hat schließlich keine blonden Locken, mit denen kein römischer Friseur etwas anzufangen weiß.

Wir müssen warten, bis ich drankomme.

Weil es länger dauert, nehme ich eine Zeitschrift vom Stapel, die neueste *Novella 2000.* Die B-Promis Eleonora und Marco aus der *Isola-dei-Famosi*-Soap zieren das Cover. Ich stelle fest, dass ich da kaum mehr auf dem Laufenden bin: Die Sendung ist mittlerweile beendet und Eleonora und Marco sind ein Paar. Sie stehen im Meer,

Marco hält Eleonora in den Armen, sie küssen sich und sehen glücklich aus. Ich schaue das Foto lange an und schüttle den Kopf.

»Jetzt liest du schon wieder dieses Blättchen.« Elisa schimpft mich, nimmt mir das Heft weg und legt es achtlos zwischen die anderen Zeitschriften. Wenn die wüsste! Irgendwie geht es Eleonora und Marco immer genauso wie uns: Wenn sie Krisen haben, haben wir Krisen. Wenn sie glücklich sind, sind wir glücklich. Ich warte auf eine *Novella 2000* mit dem Titel »Ja, sie heiraten!« oder »Ja, wir bekommen ein Baby!«.

»Wer ist der Nächste?« Der Friseur schreckt mich auf und stellt sich als »Pino« vor. O Gott. Er hat fast komplett abrasierte Haare und nur in der Mitte eine Andeutung von einem Irokesenschnitt, wie »Jäck«, mein erster Friseur in Rom.

»Einfach Stopp sagen«, ruft mir Elisa lachend hinterher, *»tutto bene!«*, alles gut!

Pino dreht einen mit weißem Leder bezogenen Drehstuhl zu mir, ich lasse mich hineinsinken, der Stuhl schwenkt zum Spiegel. *»Arrivo subito«*, sagt Pino, komme sofort! Ach lass dir ruhig Zeit!

Ich schaue in den Spiegel oder das, was von ihm zu sehen ist. Ein Großteil seiner Fläche ist hinter mit Tesafilm aufgeklebten Fotos verborgen: Friseur Pino mit einem Kleinkind auf den Schultern am Strand; eine lange Tafel voller Essen, um den Tisch herum natürlich Pino sowie zwei Dutzend Mamas, Papas, Großeltern und *bambini*. Es sind Fotos von Pinos Familie, aber sie erinnern mich an das, was ich jetzt auch habe, mit der Familie von Elisa.

»Tutto bene«, alles gut, hat Elisa gerade gesagt. Eigentlich hat sie verdammt recht.

»Eccomi«, da bin ich. Pino legt ein ganzes Arsenal an

Scheren und Langhaarschneidern auf die Ablage vor dem Spiegel Jetzt komme ich wieder unters Messer.

»Also schauen wir mal.« Pino greift prüfend in meine Haare. Jetzt wird er gleich diesen verzweifelten Blick haben, den ich schon bei so vielen Friseuren gesehen habe, halblaut »Madonna, ein Blonder!« seufzen und in seiner Ratlosigkeit beschließen, mir einfach alles abzurasieren. Doch Pinos Miene verändert sich nicht.

»Allora?«, frage ich. Also?

Er nimmt seine Finger aus meinen Haaren und schaut mich durch den Spiegel hindurch an. »Weißt du was?«, sagt er. »Ich würde sagen, wir schneiden gar nicht so viel ab. *Pocchino.* Ein bisschen. *Che ne pensi?* Was meinst du?«

Ich traue meinen Ohren nicht. Ein römischer Friseur, der mir keine Kurzhaarfrisur verpassen will?

»Va benissimo!«, sage ich rasch. Einverstanden, sehr gut!

Der Friseur nickt, sagt »Okay« und greift zu einer Schere. Da piepst mein Handy. Ich nehme es von der Ablage. Keine SMS, eine Erinnerung mit nur fünf Wörtern: »Bist du glücklich in Rom?«

Es ist die Erinnerung, die ich vor sechs Monaten in mein Handy eingegeben habe. Als ich gerade beklaut worden bin! Als Dino noch ein Barista und kein Freund war! Und Elisa ein ferner Traum. Ich starre auf das Display und schüttle lächelnd den Kopf.

Mein Blick fällt durch den Spiegel auf Elisa. Sie liest in einer Zeitschrift, blättert weiter, lächelt, blättert weiter. Jetzt klappt sie das Heft zu, legt es befriedigt auf den Stapel zu den anderen, hebt den Kopf und schaut durch den Spiegel hindurch zu mir.

»Und, hast du schon stopp gesagt?« Sie grinst.

»Nein«, sage ich durch den Spiegel hindurch, »gibt keinen Grund.«

Sie runzelt die Stirn. »Keinen Grund?«

»Ja«, sage ich und atme tief durch. »Wie du gesagt hast. *Tutto bene*. Alles bestens.«

»*Tutto?*«, fragt sie.

»*Tutto!*«, sage ich.

Grazie
Danke

Viele Geschichten in diesem Buch sind wahr, manche sind erfunden, ereignen sich aber jeden Tag in Italien auf Straßen, in Bars, in Häusern und Familien. Die Namen der meisten Orte und Personen wurden geändert – außer der von meinem Barista Dino und seiner Bar, dem »Papagallo«. Ich hätte es nicht übers Herz gebracht, diesem Freund und diesem Stück Heimat einen anderen Namen zu geben. *Grazie* auch an Dino für die vielen Geschichten über sein Leben als Barista in Rom und für seine Hilfe in allen Lebenslagen. Ohne ihn wäre ich wohl tatsächlich nach zwei Tagen wieder abgehauen.

Danken möchte ich allen, mit denen ich so viele lustige und besondere Erlebnisse in Italien hatte, sodass es mir überhaupt möglich war, darüber ein Buch zu schreiben. Außerdem danke ich meiner Familie und meinen Freunden, die mich beim Verfassen dieses Buches mit Kritik und Ideen unterstützt haben. Vor allem aber gilt mein Dank meiner Frau für – ja, einfach für alles.